Marie Stadler
Putzmädel aus dem Hotel de l'Opera

Vincent Zacharias
Georgs Freund und politischer Mitstreiter

Würtner
Notenwart in der Oper

Lechner
Polizeiagent

Katharina Schratt
Hofschauspielerin am Burgtheater,
Geliebte des Kaisers

Mayr
Portier

Wagner
Oberkellner

Flora
Zofe der Prinzessin von Traunstein

Johann
Kofferdiener, Floras Lebensgefährte

Graf Szemere
ungarischer Lebemann, Stammgast im Hotel

EUROPAVERLAG

RODICA DOEHNERT

DAS
SACHER

Die Geschichte
einer Verführung

ROMAN

EUROPAVERLAG

© 2016 Europa Verlag GmbH & Co. KG,
Berlin · München · Zürich · Wien
Umschlaggestaltung: Hauptmann & Kompanie Werbeagentur, Zürich,
unter Verwendung zweier Fotos von © ullstein bild – Imagno / Sammlung
Hubmann und © Petro Domenigg/FILMSTILLS.AT
Layout & Satz: BuchHaus Robert Gigler, München
Redaktion: Carsten Schmidt
Druck und Bindung: Pustet, Regensburg
ISBN 978-3-95890-043-1
Alle Rechte vorbehalten.
www.europa-verlag.com

Ich denke beim Schreiben an alle,
die an dieser Geschichte mitgewebt haben.
So wurde sie unsere gemeinsame.

Rezept für eine originale Sachertorte

140 Gramm weiche Butter wird mit 110 Gramm Staubzucker
und dem Mark einer halben Vanilleschote cremig gerührt.
Nach und nach rührt man sechs Eidotter ein und schlägt dies
zu einer dickschaumigen Masse. Inzwischen sollte man 130 Gramm
dunkle Schokolade im Wasserbad geschmolzen haben und ebenfalls
unterrühren. Die sechs Eiklar werden mit 110 Gramm Kristallzucker
steif geschlagen, bis der Schnee schnittfest ist. Dieser wird nun
auf die Masse gehäuft, 140 Gramm Mehl darüber gesiebt
und danach mit einem Kochlöffel untergehoben.

Die Springform ist inzwischen mit Backpapier ausgelegt,
der Rand mit Butter eingefettet und mit Mehl bestäubt.
Hier hinein wird nun die gesamte Masse gefüllt, glatt gestrichen
und im vorgeheizten Backrohr eine knappe Stunde bei 170 °C gebacken.
Während der ersten 10 bis 15 Minuten bitte die Backrohrtüre
einen Spalt offen lassen! Die Torte ist fertig, wenn ein zarter Druck
mit dem Finger sanft erwidert wird. Sodann in der Form stürzen und
auskühlen lassen. Nach circa 20 Minuten Papier abnehmen, umdrehen
und in der Form ganz kalt werden lassen. Aus der Form nehmen
und mit einem Messer waagrecht teilen. Die mild erwärmte
Marillenmarmelade glatt rühren, auf beide Tortenböden streichen

und diese wieder zusammensetzen. An den Außenseiten ebenfalls mit Marillenmarmelade bestreichen und leicht antrocknen lassen.

Für die Glasur 200 Gramm Kristallzucker und 125 Milliliter Wasser 5-6 Minuten aufkochen, danach abkühlen lassen. 150 Gramm dunkle Schokolade im Wasserbad schmelzen, nach und nach mit der Zuckerlösung zu einer dickflüssigen, glatten Glasur verrühren. Die noch warme, aber nicht zu heiße Glasur in einem Zug über die Torte gießen und mit wenigen Strichen glatt verstreichen. Trocknen lassen, bis die Glasur erstarrt ist. Mit geschlagenem Obers servieren!

Die Sachertorte wurde 1832 von dem jungen Franz Sacher für den Fürsten von Metternich als Dessert kreiert. Metternich war ein Restaurator der Monarchie, ein Gegner jeder bürgerlich-liberalen Bewegung. Aber er war auch einer der Initiatoren des Wiener Kongresses 1814 bis 1815. Die teilnehmenden Staaten und ihre Vertreter begriffen die fundamentale Krise, die durch die Napoleonischen Kriege ausgelöst worden war, als Chance und setzten auf friedliche Lösungen. Diese Zusammenkunft der europäischen Mächte bewies, dass über alle nationalen und politischen Widersprüche hinweg kooperatives Handeln der Völker möglich war.

Es war ein erster gemeinsamer europäischer Versuch, die Krise des Kontinents mit den Mitteln der Vernunft und diplomatischer Verhandlungen zu lösen.

Hundert Jahre später siegte wiederum die irrationale Lust auf Zerstörung in einem gewaltvollen Krieg, an dessen emotionalen und politischen Folgen wir heute noch zu tragen haben.

Und doch!
Wir hätten alles füreinander sein können.
Alles.

PROLOG

Der Nebel senkte sich feucht über die Stadt. Im fahlen Licht der Gaslaternen zog er von der Donau über die Gassen und Plätze, über die unzähligen Baustellen, hüllte die Palais auf der Ringstraße ein, kroch den Kutschern der Fiaker unter die Mäntel und legte sich feucht und schwer auf die Hüte der Passanten.

Der Tod, geschmeidig, etwas zu dünne Glieder im schwarzen Anzug, eine erkaltete Zigarette im Mundwinkel, streifte umher, durchaus nicht ziellos.

Sie, die Liebe, bewegte sich kokett am Lärm und Schmutz der großen Stadt vorbei ins goldene Licht des Vestibüls im Hotel de l'Opera, das in wenigen Jahren »Sacher« heißen würde. Ihr luftiges Kleid schien für die Jahreszeit und für diesen Tag unangemessen.

Dies war der Abend des 28. November 1892. In dieser Nacht würden sie sich begegnen, nicht zum ersten Mal und nicht zum letzten Mal in dieser Stadt und an diesem Ort. Und immer trug ihre Begegnung Bedeutsames.

Während sie, die Liebe, auf einem der Sofas im Vestibül Platz nahm, sie hatte Zeit und würde warten, erklomm er, der Tod, mit einem geübten Schwung die kleine Mauer am Hintereingang und schwang sich hinauf zum ersten Stock des Hotels, wo der Patron, noch nicht einmal fünfzig, im Sterben lag. Die Grippe hatte ihm alle Kraft geraubt, um dieser Begegnung zu trotzen.

Vor dem Hauptportal hielt ein Fiaker, der den Vater des sterbenden Mannes vom Bahnhof brachte. Franz Sacher drückte dem Kutscher eilig das Fahrgeld in die Hand und betrat das Hotel, wo ihn der Portier ehrfürchtig begrüßte. Sacher senior nickte den Angestellten des Hauses zu, die aufmerksam wurden auf seine Ankunft, und ging eilig zur Treppe und hinauf.

Während sich der Tod an der Fassade entlanghangelte, um das richtige Fenster zu finden, fiel sein Blick auf das Mädchen, das, einen Topf mit Suppe fest an die Brust gedrückt, das Hotel durch den Hintereingang verließ. Marie Stadler hatte vier Stunden lang die Böden der Küche und der Patisserie gewischt. Dreimal in der Woche kam sie, um diese Arbeit zu verrichten. Mit dem Lohn trug die Elfjährige als ältestes von vier Kindern zum Lebensunterhalt ihrer Familie bei. Außerdem gab es jedes Mal einen Topf Suppe fürs Abendessen.

Der Tod erinnerte sich daran, dass die Kleine von ihm in Augenschein genommen werden musste. Vielleicht sollte er sich die Arbeit erleichtern und den Mann und das Kind in einem Gang hinüberbringen? Ein Zeitgewinn. Schließlich war diese Nacht dafür angetan, um die Dinge neu zu ordnen. Nun, die Kleine lief ihm nicht weg, er würde sich ihr jederzeit widmen können. Der Mann, Besitzer des Hotels, war wichtiger. Sein Tod würde von Interesse sein und Geschichte schreiben. Darum vor allem ging es in dieser Nacht.

Buch 1
»DER TOD«

1

Die Luft in der Patisserie war schwer von Zucker, Schokolade und Konfitüre. Anna Sacher, nur wenig über dreißig Jahre, sog den Duft ein. Die Süße gab ihr die Gewissheit, dem Sterben, das ihre Kindheit begleitet hatte, entronnen zu sein, den Todesschreien der Rinder und Schweine, der Kälber und Lämmer, die das morgendliche Schlachten begleitet hatten.

Anna verglich die gefertigten Torten mit der Zahl ihrer Bestellungen. Ein halbes Dutzend mussten noch hinüber in die Oper gebracht werden. Das Haus war ausverkauft, und in der Pause würde man der Torte zusprechen. Der Sachertorte, gefertigt aus Teig mit viel Kakao, reichlich Marillenmarmelade unter der Schokoladenglasur. Ein Rezept ihres Schwiegervaters. Als Anna sicher war, dass in der Küche alles reibungslos lief, entschloss sie sich, zu ihrem Mann zu gehen.

Die Liebe auf dem Sofa im Vestibül sah Anna kommen. Die Patronin richtete sich im Gehen das Kleid, das ihre sinnliche Figur betonte, und schaute mit Strenge in die fragenden Augen ihrer Angestellten. »Richten S' alles, dass die Gäste keine Einschränkungen haben. Ich verlass mich auf Sie, Mayr«, war ein Befehl, den sie Mayr, dem Portier, als dem Marschall ihrer Truppe gab. Dann schritt sie die Treppe hinauf zu den privaten Räumen in der ersten Etage.

Die Liebe folgte ihr nicht. Sie strich mit der Hand über den glatten Stoff des Sitzmöbels und wartete.

Und da kamen sie. Martha und Maximilian Aderhold aus Berlin. Ein schönes Paar. Jung und wach. Er trug einen modischen Mantel und einen Hut, der einen Teil seines Gesichtes verbarg. Marthas schlanke Gestalt wurde durch einen nachtblauen Samtmantel mit aufwendigen Stickereien betont.

»Willkommen in Wien. Wir haben notiert, dass Sie auf Hochzeitsreise sind«, der Portier ließ mit keiner Miene erkennen, wie aufgewühlt er durch die Ungewissheit war, was nach dem Tod des Patrons mit dem Hotel und seiner eigenen Position geschehen würde. Möglicherweise würden die nächsten Stunden sein gesamtes Leben verändern.

Maximilian Aderhold legte den Arm um seine schöne Frau. Ein strahlendes Lächeln spiegelte den Besitzerstolz des Frischvermählten.

»Ich darf Ihnen die besten Wünsche des Hauses aussprechen. Wenn S' die Formalitäten, bittschön.« Der Portier schob ihm den Meldezettel zu.

Martha Aderhold trat einen Schritt zurück und schaute sich in der Halle um. Bequeme Sitzmöbel standen auf schweren Perserteppichen. An der Wand ein Gobelin zeigte drei Nymphen im Spiel mit der Nacht. Das Parkett und die Wandtäfelung waren aus erlesenen Hölzern gefertigt. Darüber die Tapete war aus Stoff im kaiserlichen Rot mit eingewirkten Ornamenten.

Martha und Maximilian hatten ein paar Tage zuvor in Berlin den Verlag Aderhold gegründet. Nun wollten sie Schriftsteller finden und sie unter Vertrag nehmen. Wien schien ihnen dafür ein aufregender Ausgangspunkt zu sein.

Die Liebe sah hinüber zu der jungen Verlegerin aus Berlin und wusste, dass dies kein leichter Ritt werden würde. Sie betrachtete ihren Mann, Maximilian Aderhold, dessen Gesicht von einer hohen Stirn eingenommen wurde, die Stirn eines Künstlers, eines Menschen, der Großes gebären will.

Dann glitt der Blick der Liebe hinüber zur Treppe, wo die Prinzessin von Traunstein am Arm ihres Mannes, des Prinzen von Traunstein, auf dem Weg in die Oper herunterkam.

Die siebzehnjährige, ebenfalls frisch vermählte Prinzessin betrachtete Martha Aderhold überrascht, als erkenne sie eine gute alte Bekannte. Über Marthas Gesicht huschte nur ein flüchtiges Lächeln. Sie war viel zu sehr mit dem Ankommen beschäftigt, als dass sie sich hätte im Blick der Prinzessin spiegeln wollen.

Der Prinz von Traunstein grüßte die Aderholds mit einer höflichen Neigung des Kopfes und trat zum Portier. »Wie geht es dem Patron, Mayr?«, erkundigte er sich diskret und erkannte die traurige Antwort bereits im Blick des anderen. »Mein Bedauern«, murmelte er betroffen.

An der Tür zur Straße, die Seiner Durchlaucht Georg von Traunstein und der Prinzessin von einem Pagen aufgehalten wurde, hatte Traunstein den Impuls, sich noch einmal umzuwenden, um den Portier mit einem aufmunternden Blick zu trösten. Da sah er, wie sich Martha Aderhold den Hut abnahm. Sie tat es ohne Eitelkeit und wie nebenbei. Eine Welle dunklen Haares ergoss sich über ihre Schultern und hob ihre feinen Gesichtszüge hervor. Georg von Traunstein schaute sie fasziniert an. Martha Aderhold erwiderte seinen Blick überrascht. Dann war der Augenblick auch schon vorbei. Georg verließ mit seiner Frau das Hotel und Martha wandte sich ihrem Ehemann zu.

Die Liebe war nun in der vollständigen Gewissheit, dass es mit den vier Menschen ein Ritt durch den Sturm werden würde. Was hätte sie darum gegeben, eine Zigarette zu rauchen?

2

Eine Etage über dem Geschehen im Vestibül war inzwischen der Tod in das Zimmer eingetreten, in dem der Kranke lag. Sein kühler Atem legte sich über den Raum, so wie sich der Nebel über die Stadt gelegt hatte.

Anna Sacher kam. Ihr Schwiegervater, Franz Sacher, noch in Reisekleidung, ließ die Hand seines Sohnes vorsichtig aufs Deckbett gleiten und ging seiner Schwiegertochter entgegen. Sie küssten sich zur Begrüßung auf beide Wangen. Dann beugte sich Anna über ihren Mann.

»Ich werde die Enkel holen.« Franz Sacher verließ das Zimmer.

»Anna, meine liebe … Anna«, flüsterte der Sterbende. Es fehlte ihm schon an Atem.

»Im Haus geht sich alles aus, Eduard. Mach dir keine Sorgen.« Anna tupfte ihrem Mann den Fieberschweiß von der Stirn.

Der Tod saß im Lehnstuhl am Fenster und genoss die Stille.

Zwei Querstraßen vom Sacher entfernt stand ein Mann im Schutze eines Hauseingangs: kalte Augen, grobe, pockennarbige Haut.

Eine Kutsche kam in schneller Fahrt heran. Die dunkle Gestalt löste sich von der Hauswand. Ein Samtbeutel fiel direkt vor seine Füße. Der Mann in der Kutsche blieb im Dunkeln. Nur für einen kurzen Augenblick war seine Hand zu sehen und das Wappen eines Siegelringes: ein Geier mit zwei Köpfen.

Ohne ihre Geschwindigkeit zu verändern, fuhr die Kutsche vorbei. Die Gestalt griff sich den nachtblauen Beutel, wog ihn in der Hand und steckte ihn in die Tasche ihres Mantels.

Das Mädchen, Marie Stadler, ging schnellen Schrittes durch die Gasse. Ihr Blick war gesenkt. Die Wärme des Suppentopfes war ihr angenehm. Die Straßenlaternen zeichneten im Nebel milchige Lichtkegel.

Der Wagen, der die Traunsteins die wenigen Meter vom Hotel zur Oper brachte, fuhr an ihr vorbei. Einen flüchtigen Moment sah die Prinzessin von Traunstein das dahineilende Kind.

Marie dachte an die Münzen in ihrer Tasche, die sie von der Hausdame für ihre Arbeit erhalten hatte. Eine davon durfte sie behalten. Sie malte sich aus, wie sie das Geldstück in die Spardose stecken würde. Dann wären dort vierundsechzig. Noch vier weitere Wochen und sie konnte sich die Haarschleife kaufen, die sie im Schaufenster um die Ecke vom Hotel gesehen hatte.

Seit ihrem sechsten Lebensjahr arbeitete Marie. Zuerst hatte sie der Mutter bei der Wäsche geholfen, die sie für die Herrschaften wusch. Inzwischen war Marie groß genug für eigene Arbeit. In manchen Monaten verdiente sie mehr als die Mutter. Einem Kind brauchte man weniger zu zahlen. Und wenn ein Kind genauso viel wegschaffte wie eine Erwachsene, dann holte man das Kind eben gern zum Arbeiten.

Die Schritte hinter Maries Rücken wurden lauter. Sie roch Zigarettenrauch und ging näher an die Hauswand, um den Mann vorbeizulassen. Doch der blieb hinter ihr. Marie legte an Tempo zu. Ein wenig Suppe lief aus dem Topf und rann ihr über das Kleid und die Holzschuhe. Die Mutter würde schimpfen.

Plötzlich packte eine Hand ihre Schulter. Die andere verschloss ihr den Mund. Das Suppengefäß schepperte auf das Straßenpflaster. Die Brühe ergoss sich in den Rinnstein. Marie wehrte sich heftig. »Bist still jetzt, oder i' bring dich um«, zischte der Fremde und drückte ihr Gesicht an seinen Hals. Sein Mantel roch muffig. Als er ihr ein mit Äther getränktes Tuch auf Mund und Nase pressen wollte, biss sie ihm in die Hand. Er schrie vor Wut und Schmerz auf, trug sie rasch auf die Hintertür eines Bordells zu, von denen es viele hier im Umkreis gab.

Die Luft im Haus war parfümgeschwängert. Auf der Stiege gelang es Marie, sich loszureißen. Halb benommen stolperte sie los, suchte eine Tür, verirrte sich. Der Fremde folgte ihr. Endlich fand sie einen Ausgang und stand in einem Gewölbe zwischen Wäsche, die auf Leinen hing. Marie spürte den kalten Hauch der Nachtluft. Hinter ihr war die Tür geöffnet worden. Der Verfolger und das Mädchen waren nur durch die Wäschestücke voneinander getrennt. Marie sah eine weitere Tür, lief darauf zu, griff in Todesangst nach der Klinke. Sie war offen. Dahinter war es stockfinster. Marie fiel ein paar Stufen hinab, rappelte sich hoch, tastete sich vorwärts. Hinter ihr wurde ein Streichholz angezündet, das wieder verlosch. Der kurze Lichtschein hatte genügt, ihr den Weg zu zeigen. Der Verfolger stolperte in der Dunkelheit, fluchte, zündete ein weiteres Streichholz an. Marie fand eine marode Holztür und rannte einen mit mattem Glühlicht beleuchteten Kellergang entlang. »Hilfe«, Marie versuchte zu schreien. Doch ihre Stimme brach vor Todesangst. Der Verfolger kam näher.

Der Notenwart der Oper wurde auf die Geräusche aufmerksam. Er war gerade damit beschäftigt, einen Satz Orchesterstimmen für die

Probe am nächsten Tag zur Bühne zu bringen. Er hörte einen unterdrückten Schrei. Würtner ließ seinen Rollwagen mit den Noten stehen und ging zur Eisenstiege, die in den Keller führte. Vorsichtig lief er die Stufen hinab und sah einen Schatten an der Wand. Dann einen Mann, der ein Mädchen in seine Gewalt brachte. Würtner nahm die Verfolgung auf. Hier unten kannte er sich aus, nur noch ein paar Schritte bis zur Nische, wo die Feuerwehr ihre Äxte deponierte.

Der Entführer zerrte das Mädchen zurück in den Teil des Kellers, der aus der Oper in eines der umliegenden Häuser führte.

Getrieben von dem Willen, das Mädchen zu retten, griff Würtner nach einer Axt. Später würde er nicht mehr wissen, woher er den Mut dazu aufgebracht hatte. Mit wenigen Schritten erreichte er den Mann, der das sich heftig wehrende Kind trug, und hieb ihm die Axt auf den Hinterkopf. Das scharfe Eisen grub sich in den Knochen und spaltete den Schädel.

Der Mann blieb reglos stehen, der Griff seiner Hände lockerte sich, das Mädchen kam los – dann, nach einer endlos erscheinenden Zeit, brach der Entführer zusammen. Aus seiner Tasche fiel der blaue Samtbeutel.

Marie sah auf das Blut zu ihren Füßen. Langsam hob sie ihren Kopf, blickte in Würtners fassungsloses Gesicht und verlor das Bewusstsein.

Der Tod hatte die Beine lässig über die Armlehne des Stuhles gelegt. Seine Schuhspitzen glänzten im Schein der Kerze, die Anna Sacher auf dem Nachttisch des Sterbenden angezündet hatte. Er dachte an das Mädchen.

Die Uhr tickte unablässig. Gleich würde die Oper aus sein und die bestellten Tische in den Separees eingenommen werden. Anna grübelte, ob sich der Zustand des Patrons herumgesprochen haben könnte. Womöglich blieben die Gäste aus Pietät oder Aberglaube aus? Vielleicht sollte sie den Schwiegervater bitten, beim Sterbenden zu wachen, und selbst nach dem Rechten sehen?

Anna fühlte die heiße Hand ihres Gemahls und erinnerte sich an ihre Hochzeit in der Votivkirche. Einundzwanzig Jahre war sie damals gewesen. Zwölf Jahre hatte die Ehe gedauert. Der Witwer und Hotelier war eine gute Partie in Wien gewesen. Eduard hatte Anna vom ersten Tag an respektiert und ihr freie Hand gelassen. Sie war niemals in Eduard Sacher verliebt gewesen. Sie liebte das Hotel und die Verantwortung. Sie dachte es nüchtern und klar.

Ihre Betrachtung rang dem Tod ein respektvolles Lächeln ab. Er mochte Menschen, die klar dachten. Die meisten Menschen verloren sich im Strudel ihrer Emotionen. Der Tod hätte ihnen gern von dem Raum erzählt, den die Seelen betraten, wenn sie die Welt verließen, und zu dem er nun Eduard Sacher bringen würde. Dieser Raum, so wusste der Tod, war reinster Segen. Hier galt nur der Zustand des Seins. Ein Sein ohne Zukunft und ohne Vergangenheit. Ein Raum höchstmöglicher Ruhe. Ein tröstliches Nichts, aus dem sich selbst zu gebären Vollendung bedeutete. Der Tod wusste auch, dass fast alle, die er bis zu dieser Schwelle begleitete, den Raum voll Verlangen betraten, so als hätten sie ihr gesamtes Leben nur darauf gewartet. Er selbst blieb stets respektvoll vor dem Tor zurück.

Franz Sacher kam mit den Kindern. Für die zehnjährige Annie war es schlimm. Der nur zwei Jahre jüngere Eduard hatte das nüchterne Naturell seiner Mutter. Er nahm den Tod des Vaters als eine Angelegenheit, die es zu bewältigen galt. Die Jüngste, Franziska, hatte von jeher keine Beziehung zum Vater gehabt.

Annie klammerte sich an den Sterbenden, als könnte sie ihn so im Leben halten. Und da – im Ringen um ihren Vater wichen die Nebel. Annie sah am Fenster im Lehnstuhl den Mann mit den wippenden glänzenden Schuhspitzen. Sie sah dem Tod direkt in die Augen. Dies alles dauerte kaum eine Sekunde. Auch die Erinnerung daran würde bald im Nebel des Vergessens verschwinden. Aber das Gefühl, dieses Gefühl, hinter den Vorhang geschaut zu haben, würde Annie von nun an begleiten.

Ein letzter Atemzug entrang sich Eduards Brust. Und mit der Luft wich das Leben aus ihm. Der Tod erhob sich und begrüßte die Seele des Mannes; hüllte die Schöße seiner Jacke um dieses tiefste Geheimnis des Menschen und verließ mit ihm den Raum.

Anna Sacher schloss die Augen des Leichnams und faltete die Hände. Dann hielt sie das Pendel der Uhr an. Auf eine bestimmte Art war sie erleichtert, so wie sie als Mädchen erleichtert gewesen war, als ihr Vater starb und sie den Schlachthof verließen.

Franz Sacher schaute auf seinen toten Sohn und begriff plötzlich, was ihn stets an Eduard irritiert hatte: die Angst vor dem Leben.

Franz fühlte, wie sich die kleine, feuchte Hand seiner Enkelin Annie in die seine schob. Mit tränenüberströmtem Gesicht blickte das Kind auf den toten Vater.

Marie schlug die Augen auf und sah in das Gesicht eines Mannes. Die schrecklichen Bilder ihrer Entführung bedrängten sie. Sie begann zu zittern.

»Musst keine Angst haben, Vogerl«, sagte Würtner beschwörend und hielt ihr einen Blechlöffel mit Zuckerwasser vor den Mund.

»Er kann dir nichts mehr tun.«

Würtner hatte sie in seine Räume gebracht. Hinter den Archivregalen gab es eine kleine Kammer, die er nutzte, wenn er bis zum Morgengrauen die Orchesterstimmen kopierte und zu müde war, um noch nach Hause zu gehen. Dort hatte er Marie auf das zerschlissene Sofa gelegt. Aus der Ferne waren Musik und Gesang zu hören.

»Bist doch ein so klein's Mädel, dir darf keiner was tun.« Seine Stimme hatte einen hellen Klang und passte nicht zu seiner gedrungenen, dicklichen Gestalt.

Ganz nah kam der Mann Marie. So nah, dass Marie unter seinem schon schütteren Haar die gelbliche Kopfhaut sah. Und weil er nicht abließ, mit dem Löffel vor ihrem Mund herumzukreisen, und wohl auch aus Todesangst, öffnete Marie den Mund.

Es schmeckte süß und kühl. Mit jedem Schluck kam ihre Kraft wieder. Als das Glas leer war, wischte sie sich den Mund und fragte mit feiner Stimme: »Kann i' nach Haus?«

Als der Mann nichts sagte, schlüpfte sie unter der Decke hervor, stand auf und ging zur Tür.

»Was willst denn zu Haus?« Seine Stimme hatte einen schärferen Klang.

Marie wandte sich ängstlich um. »Die Mama wartet doch auf mich.«

»Die wartet nimmer.« Er lachte grob. »Deine Eltern haben dich verkauft.«

Marie starrte Würtner an.

»Ja, was glaubst, wohin dich der Mann bringen wollt? Von der Syphilis wollen die Männer kuriert werden. Dafür holen s' so kleine Mädel wie dich von der Straßen.«

Marie begann zu weinen.

»Glück hast gehabt!« Er schob sie von der Tür weg, zurück zum Sofa. Dort setzte er sie neben sich und nahm väterlich ihre Hand. Sie roch seinen Schweiß. »Aber jetzt pass i' auf dich auf«, sagte er und meinte es ernst. Er würde das Kindchen, sein Vogerl, nicht mehr in die gefährliche Welt da draußen lassen. Er würde sie beschützen, so wie er als Junge selbst gern beschützt worden wäre.

Aus der Ferne schwoll die Musik ins Finale.

Kraftvolle Akkorde vereinten die Sänger, die Musiker und das Auditorium ein letztes Mal. Der Nachhall der Instrumente war kaum verklungen, als sich stürmischer Applaus erhob. Berührt schob Konstanze von Traunstein ihren Fächer zusammen. Musik wühlte die Prinzessin stets auf und erfüllte sie mit Wehmut. Sie wünschte sich, eine Künstlerin zu sein, Muse wenigstens für ein großes Genie. Sie schaute in das Profil ihres Mannes, sah, wie sich seine Hände enthusiastisch im Applaus bewegten. Mit ihm würde sie nun für immer ihr Leben teilen. Dieser Gedanke löste ein Unbehagen in ihr aus.

Georg fühlte Konstanzes Blick und wandte sich seiner Frau lächelnd zu. Sie war ihm fremd, auch nach einem halben Jahr Ehe noch.

Constanze Nagy-Károly war ein Goldstück unter den Heiratskandidatinnen gewesen. Die Traunsteins hatten lange gesucht nach Alter und Titel, vor allem nach einem Vermögen, das sich ihren Stammbaum kaufen wollte. Das Eheversprechen abzulegen war für Georg ohne jeden Zweifel gewesen. Er brauchte eine Frau. Er wollte eine Frau. In dieser Hinsicht suchte er ein unkompliziertes Leben. Georg war damit beschäftigt, ein sinnvolles Leben zu führen. Er spürte in sich die Berufung, die Welt besser zu machen. Dem wollte er seine Kraft widmen.

Georg atmete die zarte Note von Konstanzes Duftwasser ein, das sich mit dem Geruch ihres üppigen dunklen Haares mischte. Dieser Geruch löste Begehren aus. Er war überrascht. Zwar hatte er das

Recht, seine Frau zu begehren. Aber eine gewisse Distanz, ein kühler und disziplinierter Umgang miteinander war ihm für die Ehe als notwendig vermittelt worden. Leidenschaft war etwas für die Bordelle und die Affären. Emotionen konnten einer Ehe vor allem schaden. Sie waren unberechenbar. Georg verachtete Menschen, die nicht kühlen Kopfes waren, auf die er sich nicht in jedem Augenblick und in jeder Situation verlassen konnte. Diesen Maßstab legte er vor allem an sich selbst.

3

Im Halbdunkel des hereinbrechenden Tages wurde der Sarg mit dem toten Eduard Sacher abgeholt. Die Belegschaft hatte sich auf dem Wirtschaftshof versammelt und gab ihrem Patron das letzte Geleit. Am Vormittag sollte die offizielle Bekanntmachung erfolgen. Dann würde der Leichnam der Wiener Gesellschaft und ihren Trauerbekundungen gehören. Die Angestellten würden nichts mehr tun können, als auf das Unwahrscheinliche zu hoffen, dass Anna Sacher das Haus weiterführen durfte.

Anna sah in die Gesichter ihrer Angestellten. Sie hörte unterdrücktes Schluchzen. Und sie wusste, dass hier alle um ihre Arbeit und um ihre Zukunft fürchteten. So mancher von ihnen hatte erst vor Kurzem eine Familie gegründet. Diese Leute brauchten sie, und sie brauchte die Leute. »An die Arbeit. Unsere Gäste sollen wissen, dass alles bleibt, wie's ist.« Ihr Ton hatte eine neue Lage.

Sie ging zurück ins Haus, im Geiste ordnend, was für den Tag vorzubereiten wäre.

Als sie das Büro betrat, das sie mit Eduard geteilt hatte, saß der Schwiegervater auf ihrem Platz und sah die Bücher durch.

Anna hielt den Atem an. »Bist schon bei den Papieren?«

»Wir werden einen Verwalter einsetzen, bis ich einen Käufer gefunden habe, der uns einen guten Preis zahlt«, murmelte Franz. »Davon werden wir zumindest die Hypotheken auslösen. Was mein eigenes Geld betrifft, das ich in die Unternehmung gesteckt habe …« Er winkte ab.

Anna blieb neben ihm stehen. Es wäre ein Zugeständnis gewesen, wenn sie sich auf Eduards Seite gesetzt hätte. Sie wollte, dass er ihren Platz frei machte.

Es war sonst nicht Annas Sache, sich mit ihren Wünschen und Bedürfnissen zurückzuhalten. Doch jetzt musste sie schlau sein. Mit dem Tod ihres Mannes hatte sie die Konzession für den Hotel- und Restaurantbetrieb verloren. Auch den Titel Kaiserlicher und Königlicher Hoflieferant durfte sie nun nicht mehr führen. Sie war eine Witwe mit drei kleinen Kindern. Sie musste sich ihren Schwiegervater zum Verbündeten machen, den Verkauf des Hauses verhindern und mit seiner Hilfe die Behörden überzeugen.

»Der Eduard, der hätt's«, sie hielt inne und ließ das »vielleicht« weg, »der hätt's anders gewollt«.

Der Schwiegervater ging darauf nicht ein und sagte gutmütig: »Ich will zufrieden sein, wenn ich den Schaden für die Familie in Grenzen halt.«

Weil Anna nichts erwiderte, deutete Franz das als Zustimmung und wandte sich wieder den Papieren zu, deren leises Rascheln durch die Stille im Raum verstärkt wurde.

»Ich werd das Haus weiterführen.«

Franz Sacher sah auf. »Die Konzessionen laufen auf Eduards Namen. Einer Frau werden s' den Titel Hoflieferant nicht überlassen«, sagte er irritiert. So naiv konnte Anna nicht sein.

»Sie sollen dem Haus den Titel lassen. Mir brauchen s' gar nix überlassen.«

Ehe er etwas erwidern konnte, klopfte es. Der Portier trat ein. Ihm folgte ein junger Mann im abgetragenen Anzug.

»Tut mir leid!« Mayr hätte Anna Sacher und ihren Schwiegervater gern vor dem Besucher verschont. »Aber der Herr ist von der Polizei.«

»Habe die Ehre! Lechner mein Name, vom Polizeiagenteninstitut«, schaltete sich der junge Mann ein und verbeugte sich knapp. »Mein herzliches Beileid, Frau Sacher, Herr Sacher. Bitte nachsichtigst um Vergebung, dass ich ausgerechnet heut. Es geht um die Stadler-Marie. Das Kind ist gestern Abend nicht nach Haus gekommen. Wir haben nur ihren Suppentopf g'funden. Außerdem gab's in der Nähe einen Toten. Ich müsst' Ihre Leute befragen.« Unter dem Milchgesicht verbarg sich ein Mann mit Entschlusskraft.

»Ja, dann tun S'.« Anna hatte gerade keine Nerven für diese Angelegenheit. »Und, Mayr, sorgen S' dafür, dass die Polizei uns anschließend durch den Wirtschaftseingang verlässt.«

Lechner zuckte unmerklich zusammen. Er war kein Lakai. Seit einer Woche war er Anwärter bei der Wiener Kriminalpolizei, und dies war sein erster eigener Fall. »Habe die Ehre.« Lechner zeigte mit keiner Miene, dass man ihn beleidigt hatte. Er verbeugte sich wiederum nur knapp und ging.

Anna wandte sich wieder ihrem Schwiegervater zu. »Das Hotel ist mein Leben, Franz. Ich werd's nicht aufgeben.«

»Dein Leben sind die Kinder, Anna. Sie haben gerade den Vater verloren.«

Franz Sacher schaute wieder auf die Unterlagen. War er wirklich dagegen, dass seine Schwiegertochter das Erbe ihres Mannes weiterführte? Aber er konnte sich beim besten Willen nicht vorstellen, wie eine Frau mit drei Kindern allein in Wien ein Hotel führen wollte – vor allem in der Qualität, wie es die Gäste gewohnt waren. Und er würde Baden nicht verlassen, um an die Stelle seines Sohnes zu treten. Franz Sacher war über siebzig. Er genoss das Leben als Pensionär, zwei kurze Fahrstunden von der brodelnden Hauptstadt entfernt. Er liebte seine einsamen Spaziergänge, die Mittagsruhe und den Duft von Kaffee gegen vier Uhr am Nachmittag. Um nichts in der Welt wollte er noch einmal in der Gastronomie oder im Hotelbetrieb arbeiten. Er hatte seinen Teil getan und seine Söhne in die Spur geschickt. Der älteste Sohn führte schon seit über zehn Jahren ein Kurhotel.

Anna hatte keine Ahnung von den Gedanken ihres Schwiegervaters. Sie sah nur seine Strenge. Sie durfte sich jetzt nicht schwächen lassen. Sie musste sich auf das konzentrieren, was sie wollte.

4

Martha und Maximilian Aderhold, die jungen Verleger aus Berlin, saßen beim Frühstück. Martha griff mit Appetit zu.

Maximilian war an diesem Morgen schwer aufgewacht und wäre gern noch länger im Bett geblieben. Doch es drängte beide ins Café Griensteidl, nur fünf Gehminuten entfernt. Sie wollten Hermann Bahr treffen, den Dichterfürsten Wiens. Maximilian war von dessen Literaturkritiken und Schriften begeistert. Sie erhofften sich von ihm Ratschläge für ihren Verlag und durch seine Fürsprache junge Schriftsteller zu überzeugen, bei ihnen zu veröffentlichen.

Von Berlin aus glänzte die Hauptstadt des Habsburger Reiches im Licht künstlerischer Individualität. Die Literaten, Maler und Architekten waren jung, nicht älter als dreißig. Diese Künstler schienen Suchende zu sein, auf einem vollendeten handwerklichen Niveau. So war Maximilians enthusiastische Analyse – und er riss Martha mit.

Bei ihren nächtlichen Spaziergängen durch den Berliner Tiergarten hatten sie beschlossen, ihrem Verlag keineswegs Beschränkungen aufzuerlegen. Sie wollten Ausdruck der Moderne sein, frei in ihren ästhetischen Entscheidungen, erproben, wohin ihre Neigung und Begabung sie zogen.

Martha und Maximilian hatten sich vor etwas über einem halben Jahr im Lesesaal der Friedrich-Wilhelm-Universität in Berlin kennengelernt, wo Martha, die als Frau nicht zum Studium zugelassen wurde, sich aus Büchern holte, was man ihr im Hörsaal verweigerte.

Martha fühlte sich vom ersten Moment an zu dem Mann mit den hellen Augen hingezogen. Doch sie hatte die Geduld abzuwarten, bis er sie zu einem Spaziergang einlud. Die Bücher unter dem Arm, flanierten sie die Allee *Unter den Linden* entlang durchs Brandenburger Tor in den Tiergarten. Maximilian erzählte ihr von seinen eigenen Texten und versprach, am nächsten Tag eine Kostprobe mitzubringen. Sie gingen alle verschlungenen Wege mehrmals, bis es dunkel war. Dann nahm sich Martha eine Droschke und fuhr nach Hause.

Martha Grünstein hatte ihr Elternhaus in Bremen verlassen. Es zog sie nach Berlin, dem Geburtsort ihrer verstorbenen Mutter.

Arthur Grünstein gönnte seiner Tochter die Zeit, die sie noch ohne eheliche und familiäre Pflichten hatte. Denn für ihn galt es als ausgemacht, dass er der Tochter einen Mann finden würde, der sich als geeigneter Nachfolger für sein Importgeschäft erwies. Bis dahin sollte Martha sich ganz nach ihren Wünschen entfalten können. Dass sie sich verlieben und ihre eigenen Entscheidungen treffen könnte, ließ Grünstein bei seinen Plänen außer Acht.

Martha hatte kein schlechtes Gewissen, als sich in den Tagen des Beisammenseins mit Maximilian ihre gemeinsame Zukunft formte. Sie spürte, dass ihr Leben an der Seite des begabten Mannes einen Sinn bekam. Ihr Vater war durch den Handel mit Übersee reich geworden, und ein Gutteil seines Geldes würde ihre Mitgift sein. Genügend, um einen eigenen Verlag zu gründen – und, bis dieser Geld abwarf, recht gut zu überleben.

Als Martha alle unvollständigen Texte von Maximilian gelesen und sich kritisch und anerkennend dazu geäußert hatte, fühlte er sich von der drei Jahre Älteren gesehen und verstanden.

Martha, die doch sonst so besonnen und planvoll vorging, verdrängte eine mögliche Enttäuschung ihres Vaters. Es war sein Geschäft. Genauso, wie er es als junger Mann gegründet hatte, wollte sie nun auch ihre Unternehmung gründen. Außerdem erfreute sich der Vater bester Gesundheit. Er konnte seine Vision leben, anstatt das Geschäft einem Schwiegersohn zu übertragen, der womöglich nicht das gleiche Geschick wie er selbst bewies. Maximilian war in Geschäftsdingen völlig ungeeignet. Das hatte Martha schnell erkannt. Insofern sollte ihr Vater, ohne ein schlechtes Gewissen haben zu müssen und ohne familiäre Rücksichtnahme nach einem zahlungskräftigen Nachfolger Ausschau halten. Falls er seine Unternehmung überhaupt abtreten wollte. Martha hatte sich also ein Konzept zurechtgelegt und schuf Tatsachen, ehe irgendein Skrupel, ein Umdenken sie von ihren Plänen hätte abbringen können oder eine Intervention ihres Vaters möglich war.

Der Protestant Maximilian und die Jüdin Martha heirateten standesamtlich. Weder die eine noch die andere Kirche sollte in ihrem Leben eine Rolle spielen. Der Begriff des Atheisten war gerade in Mode gekommen. Nein, gottlos fühlten sich beide nicht. Im Gegenteil wollten sie dem Göttlichen, das in ihren Augen durch die Kunst am besten gespiegelt wurde, Raum geben. So waren sie nach der Trauung nach Wien gereist, um sich mit etwas zu verbinden, was noch keine Gestalt hatte, noch keinen Inhalt, was nur eine Ahnung war.

So ähnlich erklärte Martha es auch ihrem Vater in einem langen Brief, den sie im Zug sofort nach Verlassen des Bahnhofes verfasste und von Dresden aus aufgab. Als sie dem Postbeamten das Porto auf den Tresen legte, überfiel sie das schlechte Gewissen.

Und jetzt! An diesem ersten Morgen lag Wien im Nebel. Alles erschien zäh und undurchdringlich.

Maximilian roch an einem Kipferl und legte es wieder in den Korb zurück. Er konnte noch nichts essen. Es war eine Schwäche von ihm, dass er die Dinge vorausträumte, um dann enttäuscht zu sein. In solchen Momenten fühlte sich Martha stets herausgefordert, den Optimismus und das Ziel im Auge zu behalten. Sie war fest entschlossen, nicht mit leeren Händen nach Berlin zurückzukehren. Der Vater war ein Geschäftsmann und am besten mit Ergebnissen zu überzeugen.

Während sie nun an ihrem ersten Morgen in der fremden Stadt schweigend jeder für sich den Gedanken nachhingen, goss ein Kellner Kaffee nach. Maximilian sah in den Augen des Mannes größte Trauer. »Fühlen Sie sich nicht wohl?« Maximilian wollte keineswegs von einem Menschen bedient werden, der dies nicht mit freiem Willen tat.

»Heut Nacht«, die Stimme des Kellners zitterte, »ist der Herr Sacher junior ... unser Patron ist verstorben.«

»Mein Gott«, entfuhr es Martha.

»Ja, wie denn?«, wollte Maximilian plötzlich sehr genau wissen. Denn schließlich hätte es sich auch um einen Mord handeln können.

»Die Grippe«, erwiderte der Kellner. »Wir möchten unsere Gäste selbstverständlich damit nicht aufregen. Darf's bittschön noch etwas sein?«

Maximilian und Martha schüttelten gleichzeitig den Kopf. Wie hätten sie unter diesen Umständen noch was bestellen können?

Der Kellner ging mit einer Verbeugung.

Maximilian starrte Martha an. »Wir sind in einem Totenhaus.« Er war ehrlich entsetzt. »Das hätten sie uns doch bei der Anreise sagen müssen, dass der Direktor des Hauses im Sterben liegt.«

»Wir wären doch nicht in ein anderes Hotel umgesiedelt, Max. Gut, dass wir es nicht gewusst haben.« Martha sagte dies mit ihrer klaren Stimme, der sie in kritischen Momenten stets ein Leuchten zu geben wusste. Doch im tiefsten Innern war auch sie erschrocken. In der ersten Nacht ihrer Hochzeitsreise war nur wenige Meter von ihnen entfernt ein Mensch gestorben.

Die Liebe hatte sich an den Tisch ihnen gegenübergesetzt. Gegen den Tod kam sie nicht an. Anstatt die Liebe zu fühlen, erschraken die Menschen über den Tod. Er regte sie an und auf. Im Tod sah der Mensch eine Macht. Obwohl – die Liebe kräuselte nachdenklich die Stirn – sprach man nicht eigentlich von der Macht der Liebe? Und gab es nicht den Satz: Im Tode verlor er alle Macht? Dennoch fühlte sich die Liebe dem Tod unterlegen. Zumindest hier und jetzt. Aber nun würde sie sich endlich emanzipieren! Denn sie war das Leben selbst und der Tod das Alpha und Omega eines in Liebe gelebten Lebens. So sollte es sein. So mussten es die Menschen endlich fühlen. In diesem Sinne würde sie sich ihrem Auftrag widmen.

5

Konstanze von Traunstein betrachtete Stoffproben, die ihr von unterschiedlichen Wiener Raumausstattern ins Hotel gebracht worden waren. »Es wird hier schon alles weitergehen, Flora, warum sollt's auch nicht?«, beruhigte die Prinzessin das Zimmermädchen.

Flora war den Tränen nahe. Sie war ins Appartement gekommen, um das Frühstücksgeschirr abzuräumen.

»Mit diesem Stoff wünsch ich mir mein kleines Sofa bezogen«, sagte Konstanze verspielt. Sie wollte das Gutsschloss, das sie mit Ehemann und Schwiegervater bewohnte, wenigstens teilweise nach ihrem Geschmack einrichten.

»Wunderschön!« Flora vergaß zu weinen.

»Wie findest du diese Tapete?« Konstanze zeigte ein Stück blaues Papier mit stilisierten Blüten in Gold. Dabei schaute sie prüfend zur alten Zofe, die am Fenster saß und stickte. Die verfolgte jedes Wort ihrer jungen Herrin. Sie hatte ein kantiges, freudloses Gesicht. Ihr graues Haar wurde straff von einem Knoten gehalten. Seit Jahrzehnten diente sie bei den Traunsteins. Konstanze mochte die Zofe nicht und war fest entschlossen, sie bei nächster Gelegenheit loszuwerden.

»Wunderschön … es ist alles so wunderschön«, hauchte Flora, angetan von der Eleganz der Proben und Skizzenblätter.

Konstanze machte sich bereit, das Thema zu wechseln. Sie hatte in der Wiener Zeitung eine kleine Notiz über das Verschwinden des Kindes Marie Stadler auf dem Heimweg aus dem Hotel gelesen, sich an ihre Fahrt in die Oper erinnert und war erschauert. »Und dies Mädel, das verschwunden ist, das kanntest du also?« Konstanze sah, wie die Zofe am Fenster kaum merklich zusammenzuckte.

Flora nickte eifrig. »Ihre Mutter ist Wäscherin. Der Vater fährt Kohlen. Die Polizei war auch schon da. Aber keiner vom Personal hat was g'wusst«, sagte das Zimmermädchen mit dramatischem Blick.

»Einfach verschwunden auf dem Weg nach Haus?«, sinnierte Konstanze.

Flora vergaß ihre Position und hauchte wie zu einer Freundin: »Es gab auch einen Toten.«

Konstanze bekreuzigte sich erschrocken.

»Die Madame vom Etablissement gerad' gegenüber von der Oper hat ihn g'funden, ganz in der Nähe ihrer Kellertüre. Unter der Straßen gibt's geheime Gänge, die von einer Seite zur anderen führen.« Floras Stimme bebte vor Aufregung. »Man sagt, dass es Leut' in der Stadt gibt, die kleine Mädchen einfangen, um sie dann nachts …«

Die Zofe sah missbilligend auf. Flora verstummte.

»Ja, was?«, drängte Konstanze aufgeregt.

»… in dämonischen Ritualen zu opfern«, vollendete Flora ihren Satz.

Konstanze wurde blass. »Was redest da für wirres Zeug?«

Es klopfte. Ohne eine Aufforderung abzuwarten, betrat ihr Schwiegervater, der alte Fürst Josef von Traunstein, das Appartement. »Servus, Stanzerl.« Der Schwiegervater küsste ihr etwas intimer als notwendig die Hand.

Flora knickste mit gesenktem Blick, nahm eilig das Frühstückstablett und verließ das Zimmer.

Konstanze wendete sich ihren Stoffproben zu und tat geschäftig. »Ihr Sohn ist bei Hofe.«

»Haben Sie von der Entführung gehört, Schwiegerpapa? Und dem toten Mann?«, fragte Konstanze leise, Entsetzen in der Stimme.

Der Alte ging über ihre Frage hinweg. »Ich habe der Frau Sacher bereits kondoliert«, sagte er und griff sich eine der Stoffproben.

Konstanze sah ihn mit fragenden Augen an.

»Lass gut sein, Stanzerl.«

Erschrocken über seinen Ton wich sie zurück.

Josef von Traunstein sah die Zofe, die neugierig herüberschaute, warnend an. Dann betrachtete er sich eingehend die Stoffprobe. Sein Ton wurde jovial. »Ein Puppenhaus willst dir also einrichten?«

Konstanze spürte seinen mächtigen Körper nah bei ihrem und flüchtete hinter den Habitus eines schmollenden Kindes. »Ihr Sohn meint, das ist unnötiger Luxus, wenn ich die Räume im Schloss renovieren lasse.« Sie bekam ihn auf Abstand.

»Georg meint so manches«, erwiderte der Schwiegervater bissig und trat zur Anrichte, um sich einen Weinbrand einzugießen. »Ich red mit ihm.« Er trank das Glas in einem Zug aus und goss sich ein zweites ein. »Und sonst? Ich hoffe, mein Sohn erfüllt seine ehelichen Pflichten?«

Konstanze errötete peinlich berührt und schob geschäftig Stoffproben über die Grundrisse ihres künftigen Hauses.

Der Schwiegervater beobachtete sie. Der Ausdruck seines Gesichtes war süffisant.

Nach dem Tod seiner Frau vor fast zehn Jahren hatte sich Josef von Traunstein selbst nach einer geeigneten Heiratskandidatin umgeschaut, die seine schlechte wirtschaftliche Situation mit einer stattlichen Mitgift verbessern sollte. Nach Generationen, in denen der Reichtum verbraucht worden war, hatten Schloss und Ländereien frisches Geld dringend nötig. Doch es hatte sich kein Arrangement gefunden.

Das stellte sich ein paar Jahre später für Georg anders dar. Er war jung, und der makellose Stammbaum der Traunsteins war diesmal Geld wert. Mit der Verheiratung seines Sohnes hatte der Alte nun auch für sich selbst gesorgt.

6

Johann passte Flora im dunklen Seitenflur zum Hof hinaus ab. Hier waren der junge Kofferdiener und das Zimmermädchen für einen Moment allein. Johann ergriff Floras Hände und behielt sie fest in seinen. »Ich habe meiner Tante g'schrieben«, flüsterte er aufgeregt. »Vielleicht zahlt sie mich ja aus? Ich bin doch der einzige Erbe.« Er küsste sie voll Hoffnung auf eine gemeinsame Zukunft.

Sie waren sich vor gut einem Jahr nähergekommen, kurz nachdem Flora im Hotel eingestellt worden war. Johanns Anstellung als Kofferdiener ging bereits ins siebte Jahr. Er hatte mit fünfzehn zu arbeiten begonnen. »Unseren eigenen Gasthof könnten wir haben, Flora.«

Flora schaute ihn voller Zweifel an. Sie war neunzehn, vollkommen mittellos. Wieso sollte eine fremde Frau ihr Leben glücklich verändern? Auf einen solchen Gedanken wollte sie sich gar nicht erst einlassen. Er konnte nur Enttäuschung bringen. »Aber jetzt noch nicht, Johann ... jetzt bestimmt noch nicht.«

Doch Johann blieb bei seinem Optimismus. »Wenn's hier nicht weitergeht, wird sie uns schon helfen«, bekräftigte er entschieden. Flora lächelte kaum beruhigt.

Da riss sie die strenge Stimme der Patronin auseinander. »Nicht plauschen! An die Arbeit! Die Gäste sollen nicht das Nachsehen haben«, rief Anna Sacher streng. Sie hatte ihre Augen wirklich überall. Johann ließ Floras Hand los. Sie trennten sich eilig.

Annas Kinder hatten mit einem Teil des Personals zu Mittag gegessen. Es hatte Rindsgulasch gegeben und zum Nachtisch Topfenstrudel mit Vanillesauce vom Vortag. Man war schon beim Abräumen, denn jeder wollte so schnell wie möglich zurück an die Arbeit.

Tochter Annie aß noch. Sie stopfte die Nachspeise in sich hinein, schluckte und stopfte. Ihre Schwester drehte sich auf dem glatten Küchenfußboden und genoss den Schwung ihres Trauerkleides. Eduard junior stolzierte, die Hände in den Hosentaschen, durch die Küche. Als einziger Sohn hatte er – so viel wusste der Kleine bereits – ein Anrecht auf all dies.

Anna kam in die Küche und wandte sich an ihren Koch: »Die fürstliche Familie Schwarzenberg hat sich für heut Abend mit dreißig Personen angesagt.«

Der Koch hatte sich bereits um das Menü gekümmert und reichte ihr seinen Vorschlag. Sie überflog das Blatt und war zufrieden. Keinerlei Nachlässigkeit oder Abstriche. Alles wie immer. Das Küchenpersonal legte an Tempo zu. Die Hausdame nahm sich der Kinder an. Anna sah es dankbar.

»Wenn die Kinder brav sind, können Sie mit ihnen einen Spaziergang machen.«

»Zuerst die Schulaufgaben. Wenn Sie dann auf mich verzichten können, Frau Sacher, würd' ich mit ihnen gehen«, erwiderte die Hausdame.

»Gibt's was Neues von der Marie?«

Die Hausdame schüttelte den Kopf. »Niemand von uns konnt der Polizei was sagen.«

»Vielleicht ist sie nur fortgelaufen?«, sagte Anna.

»Die Marie ist so ein gutes, liebes Mädel.« Die Hausdame hatte der Kleinen stets die Suppe und den Lohn gegeben. Sie konnte sich einfach nicht erklären, was passiert war.

»Sagen S' der Frau Stadler, dass es mir leidtät. Wenn sie was braucht, soll sie's sagen«, beendete Anna das Thema.

Inzwischen hatte Annie die Platte mit dem Nachtisch zu sich herübergezogen.

»Genug gegessen! Du wirst Leibschmerzen bekommen, Annie, und dann liegst krank im Bett«, mahnte Anna ihre Tochter.

Eduard junior äffte aggressiv aus dem Hintergrund. »Wie der Papa.«

»I' hab aber Hunger.« Annie füllte sich einen weiteren Löffel auf.

»Genug jetzt!« Anna gab ihrer Tochter eine Kopfnuss. Die Küchenhilfe kam auf ihren Wink, um alles abzuräumen. Annie hielt ihren Teller mit beiden Händen fest. Sie weinte.

»Du bist eklig.« Eduard junior war unerbittlich.

»Ich kümmere mich«, sagte die Hausdame beruhigend.

Anna verließ dankbar die Küche. Die Kinder mussten machen, was sie sagte. Das war doch nicht zu viel verlangt. Nur so würde sie ihnen eine Zukunft sichern können.

»Meine Liebe, ich hab's gerad' erst erfahren. Es tut mir ja so leid.« Katharina Schratt, Hofschauspielerin und Freundin des Kaisers, war in den frühen Morgenstunden von einem Urlaub auf Korfu zurückgekehrt.

Anna umarmte die Freundin.

»Bei Hofe gibt es nur noch ein Thema, wohin gehen wir nächstens nach des Kaisers Soupers essen?«, berichtete die Schratt lebhaft. Sie spielte dabei auf die Unsitte des Kaisers an, so schnell zu essen, dass ein Gang schon wieder abgetragen wurde, bevor die Schüsseln am

Ende der Tafel überhaupt angekommen waren. Die meisten Gäste verließen daher die Essen beim Kaiser hungrig. Man hatte es sich zur Gewohnheit gemacht, vor oder nach den Einladungen beim Kaiser bei Eduard Sacher zu dinieren und dort den Köstlichkeiten zuzusprechen, die einen an der Tafel Seiner Majestät gar nicht erst erreichten, wenn sie dort überhaupt so gut zubereitet waren.

Anna führte Katharina Schratt zu einem der Sofas im Vestibül, wo sie unter vier Augen waren. Oberkellner Wagner kam und servierte der Hofschauspielerin ein Glas ihres bevorzugten Weines.

»Einige Restaurationen sind ja schon guter Hoffnung, dass sie die Lücke werden füllen müssen.« Die Schratt nippte an ihrem Wein.

Anna nahm den ironischen Tonfall der Freundin auf. »Dem Bristol und dem Imperial hat's schon lange aufgestoßen, dass eine Fleischhauertochter das Haus Österreich führt.«

Kathi Schratt legte ihre Hand auf Annas. »Dein guter Eduard stirbt mit nicht mal fünfzig an der Grippe«, sagte sie verhalten. »Was für eine Tragödie.«

Vor der Freundin konnte Anna ihren Gefühlen endlich freien Lauf lassen. »Ist ihm zu viel geworden das Leben. Und weißt auch, warum?« Sie wartete keine Erwiderung ab. »Weil ich ihm alles abgenommen hab. Hinter dem Rücken einer Frau stehen, das war ihm nix. Da stirbt er lieber. Macht mir ein schlechtes Gewissen.« Anna hielt inne. Zum ersten Mal spürte sie ihre Empörung.

»Die Männer brauchen uns nur, wenn's passt. Der Franz will in meiner Nähe sein, aber wehe, wenn ich ihm was über Politik sag. Da ist er nur noch der Kaiser und will nix hören.«

Das Verhältnis der Schratt mit dem Kaiser hatte die Kaiserin höchst persönlich arrangiert, um ihr *Männchen,* wie sie ihren Gatten nannte, in guter Gesellschaft zu wissen, wenn sie selbst monatelang auf Reisen war. Elisabeth mied den Hof, wo sie nur konnte.

Die Schratt trank einen letzten Schluck und stand auf. »Ich muss weiter, zur Schneiderin, um sechs haben sie mir eine Probe mit dem Viktor Kutschera avisiert.« Die Augen der Schratt leuchteten bei dem Gedanken an den Kollegen. Sie rauschte davon. Und Anna ging zurück auf ihre Bühne, ins Vestibül.

7

Martha saß im Café des Hotels und las eines der ersten Manuskripte, das man ihr und Maximilian anvertraut hatte.

Sie genoss den Text und spürte Freude darüber, dass sie den Mut gehabt hatte, Maximilian zu heiraten und mit ihm einen Verlag zu gründen.

Die Fenster des Cafés führten auf die Straße. Draußen stieg Konstanze von Traunstein aus ihrem Wagen. Sie entdeckte die Berlinerin, übergab der Zofe ihre Einkäufe und ging hinein.

Ein Kellner wollte die Prinzessin an ihren bevorzugten Tisch begleiten. Doch sie entschied sich schnell für einen in Marthas Nähe. Der Kellner half ihr, Platz zu nehmen. »Das Übliche, Durchlaucht?« Die Prinzessin nickte und schaute zu Martha, die in ihre Lektüre vertieft war.

»Sind Sie Schriftstellerin?«, fragte Konstanze neugierig über den Tisch.

Martha sah auf. Ihre Überraschung mischte sich mit einer leichten Verstimmung über die kindliche Aufdringlichkeit der jungen Frau. »Mein Mann und ich, wir haben einen Verlag gegründet«, erklärte sie und stellte sich vor, »Martha Aderhold.«

»Ich bin Izabela Constanze Nagy-Károly, jetzt verheiratete Prinzessin von Traunstein.« Konstanze setzte sich schnell zu Martha. »Einen Verlag für Romane?«

Martha nickte.

Der Kellner kam und brachte Ihrer Durchlaucht Sachertorte mit Schlagobers. Dazu einen Kaffee, ebenfalls mit Sahne und Schokoladenlikör. Angesichts der fröhlichen Unbekümmertheit, mit der sich die Prinzessin nun den Süßigkeiten zuwandte, bestellte sich Martha ebenfalls einen Kaffee, diesmal mit Sahne.

»Wie aufregend!«, sprach Konstanze weiter, kaum dass der Kellner gegangen war. »Ich liebe G'schichten, wenn sie nur recht lang sind und gut ausgehen. Am liebsten träum ich mir meine eigenen. Das hab ich schon als Kind gemacht.« Sie sprach ohne Pause, glücklich darüber, dass Martha ihr zuhörte. »Aber jetzt bin ich verheiratet. Mein Mann und ich, wir bewohnen ein Gut auf dem Lande. Das heißt, ich bewohn es ja noch nicht lang. Mein Mann hat regelmäßig Verpflichtungen in der Hofburg. Morgen werde ich dort eingeführt. Als Hofdame werd ich wohl ab und an gefordert sein. Es ist durchaus eine Abwechslung. Aber Sie wissen ja, wie sie ist.«

»Wer?« Martha war verwirrt von so vielen Informationen in raschem Tempo.

»Die Kaiserin«, erwiderte Konstanze. »Sie ist ständig unterwegs, Korfu, Madeira, ihr geliebtes Gödöllö. Ich hoffe nur, dass sie nicht mich für diese Reisen auswählt. Es soll schreckliche Märsche geben, kilometerlang. In ihrem Alter!« Konstanze seufzte, als sei sie schon mehrfach Zeugin dieser Strapazen geworden.

Würtner, der Notenwart, kam ins Restaurant. Warmer Dunst empfing ihn: Der Duft nach frisch gemahlenem Kaffee mischte sich mit dem Geruch von herzhaften Speisen. Das Stimmengewirr war zu laut für seine Ohren. Niemals hätte er diesen Raum betreten, wenn es nicht für sein Vogerl gewesen wäre. Würtner betrachtete die Torten und Cremeschnitten in der Glasvitrine und entschied sich für Sachertorte. Die Verkäuferin wickelte ihm das eine Stück aufwendig ein und lächelte verschwörerisch. Sie war wohl in der Annahme, dass er sich die Süßigkeit für sich selbst kaufte. Würtner zahlte passend und verpackte die Torte in seiner Aktentasche. Er konnte es kaum erwarten, der Kleinen die Leckerei zu bringen. Beim Hinausgehen stieß er mit Maximilian Aderhold zusammen, der eilig das Café betrat. Würtner rieb sich erschrocken den schmerzenden Arm und huschte durch die halb geöffnete Tür ins Freie. »Verzeihung, der Herr«, murmelte Maximilian, nahm aber sonst keine Notiz weiter von dem Mann mit der schäbigen Aktentasche. Er war auf der Suche nach Martha. Der Portier hatte ihm gesagt, wo er sie finden konnte. Martha entdeckte Maximilian und winkte ihm.

Die Prinzessin beobachtete beeindruckt, wie das Paar sich zur Begrüßung küsste.

»Maximilian Aderhold, mein Mann. Prinzessin von Traunstein«, machte Martha die beiden miteinander bekannt.

Konstanze reichte Maximilian die Hand. Der verbeugte sich formvollendet, verzichtete aber auf einen Handkuss und wandte sich wieder Martha zu. »Liebes, wir sollten uns jetzt für die Reise fertig machen.«

»Sie wollen Wien schon wieder verlassen?« Konstanze war enttäuscht.

»Für dieses Mal«, erwiderte Martha fröhlich und begann das Manuskript, das sie gelesen hatte, zusammenzulegen.

»Aber Sie sind doch auf Hochzeitsreise?«

»Wir wollen noch in Prag und Leipzig Station machen.« Martha sah ihren Mann zärtlich an.

Der erwiderte ihren Blick. »Ich werde uns einen Wagen zum Bahnhof bestellen.« Maximilian verneigte sich vor Konstanze. »Ich darf mich empfehlen, Prinzessin.« Als er aufsah, verfing sich sein Blick in Konstanzes Augen und wanderte zu ihren Lippen. Dann verließ er das Restaurant und vergaß den Moment auch schon wieder.

»Wir hatten ja viel zu wenig Zeit, uns kennenzulernen«, sagte Konstanze zu Martha. »Darf ich Ihnen denn schreiben?«

Martha suchte in ihrem Manuskript nach einem leeren Blatt und notierte darauf die Adresse. »Unsere Anschrift in Berlin.«

Dann zahlte sie und griff Konstanzes Hand. »Leben Sie wohl!«

»Vielleicht auf ein Wiedersehen!« Konstanze schaute Martha nach.

Wie sie da saß in ihrem Kleid, das ihr viel zu groß war, wirkte die Prinzessin wie ein verlassenes Kind.

»Noch einen Kaffee, Durchlaucht?« Der Kellner kam beflissen.

Konstanze nickte. Doch dann besann sie sich: »Nein! Bringen S' mir Tinte und Papier. Ich muss sofort einen Brief aufsetzen. Dann ist er vielleicht schon da, wenn sie in Berlin ankommt.«

8

Von der Bühne war Musik zu hören. Würtner ging eilig den Flur entlang zum Notenarchiv. Zwei Bühnenarbeiter grüßten ihn im Vorbeigehen. Er erwiderte den Gruß nur flüchtig und verschwand hinter seiner Tür, die er von innen sofort wieder verschloss.

Marie saß in der Kammer auf dem abgewetzten Sofa und blätterte in Noten, von denen sie nichts verstand. Würtner hatte sie ihr hingelegt und gesagt, dass er bald wieder zurück sein würde. Sie solle sich nicht fürchten. Erstaunlicherweise tat sie das auch nicht. Zum ersten Mal in ihrem Leben hatte sie Zeit für sich allein. Sie dachte viel nach. Auch darüber, ob ihre Eltern sie wirklich verkauft hatten. Sie suchte in ihren Erinnerungen nach Zeichen, die ihr die Wahrheit weisen könnten. Doch sie fand nichts. Nichts, was für ihre Eltern, und nichts, was gegen sie sprach. Man hatte sie gescholten und sie gelobt. Manchmal war sie geschlagen worden. Marie hatte es über sich ergehen lassen. Nur wenn es den jüngsten Bruder traf, hatte sie protestiert. Er konnte doch gerade erst laufen. Wenn ihre Eltern sie wirklich verkauft hatten, würden sie nun Geld haben. Vielleicht bekämen die Brüder endlich warme Jacken? Und die Mutter könnte auf dem Markt so viel kaufen, dass alle satt würden. Einmal hatte der Vater eine Bemerkung gemacht. Sie könne froh sein, dass er sie wie sein eigenes Fleisch und

Blut behandle. Die Mutter hatte leise widersprochen, ihm dabei aber nicht in die Augen sehen können.

Würtner öffnete die Tür zur Kammer und schob seinen Rollwagen herein, der mit einem karierten Geschirrtuch bedeckt war. Darauf hatte er das Stück Torte im halb zurückgeschlagenen Einwickelpapier drapiert. »Sachertorte«, präsentierte er stolz sein Geschenk, »du hast bestimmt noch nie so schöne Torte g'habt.«

Marie sagte nichts.

»G'hört dir allein«, lockte Würtner sie.

Als Marie nicht reagierte, nahm er die Blechgabel, trennte die Spitze der Torte ab und hielt sie ihr vor den Mund. Marie kannte den Duft aus der Bäckerei im Hotel.

»Kannst essen wie die feinen Leut'«, sagte er milde.

Marie öffnete den Mund. Glücklich darüber schob er ihr den Bissen hinein. Die Torte zerschmolz auf ihrer Zunge zu Schokolade und Konfitüre. Er hielt ihr die Gabel hin. Sie griff danach und begann, die Torte zu essen. Tränen liefen über ihr Gesicht. Sie aß Stück für Stück, Krümel für Krümel, bis das Papier leer war.

»Ist nicht schön, so allein«, Würtner holte ein Taschentuch aus seiner Hosentasche und wischte ihr die Tränen ab. »Aber jetzt sind wir nicht mehr allein, mein Vogerl. Bist doch mein kleines Vogerl?«

Marie schmeckte die Süße auf ihrer Zunge.

Aus der Ferne war eine Gesangsstimme zu hören.

Würtner hob seinen Finger in Richtung der Musik. »Horch!«

Marie lauschte.

»Sie probieren den *Figaro*.« Würtner hing versonnen der Melodie nach. »Gefällt dir die Musik?«

Marie wusste es nicht. Immer noch hielt der Geschmack der Schokolade.

»Das ist Mozart«, erklärte Würtner ehrfurchtsvoll, »Wolfgang Amadeus Mozart.«

Marie schluckte Speichel mit Schokoladengeschmack.

»Der Mozart, der hat schon als Kind ganz viel mit der Musik g'habt. Sein Vater hat's ihm bei'bracht, dem Wolferl.«

Voller Hoffnung fragte Marie: »Ist er auch hier?«

»Der Wolferl? Nein, der ist tot.«

Marie erschrak.

Würtner beruhigte sie. »Schon hundert Jahr' ist er tot. Aber berühmt ist er 'worden mit der Musik.«

Würtner legte das weiße Einschlagpapier, aus dem es noch nach Schokolade duftete, akribisch zusammen. »Soll ich dir was beibringen von der Musik?«

Marie nickte. Sie würde noch ein bisschen bleiben und dann zurück nach Hause gehen.

»Nehmen S' das Mädel zu den Akten, Lechner«, sagte der Zentralinspektor der Wiener Kriminalpolizei zu seinem Anwärter. »Es ehrt sie, dass Sie Ihren ersten Auftrag so genau nehmen, aber es gibt genug in der Stadt, woran Sie sich profilieren können.« Er klopfte Lechner auf die Schulter und ließ ihn stehen.

»Sehr wohl, Herr Zentralinspektor.« Lechner verneigte sich nach seinem Vorgesetzten und ging dann an unzähligen Schreibtischen vorbei, an denen die Inspektoren ihre Berichte schrieben, bis ganz nach hinten. An der Wand stand sein Tisch. Dort saß Sophie Stadler, Maries Mutter, und wartete. Dunkle Ringe unter den Augen zeugten von schlaflosen Nächten in Sorge um die Tochter.

»Grüß Gott, Frau Stadler«, sagte Lechner sehr souverän für sein Alter und setzte sich ihr gegenüber. Die Mutter schaute ihn voller Hoffnung an. Er brachte es nicht übers Herz, sie zu enttäuschen, und holte einen Bogen Papier heran.

»Wie oft hat die Marie denn im Sacher gearbeitet?«

»Dreimal die Woche. Manchmal hilft sie mir auch mit der Wäsche.« Sophie Stadler sah nur auf das Blatt Papier, auf dem Lechner ihre Aussage akribisch notierte.

»Ist Ihnen denn mal aufgefallen, dass jemand von dem Kind Notiz genommen hat?«

Sophie Stadler schüttelte den Kopf.

Lechner schaute sich um, ob sie unbeobachtet waren. »Einer von den feinen Herren vielleicht?«

Sophie sah ihn erschrocken an. »Um Gottes willen!«

»In den einschlägigen Etablissements ist Ihre Marie jedenfalls nicht. Da können S' fürs Erste beruhigt sein, Frau Stadler.«

»Beruhigt?«, sagte die Mutter verzweifelt.

Lechner dachte an seine Mutter, die auch Weißwäscherin gewesen war und immer nur geschuftet hatte, und die Kinder waren die Hoffnung, das Ein und Alles, der einzige Sinn im Leben.

Er riss sich zusammen. »Geburtsdatum der Marie?«

Lechner hatte die Spur des verschwundenen Mädchens verfolgt und war weit gekommen. Den Toten hatte er als Zuhälter identifiziert, der den Bordellen vor allem minderjährige Mädchen zuführte. Lechner war die Etablissements abgegangen und hatte Erkundigungen eingeholt, doch nirgends eine Spur von Marie entdeckt. Er hatte mit Prostituierten gesprochen, die bereit waren, sich mit einem Anwärter der Kriminalpolizei zu unterhalten. Die meisten dieser Frauen lehnten Kinderprostitution ab. Er verließ sich auf ihre Aussagen, dass Marie nirgends aufgetaucht war.

Am Morgen, als unter Lechners Aufsicht die Leiche des Zuhälters aus dem Kellergang abtransportiert worden war, hatte er sich den Tatort angeschaut und war auch dem Kellergang gefolgt bis zu der Eisentür, die ins Opernhaus führte. Sie war verschlossen gewesen. Lechner hatte es nicht für nötig befunden, sie öffnen zu lassen oder mit dem Personal der Oper zu sprechen. Zu sehr war er darauf fixiert, dass der

Tote Zuhälter war. Mit dem Aberglauben, dass der Verkehr mit einer Jungfrau von der heimtückischen Syphilis kuriere, ließ sich Geld verdienen. Die Krankheit grassierte in Wien in allen Gesellschaftsschichten, auch unter den hohen Herrschaften. Lechner war sicher, dass besonders diese Männer verkommen genug waren, sich ein unberührtes Mädel zu kaufen. Dass sie ernstlich davon ausgingen, sich so von der Syphilis zu heilen, glaubte Lechner nicht. Sie vergriffen sich an einem Kind. Der Gedanke machte Lechner wütend. Er würde dem Fall treu bleiben, egal, was sein Vorgesetzter von ihm erwartete.

9

Die Reisetasche wurde neben die noch dampfenden Pferdeäpfel auf dem Kopfsteinpflaster abgestellt. Maximilian zahlte den Kutscher, der sie vom Bahnhof nach Hause gebracht hatte.

Berlin war eine große Baustelle. Über die Schlossinsel hinaus entstanden in Charlottenburg, Mitte und Prenzlauer Berg neue Straßenzüge mit mehrstöckigen Bürgerhäusern und engen Hinterhöfen.

Die Aderholds bewohnten die dritte Etage einer Stadtvilla an der Spree. Marthas Großeltern hatten sie erbaut. Ihr Großvater war im Tuchhandel reich geworden, und das Vermögen war an seine einzige Tochter gegangen, Marthas Mutter, Ella Blumenthal.

Martha freute sich auf die behagliche Atmosphäre ihrer Wohnung und hoffte, dass Hedwig ihre Ankunft vorbereitet hatte.

Der Kutscher reichte Maximilian die Reisetasche. »Watt ham' Se denn da drinne, is ja sauschwer!«

»Eene Sau«, sagte Maximilian mit ernstem Gesicht und nahm die Tasche.

»Wie jetzte, wirklich? Een Schwein. Det glob ick nich.« Der Kutscher fiel wie fast jeder, der von Maximilian auf den Arm genommen wurde, auf ihn rein.

»Watt denken Sie denn, Männeken? Bücha etwa? Der Winter wird kalt, und een jutes Schnitzel kann da Jold wert sein«, erwiderte Maximilian in perfektem Berlinerisch.

Martha gab dem Kutscher ein Zeichen, die ganze Sache nicht ernst zu nehmen. Sie wollte nach einem Henkel der Tasche greifen, um ihrem Mann zu helfen, doch der verbat sich das mit betont schmerzverzerrtem Gesicht und wechselte den Tonfall. »Wenn ich mir schon den Rücken ruiniere, gnädige Frau, dann tue ich es vor allem für Sie.« Er öffnete Martha mit einer Hand die Haustür, die Tasche in der anderen Hand, und näselte mit tief gebeugtem Oberkörper auf Wienerisch: »Habe die Ehre!«.

Der Kutscher stieg kopfschüttelnd auf den Bock. »Sachen jibt's, die jibt's jar nich! Bücha! Det ick nich lache. Jold hatt' er jesacht und det isset.« Die Peitsche knallte, und die Pferde zogen an.

Während Maximilian die Tasche in den dritten Stock schleppte, stellte er schnaufend fest, dass die Frauen zwar selbstbewusst seien und sich selbstständig machten, aber immer noch den Männern die Schlepperei überließen. »Daran wird sich hoffentlich nie etwas ändern«, gab Martha zurück. »Denn schließlich sollen wir für euch hübsch sein.« Martha griff nach ihrem Rock, gab ihrer Hüfte einen Schwung und stolzierte vor ihrem Mann die Treppe hinauf.

Noch bevor sie läuten konnten, öffnete das Dienstmädchen. »Guten Tag, Hedwig!« Martha reichte ihr im Hineingehen Handtasche und Handschuhe. Maximilian ließ prustend die Reisetasche fallen und verkündete: »Da sind wir wieder, Hedwig. Und eine Tasche voller Bücher haben wir auch dabei.«

Martha bemerkte dankbar die wohlige Wärme, die ihr aus den Zimmern entgegenkam. Sie waren zu Hause.

»Meine Frau und ich, wir legen uns jetzt aufs Sofa und lesen die Tasche leer.« Maximilian griff Marthas Hand und schob sie und die

Tasche gleichzeitig ins Esszimmer. »Und außerdem haben wir Lust auf Bohnenkaffee. Keinen Braunen, keinen Verlängerten. Schwarzen Bohnenkaffee! Mit genau der richtigen Menge Wasser.«

In ihrer Freude hatten Martha und Maximilian nicht bemerkt, dass Hedwig ihnen etwas sagen wollte. Und dann war es auch schon zu spät.

Aus dem Sessel im Salon erhob sich Arthur Grünstein.

»Vater!« Martha trat erschrocken zurück. »Warum hast du nicht telegrafiert?«

»Das habe ich, mein Kind«, Grünstein zeigte auf das Telegramm, das ungelesen auf der Anrichte lag. Dann wandte er sich an Maximilian und maß ihn mit einem Blick. »Das ist also der Mann, der die Chuzpe hat, meine Tochter zu heiraten?« Grünstein trat in seiner mächtigen Gestalt auf Maximilian zu.

Martha ging dazwischen. »Vater, bitte, ich …« Sie wollte sich erklären.

Doch Grünstein wollte keine Erklärung, nicht in diesem Moment. »Hinter dem Rücken des Vaters«, donnerte er und schob seine Tochter zur Seite.

Maximilian blieb souverän, stellte sich preußisch korrekt vor und reichte Marthas Vater die Hand.

»Hinter dem Rücken des Vaters«, wiederholte Grünstein, »und ohne Rabbiner.«

Er nahm die Hand seines Schwiegersohnes nicht.

Das schmerzte Martha. Ihre Gegenwehr fiel heftiger aus, als sie wollte. »Vater, das ist meine Sache. Außerdem sind wir Atheisten.«

»Soviel ich weiß, ist er«, Grünstein zeigte auf Maximilian, »Protestant.« Er hatte Erkundigungen eingeholt. Nun wandte er sich an seine Tochter. »Es ist eine Sache, dich zu verheiraten, ohne auch nur ein Sterbenswörtchen verlauten zu lassen, aber eine andere Sache, mir einen Brief zu schreiben, in dem du mich aufforderst, dir dein Erbe auszuzahlen.«

Marthas Widerspruch fiel kleinlaut aus. »Ich habe dich gebeten, Vater.«

Arthur Grünstein ließ es dabei bewenden, denn er wollte sich nicht mit seiner Tochter streiten, sondern diesen Maximilian Aderhold herausfordern. »Können Sie meiner Tochter ein Heim bieten? Werden Sie sie auf Händen durchs Leben tragen?«, insistierte er streng.

»Ich glaube nicht, dass Martha eine Frau ist, die auf Händen getragen werden will.«

Grünstein schaute Maximilian an, ob der wirklich meinte, was er sagte.

»Sie unterschätzen Ihre Tochter, Herr Grünstein, wenn Sie glauben, dass sie sich von einem Mann abhängig macht. Außerdem folgen wir anderen Idealen.«

Martha bedauerte, dass sie nicht daran gedacht hatte, die erste Begegnung von Max mit ihrem Vater vorzubereiten, denn ihr Mann war gerade im Begriff, sich um Kopf und Kragen zu reden.

»Lass uns doch erst mal frühstücken, Vater.« Martha wollte die Stimmung auflockern und gab Hedwig ein Zeichen. »Max und ich, wir sind über zwei Tage in der Eisenbahn gesessen.«

Das Dienstmädchen eilte in die Küche.

Martha ging zum Büfett, holte eine Flasche Portwein, Gläser und gab Maximilian hinter dem Rücken zu verstehen, dass er durchhalten solle.

Doch Grünstein ließ nicht locker. »Mich würde interessieren, was er meint mit anderen Idealen?«

»Ihre Tochter und ich, wir werden einen Verlag aufbauen«, antwortete Maximilian, so selbstsicher es ihm möglich war. »Martha und ich, wir kommen gerade aus Wien und Prag. Wir haben dort vielversprechende Kontakte gemacht.«

Martha reichte ihrem Vater ein Glas Portwein.

Grünstein kippte es ohne Trinkspruch.

Martha musste jetzt einen klaren Kopf behalten, dem Vater ihre Idee schmackhaft machen und ihn um den Finger wickeln. Diese Strategie hatte sie sich von ihrer Mutter abgeschaut, die in den Auseinandersetzungen mit Arthur Grünstein stets erfolgreich gewesen war. Während Hedwig den Tisch deckte und Grünstein ein zweites und drittes Glas Portwein trank, erzählte Martha von Wien und Prag und erklärte ihre Pläne. Sie würden junge Literaten aus den Hauptstädten drucken. Die Investitionen seien fürs Erste überschaubar. Sollten sich aber einige der unbekannten Autoren als Entdeckungen erweisen, ihre Leser finden und sich gut verkaufen, dann könnten die Gewinne beträchtlich sein.

Grünstein war noch nicht bereit, sich für Details der Unternehmung zu interessieren, er wandte sich wieder seinem Schwiegersohn zu. »Welche Erfahrung haben Sie im Buchgeschäft, junger Mann?«

»Keine«, Maximilian hob betont lässig die leeren Hände, »ich werde sie zweifellos erst machen müssen.« Er fühlte sich zurückversetzt in die Obersekunda, als ihn sein Mathematiklehrer vor versammelter Schülerschaft vorführte, weil er den Satz des Pythagoras falsch wiedergegeben hatte.

»Maximilian wird einen Teil der Bücher selbst schreiben«, kam Martha ihrem Mann zu Hilfe.

Plötzlich wurde es still im Raum. Grünstein begriff, dass seine Tochter ihr Leben auf dem schwankenden Boden künstlerischer Selbstverwirklichung führen wollte. Und er würde nichts anderes tun können, als ihr dafür sein Geld zur Verfügung zu stellen. Er hielt seiner Tochter wortlos das leere Glas hin. Martha schenkte großzügig nach.

»Na, dann ... Masel Tov!«, kommentierte Grünstein trocken und trank das Glas in einem Zug aus.

Hedwig öffnete die Schiebetür zum Esszimmer. Der Tisch war gedeckt. Es roch nach Kaffee und Gebratenem. Ganz in der Manier ihrer verstorbenen Mutter legte Martha liebevoll eine Schlinge um den Hals des Vaters. »Es riecht nach gebratenen Eiern mit Speck. Komm, Vater, das hast du noch nie ausgeschlagen«, sagte sie verführerisch. Während Martha Grünstein an den Esstisch schob, tauschte sie einen Blick mit Maximilian. Durchhalten! Nichts persönlich nehmen!

Bei Tisch verlief das Gespräch zäh. Martha und ihr Vater unterhielten sich über alte Bekannte und besprachen die Neuigkeiten aus Bremen. Grünstein berichtete, dass er in den letzten Monaten gute Geschäfte mit Tee aus Übersee gemacht hatte. Maximilian schwieg und fühlte sich überflüssig. Er aß zu viel und begann zu rauchen, obwohl das Essen noch nicht abgetragen war. Marthas kritischen Blick ignorierte er und zog sich mit dem Hinweis zurück, arbeiten zu wollen.

Nach dem üppigen Frühstück hatte Martha ihren Vater zu einem Spaziergang überredet. Sie liefen zuerst schweigend durch den Tiergarten. Die Novembersonne schob sich durch die dünne Wolkendecke. Das Licht war angenehm mild.

Auch wenn Grünstein seine Tochter für klug und geschäftstüchtig hielt, so konnte er ihrer Idee, einen Verlag zu gründen, nichts abgewinnen, zumindest unter wirtschaftlichen Gesichtspunkten. Gegen Bücher hatte Grünstein nichts, im Gegenteil, er las selbst viel und gern. Doch dass sich damit Geld verdienen ließ, bezweifelte er.

Martha brach das Schweigen. »Wir haben auf unserer Reise gute Gespräche geführt, Vater. Maximilian hat Überzeugungskraft. Er konnte schon einige Schriftsteller gewinnen, uns ihre Manuskripte zur Durchsicht anzuvertrauen.«

»Veröffentlichen heißt noch lange nicht, dass ihr auch gut verkauft. Kleine Verleger gibt es zuhauf. Die Großen machen die Geschäfte.«

»Aber stell dir vor, wenn nur ein paar von unseren Büchern einschlagen!« Martha griff nach der Hand des Vaters. So hatte sie es schon als kleines Mädchen getan, wenn ihr etwas am Herzen lag.

Grünstein schwieg hin- und hergerissen. Seit er den Brief seiner Tochter erhalten hatte, grübelte er, wie er ihre Zukunft auf gesunde und erfolgreiche Füße stellen konnte. Sie war nun verheiratet. Dagegen konnte er nichts mehr tun. Aber er wollte sie in Sicherheit wissen. Er wollte, dass sie zufrieden und glücklich war. Außerdem sollte hier sein Geld investiert werden, Marthas Erbe, ihre Existenzgrundlage.

»Ich hätte mich längst aufs Altenteil verlegen können, Kind, aber ich will dich ein Leben lang versorgt wissen, deshalb engagiere ich mich neuerdings auch im Teegeschäft.« Grünstein räusperte sich, wie es ihm immer dann passierte, wenn er sich selbst belog. Die Wahrheit war: Grünstein liebte das Importgeschäft und ganz besonders liebte er den Handel mit den deutschen Kolonien. Er arbeitete also zuerst zum Vergnügen und dann für sein und Marthas Vermögen.

Martha verstand das Räuspern ihres Vaters als Missbilligung. »Du hast dir immer erhofft, dass ich nach Hause zurückkomme und du mir einen Mann suchen kannst, der dein Geschäft weiterführt«, sagte sie widerstrebend.

Als Martha die Hochzeit mit Maximilian plante, hatte sie sich in endlosen Selbstgesprächen bei ihrem Vater und ihrer verstorbenen Mutter gerechtfertigt. Sie wollte frei entscheiden. Alles oder nichts.

Grünstein wusste, dass dieser Maximilian Aderhold der Falsche war. Das sagte ihm sein Instinkt. Und seine Erfahrung sagte ihm, dass ein unglücklicher Mann eine Frau nicht glücklich machen kann. Er konnte sie abhängig machen.

»Eltern schauen mit anderen Augen auf die Zukunft ihrer Kinder. Sie schauen mit den Augen der Liebe, die nur das Glück und das Wohlergehen im Auge hat.« Er hörte selbst das altväterliche Pathos, das in seinen Worten lag.

»Wohl auch das eigene Wohlergehen«, sagte Martha prompt.

»Eine Familie ist eine Familie«, entgegnete Grünstein.

Sie schwiegen wieder und gingen um den Teich, wo sich ein paar Enten um Brotkrumen stritten, die ein Kinderfräulein zur Freude ihres kleinen Schützlings ins Wasser warf.

Martha nahm den Faden an einer anderen Stelle auf.

»Max hat einen Abschluss in Jura. Als er mir seine Texte gezeigt hat, wusste ich, dass er nicht in einem Gericht sitzen kann. Das würde ihn beengen. Es will etwas aus ihm heraus.«

»Und deshalb willst du ihm einen Verlag schaffen?«

»Was ist daran verkehrt?«

»Dass du alles für ihn tust. Was tut er für dich?«

Auch wenn sie sich nicht einlassen wollte auf diese Art Abwägungen, die Worte ihres Vaters trafen Martha. War es wichtig, dass Maximilian etwas für sie tat? Er war da. Er las ihr seine Texte vor. Er scherzte. Sie konnte mit ihm lachen. Er füllte ihr Leben. »Er liebt mich«, sagte sie überzeugt. »Und ist es nicht viel wichtiger, was ich tue? An seiner Seite kann ich arbeiten, mein eigenes Geschäft aufbauen, Künstler fördern.«

»Ein Mann muss für seine Frau sorgen und nicht umgekehrt«, beharrte Grünstein. Er wusste, wie sehr er seine Tochter traf. Aber es musste heraus. Er wollte sich später keine Vorwürfe machen, dass er geschwiegen hatte, als vielleicht noch Zeit gewesen wäre.

Martha zog ihren Arm unter dem ihres Vaters hervor und entfernte sich ein paar Schritte.

Grünstein wusste, dass er jetzt aufhören musste, bevor sie sich beide verrannten. Also folgte er ihr. Sie nahmen den Schritt wieder gemeinsam auf.

»Mutter würde Maximilian mögen«, beharrte Martha.

Grünstein lenkte endlich ein. »Sie würde mögen, dass du ein eigenes Geschäft aufmachst. Ja, das würde ihr gefallen.«

Martha war erleichtert, dass ihr Vater nachgab. »Und dir gefällt es auch? Ein bisschen?«, ging sie ihm zärtlich um den Bart.

Statt etwas zu erwidern, blieb Grünstein stehen, griff in seine

Manteltasche und holte ein kleines, in Seidenpapier gewickeltes Päckchen hervor. Seine Hände zitterten, als er es seiner Tochter reichte. Martha packte es aus und hielt die Kette mit dem blauen Stein in der Hand.

»Das ist Mutters Lapislazuli«, sagte sie berührt.

Grünstein legte seiner Tochter die Kette um den Hals. »Sie hat befohlen, dass ich ihn dir zur Hochzeit gebe.«

»Mutter hätte dir nie etwas befohlen«, sagte Martha zärtlich. Sie wollte ihren Vater mit ihrer Entscheidung und ihrer Liebe zu Max versöhnen.

Grünstein liebte seine Tochter zu sehr, als dass er die Spannungen länger ertrug. »Hast du eine Ahnung!« Er drückte ihren Arm. »Gerade deshalb hoffe ich, dass du … ihr genauso glücklich werdet wie deine Mutter und ich.«

Martha wollte ihm danken. Doch er ließ es nicht zu.

»Versprich mir nur gar nicht erst, dass du das Geld nicht leichtfertig zum Fenster hinauswerfen wirst.« Grünstein schnäuzte sich. »Und bedanken kannst du dich bei deiner Mutter, dass ich diesen Maximilian Aderhold an der Seite meiner Tochter überhaupt dulde.«

Martha schmiegte sich in den Arm ihres Vaters. So gingen sie am Teich vorbei, wo die Enten noch immer stritten, vorbei an dem Kinderfräulein im bieder-adretten Kleid, vorbei an ihrem Schützling, aus dem schon das künftige Familienoberhaupt sprach. Die Sonne, die ihr Bestes für diesen Novembertag gegeben hatte, wurde blasser und verschwand hinter dichter werdenden Wolken.

Martha saß im Sessel vor dem Fenster und las. Dabei trennte sie mit einem Brieföffner vorsichtig eine Seite von der anderen.

Max rauchte und ging nervös auf und ab. Seit dem Besuch ihres Vaters war er angeschlagen. Vor allem die Kette mit dem blauen Stein, die sie um den Hals trug, verunsicherte ihn. Das Familienerbstück machte sichtbar, dass er nicht dazugehörte.

Maximilian war das Kind eines preußischen Beamten und einer Mutter, die ihn und den Vater verlassen hatte, als er noch ein kleiner Junge war. Er konnte sich kaum noch an sie erinnern. Der Vater sprach nicht über die Mutter. Ein Kindermädchen hatte Maximilian aufgezogen. Kurz vor seinem vierzehnten Geburtstag hatte sie ihm im Vertrauen gesagt, dass seine Mutter eine Schauspielerin war. Die Ehe seiner Eltern sei schon wenige Wochen nach der Hochzeit eine Katastrophe gewesen. »Deine Mutter musste gehen, Maximilian.« Ihn konnte das nicht trösten. Er verbiss sich in die Sehnsucht, etwas Großes zu leisten.

Martha schnitt ruhig die Seiten des Buches auf. »Vater hat uns überrumpelt. Ich hätte es ahnen müssen. Wir hätten uns auf seinen Besuch vorbereiten müssen.«

Endlich hatte sie ihm eine Vorlage gegeben, und Maximilian konnte seinem Ärger Luft machen. »Du meinst, wir hätten das Stück vorher mit verteilten Rollen üben sollen?«

»Vielleicht.« Martha ging nicht auf seine Laune ein. Sie zeigte auf das Buch von Friedrich Spielhagen und zitierte: »Ist der Dichter, der Künstler überhaupt, der Erfinder, der Schöpfer eines Neuen, nie Dagewesenen, das nur durch ihn entsteht, ohne ihn nie entstanden sein würde, so ist es in der Ordnung, wenn man zu ihm als einen Auserwählten, Gottbegnadeten und Begeisterten in scheuer Ehrfurcht aufblickt; ist er dagegen ein Finder von etwas, das für jeden daliegt, das jeder finden könnte, wenn er sich die Mühe des Suchens nähme, und ihm bei diesem Geschäfte selbstverständlich das Glück, der Zufall ebenso begünstigte wie jenen, so kann man ihn, wenn es hochkommt, beneiden, keinesfalls ausschweifend bewundern.«

Maximilian klappte den Buchdeckel um und las den Titel. »*Theorie und Technik des Romans*. Wenn man nicht schreiben kann, erfindet man die Theorie vom Schreiben, Herr Spielhagen.« Er schob Martha das Buch zurück.

»Ach, Max, hör auf, alles schwarzzumalen.« Sie versuchte, ihn mitzureißen. »Ich mache mir Gedanken, welche Nische wir finden, um Gewinne zu machen.«

»Du redest wie dein Vater.«

»Ich will, dass du schreiben kannst, ohne ans Geld denken zu müssen.«

Doch Maximilian wollte die Auseinandersetzung. »Ich brauche Vertrauen, Martha … Vertrauen!« Sein Blick flackerte. »Ein Werk zu schaffen, das man im Kopf trägt, wird von Forderungen zerstört. Ich brauche Ruhe, ich muss mich konzentrieren. Aber dein Vater reist hier an und nimmt mir den Atem, setzt mich unter Druck. Und du machst weiter, sagst mir, dass ich nicht ans Geld denken soll, dass ich mich nicht sorgen muss. Das ist so … so verständnisvoll.« Seine Stimme war immer lauter und heftiger geworden.

Martha, die Maximilian so noch nie erlebt hatte, stand auf, legte das Buch auf einem Tischchen ab, das Messer daneben. »Ich mache einen Spaziergang, dann hast du Ruhe.« Sein Ausbruch war ihr unangenehm. Ihr wurde bewusst, dass sie sich kaum ein Jahr kannten.

Als Martha an der Tür war, kam Maximilian zu sich. »Verzeih mir, ich weiß doch, dass du mich verstehst. Du bist die Einzige, die wirklich weiß, was ich fühle«, stammelte er.

Sie blieb auf Distanz. Auch dieser Ausbruch jetzt war neu. Er küsste sie, nahm sie fest in den Arm. Sie roch den Tabak in seiner Jacke, sein Rasierwasser. Sie spürte seinen Körper, der sich an sie drängte. Ihr wurde das Trennende bewusst. Er wollte die Situation durch wilde Lust wandeln. Doch je ungestümer er wurde, desto weniger konnte er sie mitreißen. Er schob ihren Rock hoch und drang in sie ein, so als könne er sich in ihr, mit ihr erlösen.

10

Konstanze hatte sich gerade zum wiederholten Male übergeben. Die Zofe kam mit einem Handtuch. »Sie sind guter Hoffnung, Durchlaucht.«

»Guter Hoffnung«, wiederholte Konstanze erschrocken. Die Nachricht nahm ihr den Boden unter den Füßen. Sie musste sich setzen.

»Man sollte den Arzt kommen lassen, um es zu bestätigen.«

»Nein, keinen Arzt.« Konstanze konnte jetzt niemanden gebrauchen. Sie musste zuerst allein damit fertigwerden.

»Ihr Mann wird sehr glücklich sein.« Die Zofe genoss die Hilflosigkeit der jungen Frau.

»Untersteh dich, auch nur irgendjemandem ein Wort zu sagen«, befahl Konstanze verzagt.

Die Zofe ging ohne eine Erwiderung. Sie hatte schon Georgs Geburt miterlebt. Sie wusste, was sie wann, wem zu sagen hatte.

Konstanze saß auf dem Bett. Tränen rannen über ihr Gesicht. Sie schaute zum Fenster, wo es zu schneien begann. Schüsse hallten aus der Ferne herüber. Ihr Schwiegervater war mit seinen Freunden bei der Jagd. Er war kein Ersatz für ihren Vater, auch wenn sie das anfangs dachte. Er hatte ihr Sicherheitsbedürfnis fehlgedeutet, und jetzt bereute sie, dass sie sich ihm anvertraut hatte.

Im Kamin brannte ein Feuer. Die Dienstmädchen warteten mit Tannengrün und bunten Bändern auf die junge Herrin. Konstanze hatte sich für den Nachmittag vorgenommen, den Adventsschmuck im Haus zu richten und anzubringen. Nun hatte sie keine Lust mehr dazu und gab ein paar halbherzige Anweisungen. Ihre Gedanken kreisten um das Kind, das sie erwartete und das sie nun für immer an das Leben auf Gut Traunstein binden würde.

Das Schloss war düster. In den letzten Wochen hatte sie Zeit und Energie auf die obere Etage verwendet. Ihre Räume, das Eheschlafzimmer und die Galerie wurden gerade renoviert und nach ihrem Geschmack eingerichtet. Doch in der unteren Etage war es dunkel, die Möbel im Salon und Esszimmer waren verwohnt und schwer. Über den Kaminen zeichneten sich dunkle Flecken auf der Tapete ab. Ein großer Teil der Wände war getäfelt und voll mit Jagdtrophäen.

Zwei böhmische Hausmädchen deckten den Esstisch für das Abendessen. Als sie Konstanze kommen sahen, unterbrachen sie das Gespräch in ihrer Muttersprache, begrüßten die Prinzessin mit einem Knicks und setzten ihre Arbeit schweigend fort. Konstanze richtete eine Gabel nach. Mehr blieb ihr nicht zu tun. Früher als Kind hatte sie sich auf das Leben als Herrin eines großen Hauses gefreut. Sie hatte sich ausgemalt, wie die Dienerschaft ihr jeden Wunsch erfüllte, wie sie Feste ausrichten oder in einer glänzenden Aufmachung auf den Bällen des Hofes erscheinen würde. Doch nun, da sie all dies leben konnte, versagte ihre Freude.

Das Esszimmer führte in die fensterlose Bibliothek. Die Regale waren übervoll mit alten Büchern, die Generationen überdauert hatten. Einzig das Arbeitszimmer ihres Mannes unterschied sich von den Räumen im Erdgeschoss. Der Schreibtisch stand vor einem großen Fenster, das direkt nach Süden ging, wo der weitläufige Park des Anwesens lag. Auf Georgs Arbeitstisch fanden sich Winkelmaß, Bleistifte, Papier, beschrieben, unbeschrieben. An der Wand hing ein Gegenentwurf zum Gekreuzigten. Ein nackter Mann war mit ausgebreiteten Armen in Kreise und Vierecke gestellt. Das Bild erschien Konstanze wie eine mathematische Gleichung. Sie trat an den Globus, der die Mitte des Raumes einnahm, und versetzte der Kugel einen Schwung.

Sie mochte auch dieses Zimmer nicht. Es machte sie eifersüchtig. Hier durchdachte ihr Mann, was er sich erträumte. Hier erweckte er seine Visionen zum Leben. Hier schlug sein Herz.

»Was für eine Freude, meine Liebe. Ich hoffe, es wird ein Mädchen.« Georg kam noch im Mantel mit kraftvollen Schritten ins Zimmer. Er brachte kalte Winterluft mit. »Für einen Jungen haben wir noch Zeit.« Er küsste sie auf die Stirn, nahm ihre Hände. »Viele Mädchen zuerst.«

Hinter ihm trat die Zofe ein. Sie lächelte zufrieden und half dem Herrn aus dem Mantel.

Konstanze warf ihr einen empörten Blick zu, den diese würdig an sich abprallen ließ. Mit dem Mantel des Prinzen über dem Arm verließ sie den Raum.

Georg strahlte vor Glück und entrollte eine Zeichnung.

»Ich komme gerade aus dem Dorf. Dort habe ich mit dem Architekten und unserem Pfarrer über die Modernisierungen gesprochen.« Mithilfe der Zeichnung erklärte er ihr enthusiastisch seine Pläne. »Hier wird eine Schule gebaut. Das Haus daneben werden wir renovieren und einen Arzt unterbringen. Und wir schaffen eine Wohnung für die Hebamme.«

Georg schaute seine Frau begeistert an. »Ein modernes Dorf, Konstanze. Vielleicht können unsere Kinder dort zur Schule gehen!«

»Geh, Traunstein, doch nicht mit den Bauernkindern.«

Georg blieb optimistisch. »Sehen wir mal, wie die Welt in fünf, sechs Jahren ausschaut.«

Konstanze nahm die Hand ihres Gatten und zog ihn zum Sofa im Salon. Sie wollte die Situation für sich nutzen. »Wirst mir einen Gefallen tun, Traunstein?«

»Jeden, den du willst.« Er war guter Laune. Er hatte sich immer eine Schwester gewünscht. Aber Konstanze war mehr als das. Sie war seine Ehefrau. Er hatte sich gut verheiratet.

»Ich möcht, dass die Flora aus dem Sacher zu mir kommt. Die Zofe hier ist alt.«

Sein Lächeln verlosch. Er war loyal zu seinen Dienstboten.

»Und garstig!«, fuhr Konstanze fort.

»Frau Sacher wird das Mädel nicht hergeben wollen«, gab Georg zu bedenken.

»Eben! Das spricht doch für die Flora.« Konstanze strahlte ein unschuldiges Lächeln. »Und ich würd' mich viel weniger einsam fühlen, wenn du nicht da bist.« Sie schaute Georg bittend an.

Eine Minute Stille. Dann hatte sie ihn. Er lächelte. Konstanze klatschte verspielt in die Hände. »Aber da wär noch was.«

»Meine Liebe?« Er nahm die Maßlosigkeit eines Kindes an ihr wahr.

»Ich wollt' meinen Mann um Erlaubnis fragen, ob ich vielleicht eine Freundin einladen darf?«

Georg schaute seine Frau überrascht an. Ihm war nicht bekannt, dass sie eine Freundin hatte.

»Du kennst sie sogar.«

Georg hob ahnungslos die Schultern.

»Martha Aderhold aus Berlin. Ich hab dir doch von ihr erzählt«, erklärte Konstanze, schmollend in der Annahme, dass ihr Mann ihr nicht richtig zugehört hatte, als sie ihm hingerissen von der Berliner Verlegerin berichtet hatte.

Natürlich erinnerte sich Georg an die schöne Frau, die selbstbewusst durch die Halle des Hotels geschritten war. »Dann sollten wir höflicherweise auch ihren Mann einladen«, sagte er eine Spur zu sachlich.

Konstanze war enttäuscht. Sie hatte gehofft, ein paar Tage allein mit Martha verbringen zu können. Sie wollte gerade ansetzen, ihren Wunsch durchzusetzen, als ihr Schwiegervater mit der Jagdgesellschaft ins Haus drängte. Die Männer waren erhitzt, ihre Mäntel und Joppen dampften.

»Wie man hört, gibt es Neuigkeiten«, polterte der alte Fürst ohne jede Zurückhaltung.

Konstanze seufzte. Die Nachricht war herum.

»Ich hoffe, es wird ein Junge. Dann kann ich nachholen, was ich bei meinem Sohn versäumt habe«, posaunte Josef von Traunstein in die Runde und lud seine Freunde ins Esszimmer zu Tisch.

Er setzte sich an die Stirnseite. Konstanze und Georg nahmen die Plätze neben ihm ein.

Während sich der alte Traunstein die Serviette in den Kragen stopfte, führte er seinen Sohn vor. »Anstatt mit uns auf die Jagd zu gehen, hat mein Sohn neuerdings den Ehrgeiz, unser Vermögen in den Sand des Dorfes zu setzen.«

Georg blieb ruhig. »Die Schule und die Krankenstation sind den Leuten schon lange versprochen worden.«

»Versprechungen sind, wie das Wort schon sagt: Versprechungen!«, mischte sich Fürst von Erdmannsdorf ein.

Josef von Traunstein lachte beifällig.

Erdmannsdorf fühlte sich bestätigt und redete weiter: »Die Untertanen danken ihrem Fürsten die stete Sicherheit. Mach sie dir gleich und sie werden dir widersprechen.«

»Dieser moralische Grundsatz ist aus der Mode gekommen«, sagte Georg, so gelassen es ihm möglich war.

»Was Sie nicht sagen? Da halt ich es tatsächlich mal mit dem Heine -- die Moden kommen und gehen«, entgegnete von Erdmannsdorf von oben herab.

Georg schwieg und aß. Er wünschte sich, der Herr im Haus zu sein. Er würde sie alle rausschmeißen.

»Wie ich hörte, versuchen Sie Ihren Dienst als Kämmerer Seiner Majestät nur allzu gern an andere abzugeben?« Erdmannsdorf war wie stets bei seinen Besuchen hartnäckig bemüht, seinen alten Freund Traunstein bei der Bloßstellung des Sohnes zu unterstützen.

»Der Hof ist seit Rudolfs Tod nur noch Kulisse. Ich habe keine Aufgabe dort. Also arbeite ich, wo ich etwas beeinflussen kann: Hier auf unseren Gütern.« Georg dämpfte seine Stimme, um der Erregung Herr zu werden, die ihn stets in dieser Runde befiel.

So lief das Gespräch, behielt seinen aggressiven Unterton und wurde immer wieder durch höhnisches Gelächter unangenehm verstärkt.

Konstanze achtete nicht darauf. Sie dachte darüber nach, was sie Martha Aderhold in ihrem Brief schreiben würde, ob sie die Schwangerschaft erwähnen sollte? In das Gefühl der Vorfreude mischte sich allmählich die Sorge, dass die Aderholds absagen könnten.

Nach dem Essen zogen sich die Männer in den Salon zum Rauchen zurück. Georg begleitete seine Frau zur Treppe und küsste ihr die Hand zur Nacht. Konstanze stieg rasch die Stufen hinauf in ihre Räume. Sie freute sich, endlich wieder allein zu sein, und verschloss sogleich die Tür, um sich ganz ihren Plänen und Träumen hinzugeben.

Josef von Traunstein fing seinen Sohn ab. Die anderen Männer waren bereits in die Bibliothek gegangen. Vater und Sohn waren unter vier Augen. »Du machst dich lächerlich, Georg.«

»Es erstaunt mich, Vater, dass du von unserem Vermögen sprichst. Es ist mein Geld, das ich ausgebe«, sagte Georg mit kaum gedämpfter Empörung.

»Es ist das Geld deiner Frau.« Josef von Traunstein zündete sich eine Zigarre an. Der erste Rauch traf seinen Sohn ins Gesicht. »Ein guter Rat! Geh auf die Jagd. Ein Mann, der nicht jagt, hat keine Eier in der Hose. Das werden dich deine Landarbeiter spüren lassen – und nicht nur die!«, murmelte der Alte schon im Gehen. Er hatte kein Interesse mehr an seinem Sohn.

Georg ging in sein Zimmer, schloss die Tür. Hier herrschte Frieden. Er setzte sich an seinen Schreibtisch und begann mit der Arbeit.

Seit dem Tod von Kronprinz Rudolf war Georg in eine innere Emigration gegangen. Der Politik des Thronfolgers Franz Ferdinand wollte er nicht vertrauen. Der Neffe des Kaisers hatte nicht die visionäre Kraft eines Rudolf. Er taktierte und ließ sich viel zu oft von persönlichen Interessen leiten.

Georg hatte für sich entschieden, den Bereich, der unter seiner Verwaltung stand, in eine Ordnung zu bringen, wie er sie sich für das ganze Reich wünschte. Er war beseelt von der gegenseitigen Achtung der Menschen, von der Harmonie des Miteinanders. Er wollte die Aristokratie nicht abschaffen. Im Gegenteil – dieser Stand sollte die edelsten Taten in die Gesellschaft tragen. Wenn Einzelne mit gutem Beispiel vorangingen, würden sich die Tugenden vermehren. Georg folgte den Idealen der Freimaurerbewegung und fuhr regelmäßig zu offenen Logensitzungen nach Pressburg. Auf österreichischem Boden war die Arbeit der Freimaurer verboten. Also hatten sie sich in die Kronländer zurückgezogen und Logen in den grenznahen Städten gegründet.

11

Das Gold ließ sich nicht mehr vom Finger waschen. Das Marienkind hatte das Verbot der Heiligen Jungfrau missachtet, den Schlüssel benutzt und das *dreizehnte Zimmer* betreten. Dort sah das Mädchen die *Heilige Dreieinigkeit.* Vater und Sohn und Heiliger Geist.

Verführt von dem Wunder, berührte das Mädchen den Glanz. Nun war sein Finger golden und zu einem Zeichen seiner Schuld geworden. So stand es im Märchenbuch.

Die Illustrationen waren reich an Ornamenten. Das Haar der Jungfrau Maria floss in die Linien ihres Gewandes und verband sich mit Blumenranken auf der Außenseite des Bildes.

Marie entdeckte immer wieder neue Einzelheiten.

Würtner hatte ihr das Buch mitgebracht. »Bist eine kleine Jungfrau, mein Vogerl, wie die Jungfrau Maria. Und i' werd dafür sorgen, dass keiner dir was tun kann.« Streng fügte er hinzu: »Übst Lesen, wie die feinen Leut' das können. Wird dir nicht zum Nachteil sein.«

Marie hatte die Geschichte vom Marienkind also immer wieder gelesen. Das Märchen zog sie an und stieß sie ab.

Würtner saß gebeugt über seinem Pult. Sieben Tage in der Woche kopierte er Noten. Nur zu den Mahlzeiten stand er auf. Marie kannte seinen Rücken inzwischen besser als sein Gesicht. Die graubraune

Jacke spannte. Über seinen Unterarmen trug er schwarze Ärmel-
schoner.

Würtner spürte ihren Blick. »Die Noten zeigen an, was jedes Ins-
trument tun soll.«

Marie ging zu ihm und sah ihm über die Schulter.

»Jeder Ton steht zum nächsten wie die Buchstaben in einem
Wort.« Er sah auf das fast vollendete Blatt. »Und die Worte bilden einen Satz. So wird's Musik.«

Marie hätte den Blick auf das Notenblatt gemocht, wenn sie den
Mann gemocht hätte, der sie kopierte. So jedoch ließen sie die Kreise
und Striche, die Bögen und Anweisungen in italienischer Sprache
kalt.

»I' hab Hunger«, sagte sie.

»Wir essen später. Setz dich und mach deine Aufgaben.«

Marie hatte keine Lust.

»Willst wieder die Böden wischen für die feinen Herrschaften bei
der Frau Sacher?«

Marie wusste inzwischen, dass sie das niemals mehr tun musste. In
den Nächten, in denen sie auf dem zerschlissenen Sofa im Kämmer-
chen lag, hatte sie darüber nachgedacht. Und auch, ob sie es auf dem
Kohlenhof, wo ihr Vater schuftete, und in der Waschküche ihrer Mutter wirklich besser hatte …

Marie streifte weiter durch das Archiv und blätterte wahllos in Orchesterstimmen, die geordnet auf Tischen lagen.

»Wenn du eine Partitur nimmst, dann legst sie auch wieder genauso zurück«, meldete sich Würtner aus dem Hintergrund.

Marie äffte ihn lautlos nach und ließ ein Notenheft fallen.

Würtner schien nichts zu bemerken. Marie hob das Heft auf und
ließ es noch einmal fallen. Da war sie schon an der Tür, drückte die
Klinke. So weit war sie noch nie gekommen, ohne dass er gerufen

hätte. Gerade als sie durch den Spalt hindurchschlüpfen wollte, hörte sie seine Stimme. »Ist dir was runtergefallen?«

»Nein«, antwortete sie geistesgegenwärtig.

Da stand sie im Flur.

Die Oper lag in der Stille der Nacht. An einem Ständer voll von frisch gewaschenen Kostümen blieb sie stehen und roch die Seife. Plötzlich überfiel sie ein so starkes Heimweh, dass sie aufschluchzen musste. Ihr Schritt wurde schneller. Sie eilte den nicht enden wollenden Gang entlang, hoffte, eine Treppe zu finden, sah eine Eisentür, die sich von den anderen unterschied. Marie drückte die Klinke. Sie war verschlossen. Ein Seitengang führte in eine andere Richtung. Marie folgte ihm. Hinten sah sie wieder eine Tür, lief darauf zu, drückte die Klinke und hörte Stimmen von der Straße.

Da packte Würtner sie an der Schulter. »Was willst ihnen zu Hause sagen, wo du die ganze Zeit g'wesen bist?« Er drehte sie zu sich um. »Und wenn sie dann eins und eins z'sammenrechnen, dann denken s' auch an den toten Mann.« Mit sanfter Gewalt führte er sie den Flur zurück. »I' hab dir das Leben g'rettet, Marie«, sagte er mit beschwörender Stimme. »Und jetzt schau i', dass du in Sicherheit bist vor der Welt.«

Würtner fühlte Maries Widerstreben und überlegte fieberhaft, wie er ihre Gunst erlangen könnte. Da fiel es ihm ein. »Zur Premiere vom *Figaro,* da wird unsere Kaiserin kommen«, sagte er mit Zaubererstimme.

Es kam wieder Leben in Marie. Sie hatte von der Kaiserin erzählen gehört, wie schön sie sei und auch gütig. Sie musste gerade so etwas sein wie die Heilige Jungfrau.

»Die Sisi?« Maries Stimme brach vor Aufregung.

»Und wenn mein Vogerl brav ist, dann darf es die Sisi sehen.«

Würtners Zaubererstimme triumphierte: »Dann gehen wir beide in die Oper.«

Er reichte Marie die Hand. Sie legte ihre hinein. So liefen sie zurück zum Notenarchiv.

Auf dem Weg philosophierte Würtner: »Das können nur ganz wenige, das Wunder der Musik verstehen. Du kannst es, weil du ganz was Besonderes bist.«

Ja! Das war sie. Sie fühlte es selbst, auch ihre Verbindungen in das Märchen hinein und in die Musik, die sie von der Bühne her hörte, und hinein in die unsichtbare Musik auf den Notenblättern. Und jetzt würde sie sogar die Kaiserin sehen.

12

Die ersten Monate als Witwe lagen hinter Anna. Im Testament hatte ihr Mann für sie und die Kinder vorgesorgt und verfügt, dass für die Angelegenheiten des Hotels und der Familie ein Anwalt und ein von ihm bestellter Verwalter die Verantwortung tragen sollten. Solange der Schwiegervater in Wien weilte, oblagen ihm die Entscheidungsgewalten.

Anna war fest entschlossen, mit dem alten Herrn so lange zu kooperieren, bis sie ihre Interessen günstig gelenkt hatte. Doch die Entscheidungen der Behörden ließen auf sich warten. Die ungeklärte Situation zerrte an Annas Nerven. Die Gläubiger und Zulieferer fürchteten um ihr Geld und bestanden darauf, pünktlich bezahlt zu werden. Anna war als Unternehmerin in jeder Hinsicht gefordert. Und dann waren da noch die drei Kinder, die Aufmerksamkeit und Zuwendung wollten. Täglich arbeitete sie bis weit in die Nacht, um alles im Überblick zu behalten. Wenn sie endlich schlief, wachte sie oft schon nach wenigen Stunden schweißgebadet wieder auf. Angst raubte ihr den Schlaf, dass sie es womöglich nicht schaffen würde, dass man ihr die Konzession verweigerte oder sie die Qualität als Hoflieferant nicht würde halten können. Anna wälzte sich im Bett. Dabei musste sie doch ab fünf Uhr früh wieder Kraft für einen ganzen Tag haben.

Kaum war sie auf den Beinen, hatte einen ersten Kaffee getrunken, wichen die Ängste. Nicht, weil sie die Zweifel verdrängte, sondern weil sie die Herausforderungen annahm.

Die Belegschaft hatte sich zum Rapport eingefunden. Anna Sacher schritt wachen Auges die Reihe der Angestellten ab. Mayr begleitete die Patronin, prüfte die Sauberkeit der Hände und Nägel, der Hemdkragen, Schürzen und Handschuhe.

Das Gastgewerbeaufsichtsamt hatte sich für ein Gutachten angekündigt. Jede Minute konnten sie da sein.

»Die Kommissäre werden in alle Ecken schauen. Wenn's ihnen beliebt, können sie sich jedes Zimmer vornehmen. Ich will, dass sie nichts zu beanstanden haben. Absolut nichts!«, schärfte Anna ihren Leuten ein. »Erzherzog Otto hat sich angesagt – Separee fünf wie immer. Im Separee zwei wird der englische Botschafter speisen. An die Arbeit!«, beendete sie ihre Ansprache.

Die Leute gingen zügig an ihre Plätze.

»Johann, Flora, ich muss euch sprechen.« Anna gab den beiden mit einer Kopfbewegung zu verstehen, dass sie ins Büro kommen sollten.

Flora schaute Johann an. Hatten sie einen Fehler gemacht? Hatte irgendetwas an ihrem Verhalten der Patronin missfallen? Frau Sacher konnte in solchen Fällen unerbittlich sein.

»Es geht um ein Angebot vom Prinzen von Traunstein. Er ersucht mich, Flora nach Gut Traunstein zu geben«, eröffnete Anna ihre Rede und schaute dabei die Post durch, die auf ihrem Schreibtisch lag.

Flora seufzte erleichtert. Keine Maßregelung.

»Du bekommst ein gutes Geld, Flora«, setzte die Patronin fort. »Ich hab mit Seiner Durchlaucht vereinbart, dass dein Vertrag auf zwei Jahre ausgelegt ist. Danach bist frei und kannst wieder zurückkommen.«

Johann hielt es nicht länger aus. »Nach Gut Traunstein, das willst du doch nicht!« Er schaute seine Liebste an.

Anna Sacher ging ihrem Kofferdiener in den Blick. »Ich weiß, dass ihr eine Ehe plant.«

Flora bekam nicht mehr heraus als ein unsicheres: »Ja …«

»Ich tue das für den Prinzen von Traunstein und für euch. Für mich ist's nicht leicht, ein tüchtiges Zimmermädel abzugeben.« Anna Sacher hatte keine Zeit für eine Diskussion. »Die Prinzessin muss regelmäßig bei Hofe sein, und ihr könnt euch dann hier sehen.« Sie stand auf, klopfte Johann auf die Schulter und verließ ihr Büro. Sollten die beiden noch einen Moment Zeit miteinander haben, um die Nachricht zu verdauen.

Flora und Johann standen wie Pennäler. Plötzlich sah Johann im Gesicht seiner Liebsten, dass ihr der Vorschlag gefiel. »Flora?«, fragte er erschrocken.

»Schau, wir haben doch noch gar kein Geld, und deine Tante wird dir auch nicht so einfach was geben.« Flora versuchte, ihr schlechtes Gewissen darüber zu verbergen, wie sehr sie das Angebot freute. »Wenn ich Zofe bin, muss ich nicht mehr den Dreck von fremden Leuten wegputzen.«

»Aber ich liebe dich, ich kann dich nicht so lange vermissen.«

»Ich lieb dich doch auch. Und deshalb werd ich's aushalten«, sagte Flora entschlossen. Sie dachte an die Betten, die sie jeden Tag zu beziehen hatte, an das Nachtgeschirr der Hotelgäste und den Schmutz und die Unordnung, die sie hinterließen. Die Zukunft verhieß den Umgang mit seidenen Stoffen, mit dem Schmuck und dem Putz der Prinzessin. Sie war neugierig auf das Schloss und seine Räume, denn schließlich hatte sie ja schon die Pläne für deren Renovierung bewundern dürfen. In ihrer Fantasie stand auf Gut Traunstein ein Märchenschloss, das von einer Prinzessin mit einem guten Herzen geführt wurde.

Der schöne Otto verbreitete wie immer Unruhe im Vestibül. Mit seiner lauten Stimme hielt er alle auf Trab. Anna sprang Mayr zur Seite und begleitete Erzherzog Otto von Habsburg, einen Neffen des Kaisers, zu seinem Separee. Er war ein stattlicher Mann Mitte dreißig und kein Kostverächter, in jeder Hinsicht.

Wagner stand schon bereit und öffnete die Tür zum diskreten Speisezimmer, wo für acht Personen gedeckt war.

»Und die Gäste werden gleich eintreffen, Hoheit?«, fragte Anna höflich.

Der Erzherzog lachte gutmütig, und aufs Stichwort kam Mizzi, eine Balletteuse aus der Oper. Sie hatte sich im Waschraum für die Damen herausgeputzt. »Oh, gnädige Frau … Ich bin ja schon hungrig wie ein Wolf und möcht von allem ganz viel«, gurrte sie. Der Erzherzog fasste seine Geliebte um die Hüfte. »Der Wolf bin ich!«

»Dann wird also niemand sonst mehr erwartet?« Anna Sacher blieb professionell.

»Meine Schöne isst für drei und ich für sechs, fehlt also noch ein Gedeck, Frau Sacher«, dröhnte der Erzherzog.

»Sehr wohl, Exzellenz. Ich werde sofort mit dem Auftragen beginnen lassen.« Anna gab Wagner einen Wink. Sie verstanden sich wortlos. Er würde dieses Separee im Auge behalten.

Anna hatte gerade die Tür geschlossen, als Mayr mit den beiden Herren vom Gastgewerbeaufsichtsamt kam. Den Oberkommissär kannte Anna bereits. Kurze Zeit nach Eduards Tod hatte sie ihn wegen ihres Antrags nach einer Konzession aufgesucht. Damals hatte sich der Beamte äußerst herablassend über ihre Anfrage geäußert. »Wissen S' eigentlich, wie viele in dieser Stadt nach einer Konzession anstehen? Und dann noch eine Frau!«

Anna hatte auf ihrem Recht bestanden, ein Gesuch einreichen zu dürfen, und das Formular mit *Frau Eduard Sacher* unterschrieben.

Der andere Kommissär war wesentlich jünger. Er hatte einen hochmütigen Gesichtsausdruck und war fürs Protokoll zuständig.

Aus dem Separee des Erzherzogs drangen bereits frivole Geräusche, die es zu übertönen galt.

»Der englische Botschafter und seine Gattin werden jeden Augenblick erwartet«, sagte Anna im lauten Befehlston zu Wagner, der mit zwei Hilfskellnern und üppigen Vorspeiseplatten kam. Wagner erwiderte ebenso laut: »Sehr wohl, gnädige Frau«, und dirigierte die Hilfskellner so gekonnt, dass kein Blick ins Separee möglich war.

Anna wendete sich mit freundlichster Miene an die beiden Kommissäre. »Vielleicht mögen die Herren einen Blick in dieses Zimmer werfen und sich ein Bild machen.«

Mayr lächelte die Kommissäre verbindlich an und öffnete pflichteifrig die Tür zu dem Separee, in dem an diesem Abend der Botschafter speisen würde. Man schaute in ein vorzüglich vorbereitetes Speisezimmer.

Anna wusste, dass ihr Portier, ebenso wie sie selbst, darauf hoffte, dass weitere Geräusche aus der Fünf ausblieben.

»Wir setzen unseren Rundgang über die Küche fort«, entschied der Oberkommissär endlich.

»Bittschön«, erwiderte Anna verbindlich und beherrschte eine fahrige Geste, die ihre Unruhe verraten hätte. Mit einer freundlichen Handbewegung bat sie die Herren, ihr zu folgen.

»Wachablöse!« Franz Sacher trat ein und unterbrach ein Zimmermädchen, das den drei Sacher-Kindern aus Grimms Märchenbuch vorlas.

Der Schwiegervater war für ein langes Wochenende in Baden gewesen und kehrte nun gut gelaunt zurück. Eduard junior sprang auf und lief dem Großvater entgegen, schob seinen Kopf an dessen Hüfte, dass Franz gar nicht anders konnte, als dem Jungen Nacken und Haar zu kraulen. Franz nickte dem Zimmermädchen zu. »Ich bleibe jetzt

bei den Kindern. Sie können Ihre Arbeit machen.« Er war nicht zum
»Du« gewechselt, wie es vom Patron zu den Angestellten üblich war.
Er sah sich als Gast in diesem Haus. Das Zimmermädchen knickste
und ging.

Franz setzte sich in den Sessel, griff nach dem Buch, um mit dem
Vorlesen fortzufahren. Doch die Kinder wollten nicht mit einem
Märchen von ihren Sorgen abgelenkt werden. Die Anspannung ihrer
Mutter beschäftigte sie. Annie stand auf und strich ihr Kleid glatt. Sie
war in den Wochen ein ernstes Kind geworden, das nur noch beim
Essen Freude fand. »Hoffentlich bestimmen die Kommissäre, dass wir
ausziehen müssen«, sagte sie überzeugt.

»Annie, eure Mutter tut gerad' alles, damit es weitergeht«, sagte
Franz überrascht.

»Wenn wir hier bleiben, wird die Mama niemals mehr mit uns
sein«, erwiderte Annie.

Ehe sich Franz Sacher mit dieser Botschaft auseinandersetzen
konnte, kam schon die nächste Offensive. Diesmal von Eduard junior.
»Vielleicht heiratest du die Mama, Großpapa?«

»Ich war doch schon zweimal verheiratet.« Franz Sacher klappte
das Märchenbuch zu. »Außerdem bin ich wohl schon ein bisserl alt.«

Der Junior hakte nach. »Und was ist aus deinen Frauen geworden?«

»Ich bin Witwer, so wie eure Mutter Witwe ist.« Unter den auf-
merksamen Blicken der Kinder kam er sich plötzlich wie ein Ritter
Blaubart vor. Selbst Franziska, die stets nur mit sich selbst beschäftigt
war, folgte dem Gespräch aufmerksam.

»Witwer und Witwe, geht sich aus«, gab Eduard junior zum Besten. Und Annie fügte hinzu: »Und die Mama ist wieder a bisserl mehr
gnädig mit uns.«

Franz Sachers Blick fiel in den Spiegel hinter dem Sofa. Er straffte
sich. Er gab kein schlechtes Bild ab, wie er da so saß im Kreis der
Kinder.

»So, wir nehmen einen Fiaker und lassen uns durch die Stadt kutschieren.« Die Kinder jubelten. Eduard und Franziska enthusiastisch. Annie verhaltener. Sie las den Vorschlag des Großvaters, sich zu amüsieren, als das, was er war, ein Ablenkungsmanöver. Es würde niemals mehr so werden, wie es war, als der Papa noch lebte. Vielleicht sollte sie ihm folgen, anstatt auf bessere Zeiten zu hoffen?

Franz Sacher sah, wie Annie in das Nebenzimmer schaute, dorthin, wo der Vater gestorben war.

Anna saß an ihrem Schreibtisch, der voller Papiere lag. Sie fühlte sich unfähig, auch nur irgendeine Korrespondenz in Angriff zu nehmen. Am Ende dieses verrückten Tages war die Gattin des englischen Botschafters in Ohnmacht gefallen, gerade als mit den beiden Kommissären der Rundgang glücklich beendet schien. Sogar ein heimtückischer Test war glimpflich verlaufen. Der Oberkommissär hatte sich eine Serviette erbeten und sie vor das Schlüsselloch der Küchentür gehalten. Sein Kollege hatte von der anderen Seite dagegen gepustet.

»Eine Schikane, wie sie gern beim Militär angewendet wird«, hatte Mayr Anna zugeflüstert. Beide hatten den Atem angehalten. Die Serviette war tadellos weiß geblieben.

»Meine Herren, ja, glauben S' denn, dass die Minister Seiner Majestät bei uns speisen täten, wenn sie Gefahr laufen würden, durchs Schlüsselloch von Ungeziefer spioniert zu werden«, hatte Mayr lautstark protestiert.

»Was glauben Sie, was wir täglich so erleben«, hatte der jüngere Kommissär erwidert. Es war ihm anzusehen gewesen, wie sehr er darauf spekulierte, einen Makel zu protokollieren.

Doch – es hatte keine Beanstandungen gegeben.

Und dann das! Ihr Haus war kein Bordell. Auch wenn die Separees durchaus zu trauter Zweisamkeit einluden, wusste man damit umzugehen und jeden Skandal zu vermeiden. Sie alle waren erfahren in Diskretion.

Aber der Erzherzog war nicht aufzuhalten gewesen. Als man ihm nicht schnell genug eine weitere Flasche Champagner servierte, war er mit nichts als seinem Schwertriemen samt Säbel bekleidet aus dem Separee gestürmt. »Mir ist heiß, wenn's keinen Champagner gibt«, hatte er gebrüllt, seinen Säbel gezogen und Mayr, der den Schaden in Grenzen halten wollte, damit vor der Nase herumgefuchtelt.

Die englische Lady und der Botschafter waren auf dem Weg zum Abendessen und traten mitten hinein in den Trubel um den nackten Erzherzog.

»Shocking!«

Die Lady fiel in Mayrs Arme.

Der Säbel schwenkende Erzherzog stand nun nackt und betrunken direkt vor den Herren des Gastgewerbeaufsichtsamtes. Drinnen im Separee juchzte Mizzi und rief nach ihrem Gespielen.

Anna wurde heiß und kalt, wenn sie an diesen Vorfall und seine möglichen Konsequenzen dachte. Der Schwiegervater kam und setzte sich auf den Besucherstuhl ihr gegenüber. Sie sah müde aus – und vielleicht gerade deshalb sah er ihre Schönheit.

»Sie werden dir keinen Strick draus drehen, Anna. Schließlich stand da Seine Kaiserliche Hoheit, Erzherzog Otto von Österreich.«

Anna nickte nicht sehr überzeugt. Franz legte seine Hand auf ihre. Wärme durchströmte ihn. Er erschrak und räusperte sich. Er wollte auf die Enkel zu sprechen kommen und deren Sehnsucht nach einer intakten Familie.

Unterwegs im Fiaker, die Kinder rechts und links neben sich, hatte sich Franz an die Gefühle seiner Jugend erinnert und die alte Frische gespürt. Der Gedanke erschien ihm plötzlich nicht mehr abwegig, ein Familienleben zu führen als Vater seiner Enkel. Warum denn nicht? Wer verlangte denn von ihm, als alter Mann die Tage in Baden zu verbringen und mit jedem Spaziergang dem Tod einen Kilometer entgegenzulaufen. Das Schicksal bot ihm noch einmal einen anderen Raum. Er musste nur entscheiden, ob er ihn betreten wollte. Deutlicher, als er es je für möglich gehalten hatte, fühlte Franz Sacher, dass die Entscheidung in seiner Hand lag. Und in Annas natürlich. Die stand auf, strich sich das Kleid glatt. »Die Kinder waren heut so brav, Franz. Ich geh hinauf und sag ihnen eine gute Nacht.«

An der Tür ihres Büros rief Anna Wagner heran. »Bringen S' meinem Schwiegervater was Gutes zu trinken, Wagner.« Sie schaute sich noch einmal nach Franz um. »Ist dir doch recht?« Er nickte lächelnd. Sie gefiel ihm.

13

Der Verlag Aderhold befand sich in einem Gewerbehof, umgeben von rotbraunen Klinkerwänden. In der Mitte des kleinen Hofes wuchs eine Kastanie. Der junge Baum schien entschlossen, eines Tages den ganzen Hof einzunehmen. Doch in jenem Sommer 1893 konnte man seine Blätter noch zählen.

Martha und Maximilian hatten die vergangenen Monate dazu genutzt, ihren Verlag einzurichten. Menning, den sie zusammen mit der Druckerei übernommen hatten, wartete, dass es endlich losgehen würde. Wochenlang hatte er sich mit der Druckmaschine beschäftigt, sie zerlegt, marode Teile ausgewechselt und viel Schmieröl aufgewendet. Dann hatte er die Setzkästen auseinandergenommen, die Bleilettern geputzt und wieder einsortiert. Nun saß er da, aß sein Pausenbrot, las die Zeitung und wartete.

Zwei Räume weiter saß Maximilian in Hemdsärmeln am Schreibtisch. Er skizzierte ein paar Zeilen, war unzufrieden, zerknüllte das Blatt, warf es in den Papierkorb und begann erneut. Der Vorgang wiederholte sich. Der Wurf der Papierkugel war das Einzige, was Maximilian immer besser gelang. Er fühlte sich elend. Je mehr er sich abmühte, wenigstens eine halbe Seite zu schreiben, die Bedeutung, bestenfalls Bestand hatte, desto weniger gedieh sein Text. Nach Stunden einer

Tätigkeit ohne Ergebnis ging er endlich dazu über, die eingesandten Manuskripte zu lesen. Martha hatte ihn darum gebeten. Sie wollte mit ihm gemeinsam entscheiden, was davon zu veröffentlichen wäre.

»Guten Tag, Menning.« Martha kam vom Einkaufen. Sie hatte Vergnügen an der Ausgestaltung der Räume mit allem, was ihr notwendig erschien für einen reibungslosen Ablauf des Verlagsbetriebes und für eine schöpferische Atmosphäre.

Menning erhob sich vom Holzschemel, nahm seine Schiebermütze ab. »Tach, Frau Aderhold! Also, ick wär' denn so weit.« Diese Begrüßung war inzwischen zum täglichen Ritual geworden. Scheinbar unbekümmert erwiderte Martha dann: »Großartig!«

Und auf Mennings erwartungsvollen Blick sagte sie: »Geben Sie uns noch ein bisschen Zeit!«.

»Is denn wirklich nüscht bei? Ihr Fußboden is doch voll mit Jeschichten.« Menning hatte über fünfzehn Jahre Erfahrung in der Buchdruckerei und war pragmatisch.

»Wir sind noch am Sortieren«, erklärte Martha ihre Unentschlossenheit. Sie hoffte, dass Maximilians Roman ihr erstes Buch werden würde. »Und mein Mann ist fleißig«, setzte sie verschmitzt nach.

»Das habe ich gehört«, kam es aus dem Büro. Maximilian gab sich wegen seiner prekären Lage besonders lässig.

Menning sprach nun zu beiden: »Spring' Se int kalte Wasser. Warten uff det Jlück bringt nüscht. Man muss det Schicksal bei die Hörner packen und denn: Ritt durchs Feuer.«

Martha lachte. »Sie sind ja ein Poet, Menning. Versuchen Sie es doch mal mit dem Schreiben.«

»Nee, lassen Se mal, Frau Aderhold, ick bin mehr für det Praktische zu haben.«

»Gut so!« Martha nickte ihm fröhlich zu.

Menning seufzte: »Denn bring ick also den Laden weiter uff Vordermann, is ja och ne Beschäftigung.«

»Sie werden sich noch nach den ruhigen Zeiten zurücksehnen. Wenn wir erst loslegen, dann aber – Ritt durchs Feuer.« Martha ging gut gelaunt an dem überquellenden Papierkorb vorbei und küsste Maximilian zur Begrüßung.

Menning blieb skeptisch, was das wohl werden würde mit dem Verlag. »Na, solange se mich bezahl'n«, murmelte er, setzte seine Mütze wieder auf, goss sich aus seiner Blechkanne Kaffee nach und begann die Zeitung von vorn. Es wäre nicht fein gewesen, einfach nach Hause zu gehen.

Martha stellte die Einkäufe ab. »Der Tischler will nächste Woche mit dem Einbau der Regale beginnen.« Sie trat an eine der jungfräulichen Wände. »Hier werden deine Bücher stehen – Aderhold, Maximilian!«

Er ließ sich mitreißen. »Ich werde ein ganzes Fach voll schreiben.«

»Und die Kritiker sind begeistert.« Martha umkreiste ihren Mann verspielt und gab ihrer Stimme den näselnden Klang eines Literaturkritikers. »Herr Aderhold, in Ihrem neuesten Werk beschreiben Sie …«

Maximilian nahm ihren Tonfall auf: »… eine große Liebe. Woher haben Sie Kenntnis von diesen Gefühlen?« Er fasste Martha bei den Schultern, sah ihr in die Augen und sagte sanft: »Ich habe eine Frau, die mich zu diesen Gefühlen emporhebt.«

Für einen Moment verloren sich seine Zweifel. Er fühlte sich frei und selbstbestimmt.

»Wir haben übrigens Post aus Österreich«, sagte Martha, als sie sich voneinander lösten, und holte einen Brief aus ihrer Manteltasche.

»Ah, die kleine Durchlaucht.« Maximilian setzte sich wieder auf seinen Platz und zündete eine Zigarette an.

»Sie wünscht sich, dass wir sie und ihren Mann endlich auf Gut Traunstein besuchen«, sagte Martha während sie sich den Mantel auszog und mit dem Auspacken der Einkäufe begann.

»Eine wirklich hartnäckige Person.« Maximilian schüttelte belustigt den Kopf und beugte sich wieder über sein Papier.

Die Aderholds hatten Konstanze schon einige Male abgesagt. Der Aufbau des Verlages hatte ihre ganze Konzentration gefordert. Doch inzwischen war Sommer. Martha hatte Lust, die Stadt zu verlassen und Urlaub zu machen. »Wir könnten ein paar Tage Wien dranhängen«, schlug sie vor und wusste es doch besser. Maximilian würde so lange zu keiner Reise zu bewegen sein, bis er sein Buch wenigstens in groben Zügen auf dem Papier wusste.

So kam es auch. »Fahr du«, sagte er entschlossen, »lass mich hier schmoren, etwas richtig Gutes ausbrüten.«

Sie sah, wie er über das Papier gebeugt enthusiastisch schrieb. Gedankenverloren legte sie ihre Hand auf die Kette ihrer Mutter und verbot sich jeden Zweifel.

Martha genoss die Fahrt durch die sommerliche Landschaft.

Ein Wagen mit dem traunsteinschen Wappen hatte sie in Linz vom Bahnhof abgeholt. Konstanze hatte durch den Kutscher ihr Bedauern ausrichten lassen, dass sie gern mitgekommen wäre, aber aufgrund ihrer fortgeschrittenen Schwangerschaft das Haus nicht verlassen durfte.

Das Manuskript, das Martha auf der Reise redigieren wollte, ruhte auf ihrem Schoß. Sie hatte den Bleistift in eine Seite geschoben und schaute durch die Fenster der Kutsche auf die sich verändernde Landschaft. Ebenen wurden ohne erkennbaren Übergang hügelig. Nur wenige Fahrminuten später taten sich Schluchten auf, die genauso schnell wieder verschwanden. Die Wälder schienen endlos und unberührt. Sie durchfuhren kleine Dörfer, in denen die Wohnhäuser mit den Stallungen zusammengewachsen waren.

Das Schloss der Traunsteins mit seinem weiten Gutshof lag in einer Senke. Auf dem Schlossturm wehte die blaue Fahne mit dem Familienwappen – ein Geier mit zwei Köpfen.

Konstanze, hochschwanger, kam Martha auf der Freitreppe entgegen. »Ich freu mich ja so.« Sie rang nach Luft. Aus dem Kind, das Martha im Café kennengelernt hatte, war eine junge Frau geworden. Spontan nahmen sich die beiden in die Arme.

»Mein Mann lässt sich entschuldigen. Er arbeitet an seinem Roman«, entschuldigte Martha Maximilian.

»Und meiner ist noch in der Hofburg«, jubelte Konstanze, griff Marthas Hand und zog sie die Treppe hinauf.

Martha spürte die unbedingte Liebenswürdigkeit, die Konstanze verströmte und die sie wie ein feiner, leuchtender Schleier umgab.

An der Eingangstür des Schlosses hatte sich die Dienerschaft aufgebaut. Überrascht erkannte Martha Flora.

»Ich habe sie Frau Sacher abgeschwatzt.« Konstanze machte Flora ein Zeichen, ihnen zu folgen. Dabei sprudelten ihre Worte ohne Pause. »Sie haben Ihr Zimmer am Ende des Ganges im zweiten Stock. Zum Glück ist es mir gelungen, die Etage komplett vorzurichten.« Konstanze legte die Hände auf ihren Bauch. »Ich mag gar nicht dran denken, wenn ich in diesem Zustand noch in dem alten Plunder leben müsst.« Sie sprang zum nächsten Gedanken, ohne den Redefluss zu unterbrechen. »Natürlich werd ich Ihnen Flora ausleihen, solange Sie hier sind. Anton, kümmere dich um das Gepäck«, befal sie dem Hausdiener und stieg mit Martha weiter die Treppe hinauf, was ihr sichtlich schwerfiel.

Das Zimmer, das Martha für ihren Aufenthalt zur Verfügung stand, war groß und hell. »Ich hoff, Sie bleiben recht lang?« Konstanze bemerkte zufrieden, dass Martha beeindruckt war. »Wollen wir nicht ›Du‹ sagen?« Konstanze hielt Martha ihre Hand entgegen. »So wie Freundinnen, die sich schon seit den Kindertagen kennen?«

Martha griff die Hand der anderen, die klein und schmal war, und fühlte sich selbst um Jahre älter. »Martha!«

»Konstanze.« Sie schüttelte Marthas Hand überschwänglich. »Zum Abendessen trinken wir Champagner, Martha. Jetzt machen Sie sich … mach dich frisch.«

Konstanze rief nach Flora. Martha wehrte ab. »Ich komme sehr gut allein zurecht.«

Doch Konstanze ließ nicht mit sich reden. »Flora, du verwöhnst Frau Aderhold, dass Frau Sacher vor Neid erblassen möcht.«

Flora knickste und machte sich sofort daran, Marthas Koffer auszupacken. Jeder Protest war sinnlos.

Später saßen sich die Frauen am langen Tisch im Speisezimmer gegenüber. Sie waren beim Dessert. Der Diener goss Martha Champagner nach. Konstanze hatte es bei einem einzigen Glas bewenden lassen.

Martha genoss das Fremdsein, den Abstand, den sie hier zu ihrem eigenen Leben haben durfte. »Du hast mir so schöne Briefe geschrieben«, sagte sie zu Konstanze.

»Dir kann ich schön schreiben, weil ich weiß, dass du es auch schön liest.« Konstanze lächelte dankbar über die Anerkennung, dann wurde sie ernst. »Was soll man hier auch anderes tun als Papier beschreiben?« Ernüchtert über diesen Gedanken schob sie ihr Dessert zur Seite, das sie kaum angerührt hatte. »Mein Mann will das Haus mit Kindern füllen.«

Martha betrachtete die Prinzessin auf ihrem Platz am langen Esstisch. Über ihr hingen die Jagdtrophäen, von der Gämse bis zum Sechsender. Totenschädel an Totenschädel.

Konstanze sah Marthas Blick, und ihre Abwehr dem eigenen Leben gegenüber verstärkte sich. »Du hast es gut, du bist frei. Du gründest einen Verlag, reist allein«, sagte sie zu Martha.

»So frei bin ich am Ende nicht. Schließlich trage ich Verantwortung für unser Geld und das Geschäft.«

Konstanze war beeindruckt, konnte sich aber nicht in Martha einfühlen. »Wenn mein Vater noch leben tät, ich hätt' ihn gebeten, dass er mir ein paar Jahre die Freiheit lässt.« Konstanze nickte zuversichtlich, als wäre dies tatsächlich noch eine Option. »Meine Mutter wollt' mich in festen Händen wissen. Sie lebt in einem Stift und hat sich ganz dem Leben mit unserem Herrgott verschrieben.« Konstanzes Augen wurden dunkel. Ohne Übergang ließ sie ihr leeres Champagnerglas an Marthas klingen und sagte fröhlich: »Wir sind unglückliche Frauen und alle anderen beneiden uns.«

Sie tranken.

»Aber, wenn ich schreib, dann kann ich mich in jedes Leben verwandeln. Ich verliebe mich und lass mich wieder scheiden. Fast jeden Tag schreib ich ein bisschen.« Konstanze fasste sich an den Bauch. »Es bewegt sich!« Sie nahm Marthas Hand und legte sie neben ihre. »Die Hebamme meint, dass es bald so weit sein könnt'.« Wie Schmetterlinge flogen Konstanzes Gedanken von Blüte zu Blüte.

Martha spürte die Bewegungen des Kindes. »Könnte ich denn mal was lesen?«, fragte sie unvermittelt. Als Konstanze nicht gleich antwortete, setzte sie nach: »Eine Geschichte von dir.«

Konstanze sah sie ehrlich überrascht an. »Von mir?«

Martha nickte. Die Verlegerin in ihr war wach geworden.

Flora bürstete das Haar der Prinzessin und flocht es für die Nacht zu einem Zopf. Konstanze betrachtete versunken ihr Bild im Spiegel. »Hast du eine Freundin, Flora?«

»Ja, Durchlaucht, aber ich hab sie schon über ein Jahr nicht mehr gesehen.«

»Woher hast du gewusst, dass ihr Freunde seid?«

Flora dachte nach. »Wir können uns über alles aussprechen.«

Konstanze war überrascht. »Über alles?« Sie hatte noch nie mit einem Menschen über ihre innersten Gedanken oder Gefühle gesprochen.

Konstanze war das einzige Kind ihrer Eltern. Ihre Mutter hatte unter dem Leben und ihrer Ehe gelitten. Geplagt von Migräneanfällen und Depressionen, hatte sie die meiste Zeit im Bett verbracht.

Ihr Ehemann, Istvan Nagy-Károly, war das ganze Gegenteil gewesen, voller Lebensfreude und Geschäftstüchtigkeit. Mit klarem Blick in die Zukunft hatte er Land rund um Budapest gekauft. Wenige Jahre später hatte die Stadt zu wachsen begonnen, der Grundstückswert hatte sich vervielfacht und damit sein Vermögen.

Konstanze kam ihrem Vater nach. Von ihm hatte sie die Leichtigkeit geerbt. Er hatte ihr jeden Wunsch erfüllt.

Kurz nach ihrem sechzehnten Geburtstag war der Vater beim Picknick am Balaton an einem Herzanfall gestorben, im Liegestuhl, ein Rotweinglas in der Hand. Um die Einsamkeit zu ertragen, hatte Konstanze begonnen, auf die blauen Bögen seines Briefpapiers Gedichte und Geschichten zu schreiben.

Am Ende des Trauerjahres war Konstanzes Mutter plötzlich zum Leben erwacht, hatte das Vermögen gesichtet und einen Heiratsvermittler für die Tochter bestellt. Die Wahl fiel unter den vielen Bewerbern auf Georg Maria von Traunstein. Die Familie gehörte seit Generationen zum Wiener Hof. Konstanze würde einen Platz als Hofdame der Kaiserin einnehmen. Kurz nach ihrem siebzehnten Geburtstag heiratete Constanze Nagy-Károly Georg Maria von Traunstein.

14

Sie waren in den Park gegangen. Martha hatte sich auf eine Bank gesetzt und las die ersten Seiten von Konstanzes Geschichte.

Die Prinzessin stand an einen Baum gelehnt und beobachtete Martha. Ein leichter Wind trug Samen von Löwenzahn. Die Sonne flirrte zwischen den Blättern der Bäume.

Martha wendete die letzte Seite um. Konstanze konnte es nicht abwarten und platzte heraus: »Es ist natürlich nicht so gut wie von einem echten Schriftsteller.«

»Wie geht es denn weiter«, fragte Martha. Konstanze hatte über einen Engel geschrieben, der eine junge Frau, ein Kind fast noch, in den ersten Monaten ihrer Ehe begleitete und vor der Übermacht des Mannes beschützte.

Konstanze hob unschlüssig die Schultern. »Das weiß ich immer erst, wenn ich schreib.« Sie schaute Martha unsicher an. »Ist das falsch?«

Martha schüttelte lächelnd den Kopf. »Maximilian macht zuerst das Konzept.« Martha dachte daran, wie sich ihr Mann mit der Struktur seines künftigen Werkes quälte, wie er, bevor er überhaupt das erste Wort schrieb, nach dem tiefen Sinn dessen suchte, was er beschreiben wollte. »Erst wenn Max seine Geschichte ganz genau kennt, schreibt er.«

Konstanze war beeindruckt. »Das ist sicher besser.« Sie setzte sich neben Martha auf die Bank. »Wenn ich aufs leere Papier schau, hör ich die Geschichte, als wenn's mir jemand erzählt, und ich schreib einfach mit.«

Martha war überrascht. So hatte sie noch keinen Schriftsteller sprechen hören. Sicher arbeitete jeder auf seine Art. Doch Disziplin und Anstrengung schienen sie alle zu einen. Dass dies zur Qual werden konnte, wusste sie nur zu gut, seit sie an Maximilians Seite lebte. Und nun erklärte ihr eine junge hochschwangere Frau das Gegenteil.

»Martha, du meinst also, dass ich weitermachen sollt'?«, fragte Konstanze voller Hoffnung.

Martha nickte. Doch ehe sie mehr besprechen konnten, kam Flora vom Haus her gelaufen, blieb auf halber Strecke stehen und rief: »Seine Durchlaucht kommt.«

»Sofort!« Konstanze griff Marthas Hände und flüsterte: »Kein Wort zu Traunstein, dass ich schreibe. Es muss unser Geheimnis bleiben, Martha. Hörst du?«.

Martha machte eine Geste des Einverständnisses. Konstanze gab ihr einen überschwänglichen Kuss.

Als Konstanze und Martha Seite an Seite aus dem Park kamen, war Georg gerade aus der Kutsche gestiegen. Er küsste seine Frau auf die Stirn und bewunderte ihren Leibesumfang. »Wie schaffst du das nur, meine Liebe?«

Dann wendete er sich erfreut Martha zu. »Danke, dass Sie unsere Einladung angenommen haben, Frau Aderhold.« Er verneigte sich und deutete einen Handkuss an. »Eine weite Reise aus Berlin.«

»Bitte, sagen Sie Martha zu mir. Es ist sonst gar zu förmlich.«

Konstanze hakte die Freundin besitzergreifend unter. Sie gingen ins Haus.

Konstanze saß in ihrem Nähzimmer. Sie hatte alles zur Seite geschoben, einen Stapel blaues Briefpapier vor sich und setzte die Geschichte des Schutzengels fort. Als Georg seine Frau zum Essen abholen wollte, fand er ihre Zimmertür verschlossen.

Kurze Zeit später saßen sie dann am großen Tisch im Esszimmer. Konstanze führte das Tischgespräch an. Sie aß nur wenig. »Traunstein hasst die Verpflichtungen in Wien und Ischl. Ich hätt' nichts gegen ein bisschen Abwechslung … Aber …«, sie legte demonstrativ die Hände auf ihren Bauch und machte ein dramatisches Gesicht.

Georg mochte es nicht, wenn Konstanze über seine Intentionen sprach. »Ich bin mit meinem Land und den Arbeitern ausgefüllt«, wehrte er ab.

»Seine Durchlaucht träumt von einem Gut, das sich mit dem umliegenden Land verbindet«, machte Konstanze mit einem spitzen Unterton weiter.

Martha ignorierte die Spannung zwischen dem Paar. »Was heißt das? Verzeihen Sie, ich bin ein Stadtkind«, fragte sie.

Georg bemerkte ihr ehrliches Interesse. »Die Kluften zwischen den Klassen sollen sich füllen. Ich wünsche mir eine Lebensweise, in der jeder das Beste aus sich herausholen kann. Wie es auch genauso für den Boden gilt. Wir können nicht immer nur pflanzen und ernten, wir müssen auch Nährstoffe zuführen«, erklärte er leidenschaftlich.

Seine Begeisterung beeindruckte Martha.

»Traunstein hat viele moderne Ideen. Der Papa bezichtigt ihn sogar der Freimaurerei.«

Martha schaute Georg überrascht an.

Er schwieg dazu. Seine politischen Ambitionen waren ihm heilig. Sie waren kein Tischgespräch. Schon gar nicht wollte er sich darüber vor seiner jungen Frau ausbreiten. Er wechselte das Thema und fragte Martha nach dem Verlag und nach ihrem Leben in Berlin.

Die Liebe saß auf der Fensterbank. Im Sommer war sie viel unterwegs und musste nie lange irgendwo verweilen. Verbindungen wurden leichter geschlossen als in den kühleren Jahreszeiten. Deshalb konnte sie sich nun etwas Zeit nehmen und die drei Menschen beobachten. Sie sah die hochschwangere Frau und ihren Ehemann. Zwischen ihnen saß die Verlegerin aus Berlin. Sie wusste nicht um ihre Wirkung auf die beiden. Doch blühte Martha sichtlich auf und fühlte sich freier als in der Nähe ihres Mannes. Die Liebe dachte an ihn. Er war der Vierte.

15

Inspektor Lechner – er war inzwischen befördert worden – verbrachte die meiste Zeit der Woche über Schriftstücke gebeugt zwischen anderen Inspektoren. Immer wenn es ihm möglich war, verließ er die Schreibstube, verfolgte Anzeigen, besichtigte Tatorte oder mischte sich unters Volk, um zu erfahren, was die Leute redeten und dachten. Er hatte unzählige Tote gesehen, Mörder gefasst, war zwischen Schlägereien gegangen und hatte Diebstähle und Betrügereien aufgedeckt.

Und – Lechner war am Fall der Marie Stadler drangeblieben. Die Leiche des Mädchens war niemals gefunden worden. Das Hotel de l'Opera war eines der renommiertesten Häuser der Stadt. Hier verkehrte der halbe Hof, die wichtigsten Männer des Habsburger Reiches, hier wurde Politik gemacht und über die Zukunft Europas verhandelt.

Lechner war getrieben von der Abscheu auf die Aristokraten.

Der Vater, Alois Lechner, hatte seinem Sohn Gehorsam und Katzbuckelei abgefordert und sie selbst gelebt. Der Junge hatte ihn dafür verachtet. Jede Ohrfeige, jede Tracht Prügel, die ihn brechen sollte, hatte das Gegenteil bewirkt. Der Sohn begann zu hassen, zuerst seinen Vater, dann die Männer des Adels. Er verachtete den Hof mit seinen erstarrten Ritualen. Er verachtete die Lakaien dort, die sich vom

Kaiser durchfüttern ließen. Er verachtete das ganze marode Wien mit den Juden, den Ungarn, den Böhmen, den Italienern, Serben, Rumänen, Rutenen, Galiziern, den Bohemiens, den Wissenschaftlern, Studenten und den Glückssuchern, die aus ihren rückständigen Heimatländern kamen, in der Hoffnung auf einen Brosamen in der sich rasant entwickelnden Stadt.

Lechner trat in die Ausfahrt des Kohlenhofes und schaute auf das windschiefe Wohnhaus. Aus dem Schornstein der Waschküche nebenan kam Rauch. Stadler warf gemeinsam mit den Söhnen Kohle auf ein Fuhrwerk. Während der Vater mit kräftigen Bewegungen schippte, sammelten der Sechs- und Siebenjährige die von der Schaufel heruntergefallene Kohle in einen Korb und trugen sie zum Kohlenhaufen zurück. Die beiden waren barfuß und hatten schwarze Gesichter von der Arbeit.

Lechner trat näher. »Grüß Gott, ich müsst Ihre Frau sprechen.«

Stadler erkannte den Inspektor und rief hinüber zur Waschküche: »Sophie!«

Nach einer Zeit kam Sophie Stadler aus der Tür, einen Zweijährigen auf dem Arm.

»Grüß Gott!« Lechner lüftete seinen Hut.

»Grüß Gott, Herr Inspektor!« Der Junge auf ihrem Arm begann zu weinen.

»Es gibt da was, das ich mit Ihnen besprechen müsst'.«

»Haben S' vielleicht eine Spur?«, fragte Sophie voller Hoffnung.

»Wenn man so will. Das würd' ich gern mit Ihnen besprechen, Frau Stadler.« Er gab sich gewandt.

Sie gingen ins Haus.

Stadler schaute ihnen nach. Er mochte den Inspektor nicht. Was konnte der schon bringen?

16

Die Würfel knallten laut gegen das Leder des Bechers und dann auf die Tischplatte. »Vier, fünf, sechs«, zählte Konstanze ihre Punkte. Sie war obenauf, denn sie hatte mehrfach hintereinander gewonnen und die Bank geplündert. »Nächste Runde!«, rief sie angriffslustig. »Ich verdoppele meinen Einsatz. Zieht ihr mit?«

»Natürlich ziehen wir mit.« Georg hatte auch in Marthas Namen gesprochen. »Ich darf Sie doch einladen?«

Martha wies ihn fröhlich zurück. »Auf keinen Fall.«

Und prompt sprang Konstanze ein. »Wenn du Kredit brauchst, Martha, komm zu mir.«

Martha legte amüsiert ihr eigenes Geld dazu.

Die Selbstverständlichkeit, mit der sie das tat, beeindruckte Georg. »Ich sehe eine Frau, die für sich selbst sorgt.«

Konstanze bemerkte, wie sich die Blicke der beiden begegneten. Sie war sofort eifersüchtig. Aber nicht etwa auf Martha, sondern auf ihren Mann. Georg sollte keine Nähe zu Martha entwickeln. Martha war ihre Freundin, ihre Verbündete, ihre Seelenschwester. Konstanze erinnerte sich an Floras Worte. Mit Martha wollte sie über alles sprechen können.

Marthas Wurf fiel schwach aus. Georg übernahm den Becher.

Plötzlich fasste sich Konstanze an den Bauch. Ein jähes schmerzhaftes Stechen durchzog ihren Körper. Wasser lief zwischen ihren Beinen auf den Boden. Sie wurde blass.

Erschrocken bemerkte Martha Konstanzes Reaktion. »Die Wehen?« Konstanze schaute hinunter auf die Pfütze, die sich zwischen ihren Schuhen bildete. Martha folgte ihrem Blick. »Die Hebamme, schnell!«, rief sie Georg zu, der immer noch fröhlich würfelte.

Konstanze begann, mit den Zähnen zu klappern. »Ich hab Angst.«

Georg sprang auf und wollte sie stützen. Doch Konstanze wehrte ihren Mann ab. »Ich kann dich jetzt net brauchen, Traunstein.« Sie hielt Martha fest und sagte, Panik in der Stimme: »Bleib! Du bleibst bei mir, Martha!«

Flora kam, überblickte die Situation und half, Konstanze aus dem Salon und hinauf ins obere Stockwerk zu bringen.

»Lassen Sie den Kutscher anspannen, Anton. Er soll die Hebamme und den Arzt holen«, rief Georg dem Hausdiener zu. Der rannte los. Georg blieb fassungslos in der Halle seines Hauses stehen.

Der Messingtürklopfer am Portal der Eingangstür ging laut und hart.

Der Hausdiener kam eilig zurück, informierte Georg, dass der Kutscher in wenigen Minuten bereit sei, loszufahren, und lief weiter, um die Haustür zu öffnen.

»Ist der Herr zu Haus?« Lechner lüftete seinen Hut.

»Sind Sie angemeldet?« Der Hausdiener war geübt darin, ungebetene Besucher abzuweisen. »Lassen Sie Ihre Karte hier. Es ist heut ein sehr ungünstiger Zeitpunkt.«

Georg rief: »Was gibt's denn?«, und kam heran.

»Ich versuch dem Herrn zu erklären, dass sein Besuch ungelegen kommt.«

Da Georg nun einmal da war, gab der Diener die Tür frei.

Lechner, den Hut in beiden Händen, verneigte sich vor Georg. »Meine Verehrung, fürstliche Hoheit. Mein Name ist Lechner, Inspektor beim Polizeiagenteninstitut in Wien. Ich bitte höflichst, Eure fürstliche Hoheit in einer dringenden Angelegenheit sprechen zu dürfen.«

Georg war in einem Ausnahmezustand und bemerkte daher nicht, dass das unangemeldete Auftauchen des Inspektors respektlos war. Der Hausdiener hätte dies gern für seinen Herrn erledigt. Doch dafür war es nun zu spät.

»Führen Sie den Mann in mein Arbeitszimmer«, entschied Georg und folgte den beiden.

Martha, die mit dem Dienstmädchen heißes Wasser aus der Küche in die obere Etage trug, sah, wie Georg mit einem Fremden durch die Halle ging.

Vor der Tür seines Arbeitszimmers entließ Georg den Hausdiener. »Sie geben mir Bescheid, wenn meine Frau mich braucht.« Der Diener ging.

»Ich höre«, wandte sich Georg an Lechner.

Der drehte seinen Hut zwischen den Händen. Sein Blick glitt über den Globus zu den Grundrissen des neuen Dorfes auf der Staffelei und zum Bild des nackten Mannes an der Wand hinter dem Schreibtisch. Dann verneigte er sich zum wiederholten Male unterwürfig. »Euer Gnaden sehen mich als ergebenen Diener Seiner Majestät und Eurer fürstlichen Hoheit.« Lechner genoss die Situation. »Es ist mir unangenehm, Durchlaucht … es geht um eine … Sache … die fürstliche Familie betreffend.« Lechner stockte kalkuliert.

Georg konnte sich nicht vorstellen, worum es gehen konnte. Vielleicht um seine Verbindung zur Loge? Doch dieser Inspektor war ein zu kleines Licht, um in dieser Sache Anschuldigungen aussprechen zu können. »Fahren Sie fort«, sagte Georg daher ruhig.

Lechner verneigte sich wieder. »Sehr wohl.« Er räusperte sich. »Im Hause Ihres hochwohlgeborenen Vaters, des Fürsten von Traunstein, hat ein Mädel gearbeitet. Sophie.«

Georg schwieg. Natürlich erinnerte er sich an Sophie. Georgs erste Liebesgeschichte.

»Sie kam in Schwierigkeiten.«

Georg sackte das Blut in die Füße.

»Man hat sie dann verheiratet. In der Ehe hat sie ein Mädel zur Welt gebracht. Marie. Marie Stadler.« Lechner ließ seine Worte wirken. »Und nun ist das Kind spurlos verschwunden.«

Georg gelang nichts anderes, als Lechners Rede laufen zu lassen.

»Die Frau Stadler wollt' es zuerst für sich behalten. Sie ist ja jetzt verheiratet, und der Stiefvater hat die Marie angenommen wie sein eigenes Kind. Aber jetzt, wo die Angst um die Marie so groß ist, hat sie sich mir anvertraut.«

Lechner schaute Georg offen ins Gesicht und erreichte, was er wollte. Georg verstrickte sich. »Ja, was denn anvertraut?« Er wusste sofort, dass er hätte schweigen sollen.

Lechner ließ sich Zeit mit der Antwort. »Dass Sie der leibliche Vater sind.«

»Wer ist in dieser Sache Ihr Auftraggeber?«, fragte Georg um Fassung bemüht.

»Mich schickt mein Gewissen und die Loyalität Eurer fürstlichen Hoheit gegenüber«, beteuerte Lechner unterwürfig.

»Das Kind lebt doch noch?«

»Unter den alltäglichen Kindsleichen der Stadt ist's bisher nicht gewesen.« Lechner genoss, wie sehr er den Fürsten verunsicherte. »Aber so ein junges Mädel in den einschlägigen Etablissements … Manchmal tauchen die Kinder wieder auf, nach Jahren, aufs Schrecklichste verwahrlost.« Lechner ging zum Angriff über. »Wie ich hörte, sind Sie am Gemeinwohl interessiert, die einfachen Leut' sind Ihnen nicht egal. Und hier ist's ja noch dazu das eigene Fleisch und Blut.«

Georg starrte den Mann an.

»Besser, ich find das Mädel, als dass wir's dem Zufall überlassen, meinen S' nicht auch?« Lechner hielt die Spannung.

»Ihr besonderes Interesse an der Lösung des Falles wär' mir Ansporn.«

Der Hausdiener kam und meldete: »Der Arzt ist jetzt bei Ihrer Frau, Durchlaucht.« Georg nickte und entließ den Diener mit einer Handbewegung. Dann stand er auf und ging zum Sekretär.

»Sie werden das Geld für die Suche nach dem Kind einsetzen!«

Niemals hatte Lechner für möglich gehalten, so weit zu kommen. Georg füllte einen Scheck aus.

»Ich hielt's für meine Pflicht, Sie zu informieren.« Lechner steckte den Scheck ein.

Ein Schrei von Konstanze drang durch das Haus.

»Der Erbe wird geboren … Da will ich nicht länger stören.« Unter Verbeugungen verließ Lechner das Zimmer. Draußen empfing ihn der Hausdiener. Lechner setzte zufrieden seinen Hut auf und ging.

Konstanze kämpfte mit aller Kraft. Martha saß auf dem Bett, hielt Konstanzes Oberkörper und kämpfte mit. Beide Frauen waren schweißnass. »Pressen, kräftig pressen, gleich hast du es geschafft«, sprach ihr Martha Mut zu. Eine heftige Wehe überflutete Konstanze. Sie stöhnte vor Schmerz, hechelte, presste, schöpfte Kraft und gab alles.

Die Hebamme fing das Neugeborene auf. »Ein Mädel … Es ist ein Mädel!«

Konstanze ließ sich in Marthas Arm fallen. Martha trocknete der Freundin das Gesicht. »Du hast es geschafft«, sagte sie berührt.

Der Säugling schrie, wurde gewaschen und gewickelt. Dann reichte die Hebamme Martha das Kind, vielleicht wollte sie die Mutter schonen, vielleicht erschien ihr die Freundin reifer und eher bereit für ein Kind. Martha hielt also den schreienden Säugling, der sich in ihrem Arm beruhigte. Konstanze sah auf die neugeborene Tochter und dann auf Martha. Könnte es nicht ewig so sein, die Freundin an der Seite und das Kind in ihrem Arm?

Georg kam ins Zimmer. Sein Blick glitt von Konstanze zu Martha, die seine Tochter wiegte. Martha stand auf und reichte ihm das Neugeborene.

Er betrachtete seine Tochter. Die kleinen Händchen waren zu Fäusten geballt, das feine Haar klebte am Kopf, der Mund suchte die Mutter.

»Wie wollen wir sie nennen?« Konstanze schaute Martha an. Georg folgte dem Blick seiner Frau.

Martha antwortete spontan. »Vielleicht Rosa? Sie hat so schöne rosige Haut.«

»Das soll unsere kleine Rosa sein«, stimmte Konstanze sofort zu. Der Name gefiel auch Georg. »Eine Rosa hat es bisher in unserer Familie nicht gegeben.«

»Martha, du bleibst doch noch ein paar Tage?«, fragte Konstanze voller Hoffnung. Martha nickte. Dann verließ sie das Zimmer, um dem Paar das Glück ganz zu überlassen.

Kassiopeia, das Himmels-W, neben den drei Gürtelsternen des Orion. Martha sah durch das Fernrohr, das am Fenster vom Salon stand. Ihr Vater hatte ihr die Sterne gezeigt und Legenden erzählt.

Sie hörte Schritte und trat zurück. Anton brachte eine Flasche Champagner und Gläser. Georg folgte Augenblicke später und berichtete, dass sich Konstanze ausruhen wolle. Er war aufgewühlt und gab dem Hausdiener zu verstehen, dass er selbst die Gläser füllen würde. Anton ließ sie allein.

»Meinen herzlichsten Glückwunsch!« Im Gegensatz zu ihrem

sonst so zurückhaltenden Wesen war Martha euphorisch. »Was für ein göttlicher Moment. Sie haben jetzt eine Tochter.«

Georg reichte Martha ein Glas, ging zum Feuer und legte Holz nach. »Ich ... Verzeihen Sie«, stotterte er, «ich habe eben erfahren, dass ich angeblich schon ein Kind habe.« Er wandte sich Martha wieder zu. »Auch ein Mädchen. Sie müsste elf sein oder auch erst zehn ...«

Martha fiel der Fremde ein, den sie flüchtig im Treppenhaus gesehen hatte.

»Ich habe mit fünfzehn ein Mädchen geliebt. Sie war ein paar Jahre älter als ich. Sophie. Sie war im Haus angestellt.« Georg hatte jede Zurückhaltung aufgegeben. »Eines Tages war sie verschwunden. Man erklärte mir, dass sie zur Pflege ihrer kranken Mutter gefahren sei. Ich habe mir weiter keine Gedanken gemacht.« Er konnte Martha nicht in die Augen sehen. »Es war Zuneigung, eine erste Schwärmerei aber doch nicht mehr.« Sie schwiegen. »Ich muss mich zu dem Kind bekennen ...«

Martha wusste nicht, was sie ihm antworten sollte. Alles, was sie hätte sagen können, wäre doch nur eine Phrase gewesen.

Georg schaute sie hilflos an. »Nein?«

Würtner hatte Marie zuerst die Lackschuhe und danach das weiße Kleid mitgebracht. Beides hatte er aus der Garderobe des Balletts genommen. Und beides war Marie zu groß. Dennoch fühlte sie sich wunderschön, als etwas Besonderes, so wie Würtner es immer wieder beschwor.

Tagelang hatten sie den Abend der Premiere vorbereitet. Am Nachmittag war er nochmals losgegangen und hatte ihr die Haarschleife im Geschäft neben dem Hotel gekauft.

Marie hatte lange überlegt, ob sie Würtner darum bitten sollte. Dann hatte ihr Verlangen gesiegt. Er war ohne Widerspruch gewesen.

Im Gegenteil. Marie erlebte, dass er ihr mit Freuden diesen Wunsch erfüllte.

Als die Vorstellung begann und die Bühnenarbeiter und Beleuchter an ihren Plätzen waren, hatte Würtner ihre Hand genommen. Sie waren durch unzählige Gänge gelaufen, Treppen gestiegen und auf einer Holzleiter bis zum Schnürboden gelangt. Marie hatte auf ihre Lackschuhe geschaut und bei jedem Schritt das Schwingen ihres weißen Kleides beobachtet.

Als sie endlich auf ihren Plätzen knieten, war die Ouvertüre gerade zu Ende. Würtner schaute mit dem Opernglas die Ränge im Zuschauerraum ab und flüsterte: »Da sind's alle beisammen, die feinen Herrschaften.« Er reichte Marie das Glas und führte ihren Blick, während er erklärte: »Da rechts, die Loge des Grafen Kinsky. Drei Logen weiter sitzt die fürstliche Familie Kuefstein. Links, schau, die Loge der Traunsteins. Da sitzt heut Abend nur der alte Fürst.«

Würtner beobachtete, wie Marie mit dem Opernglas die Ränge anschaute. In der Loge der Traunsteins blieb ihr Blick hängen. Sie sah in das scharfe Profil des Fürsten. Plötzlich, so als spüre er ihren Blick, wendete er sein Gesicht in ihre Richtung. Unwillkürlich zuckte Marie zurück. Ein Schauer überzog sie.

»Seine Schwiegertochter, die Prinzessin von Traunstein, soll ein Kind bekommen haben, eine Tochter«, raunte Würtner. »Und nach der Vorstellung gehen s' alle rüber ins Hotel und tafeln. Aber du, mein Vogerl, du wischt ihnen nicht mehr auf.«

Würtner schob das Glas mit dem Zeigefinger in eine andere Richtung. Und plötzlich sah Marie in einer Seitenloge die Kaiserin sitzen. Das Gesicht halb hinter einem Fächer verborgen, schaute sie auf die Bühne.

»Ihre Majestät«, flüsterte Marie berauscht. »Warum schaut sie so traurig aus?« Marie setzte das Opernglas ab.

Die Ernsthaftigkeit ihrer Frage irritierte Würtner. Er nahm das

Glas und konnte nichts entdecken. »Sie schaut aus, wie eine Kaiserin ausschauen muss.«

Marie griff erneut nach dem Opernglas. Vielleicht will sie sterben, ging es dem Kind durch den Kopf.

Die elfjährige Annie stand laut weinend in der Halle des Hotels. Anna kam schnellen Schrittes. Sie nahm die Tochter bei der Hand und zog sie mit sich ins Büro.

Dort schüttelte sie das Kind. »Anna-Maria, das gehört sich nicht, das weißt du ganz genau. Was sollen denn die Gäste denken?«

Annie schluchzte herzzerreißend und rang nach Luft.

»Annie! Was hast denn bloß?« Anna hockte sich vor das Kind, das nicht aufhören konnte zu weinen. »Annielein?«

»… Ich … kann … net …«, stammelte die Tochter unter Tränen. Ein großer Schmerz hatte das Kind überwältigt.

»Weinst wegen dem Papa?«

Annie weinte heftiger.

»Der Papa hat uns allein gelassen«, sagte Anna, stand auf und reichte der Tochter ein Taschentuch. Annie schnäuzte sich.

»Schaust mich an, als wenn ich was dafür könnt'.« Anna Sacher setzte sich auf den Besucherstuhl vor ihrem Schreibtisch. Sie war erschöpft. »Der Papa ist jetzt in einer andern Welt, wo's ihm bestimmt besser geht.« Sie holte Annie zu sich heran und nahm sie in den Arm. »Mir haben's heut Morgen die Konzessionen überlassen, dass wir hier bleiben können und dass ich weitermach. Und ich werd weitermachen, Annielein. Ich werd ein Haus draus machen, über das alle sprechen. Hotel de l'Opera? Das ist doch viel zu allgemein. Ich werd's Hotel Sacher nennen.« Und mit Pathos in der Stimme wiederholte Anna: »Hotel Sacher – das Haus Österreich!«

Annie schaute ihre Mutter misstrauisch an.

Die sprach begeistert weiter. »Und wenn wir unsterblich sind, dann wirst einen feinen Mann kriegen und in eine gute Familie einheiraten.«

Annie schlang die Arme um den Hals ihrer Mutter. »Ich will immer nur bei dir bleiben.« Entsetzen erfüllte das Mädchen bei dem Gedanken, dass sie irgendwann wie ihre Mutter eine erwachsene Frau sein sollte.

»Ach was, Annielein, wirst doch mal Kinder haben wollen und einen Mann.« Anna löste die Arme der Tochter von ihrem Hals.

»Jetzt gehst mit mir nach vorn, und da serviert dir der Wagner eine Torte.«

Augenblicklich vergaß Annie allen Schmerz. »Mit Obers und eine heiße Schokolade!«

Als Anna ihre Tochter auf einem Sessel platziert und Wagner Anweisung gegeben hatte, sah sie, wie Georg von Traunstein eilig das Hotel betrat. Im Vorübergehen reichte er Johann einen Brief mit den besten Grüßen von Flora. »Sie sind jederzeit auf Gut Traunstein willkommen, Johann.«

Der Kofferdiener dankte und steckte den Brief in die Brusttasche seiner Jacke. Er freute sich darauf, ihn später und in Ruhe zu lesen.

Anna Sacher ging ihrem Gast entgegen. »Herzlichen Glückwunsch, Durchlaucht, zur Geburt Ihrer Tochter. Ich hoffe, die Gattin ist wohlauf?«

»Ja. Vielen Dank, gnädige Frau.« Georg deutete einen Handkuss an. »Ich muss meinen Vater sprechen.«

»Er speist mit den hohen Herrschaften. Ich darf Sie begleiten.«

Sie gingen zu den Separees.

»Wie ich hörte, hat man Ihnen die Konzessionen überlassen?« Georg sah an ihrem Lächeln, dass die Gerüchte stimmten. »Ich gratuliere.«

»Im Übrigen speisen und wohnen Sie ab sofort im Hotel Sacher«, sagte Anna stolz.

»Es wird mir ein Vergnügen sein«, erwiderte Georg höflich.

Sie betraten eines der größeren Separees, wo der alte Traunstein mit seinen Freunden tafelte. Die Runde war bereits beim Dessert.

Fürst von Erdmannsdorf hatte ein Mädel vom Ballett auf seinen Knien. Ihre Kolleginnen saßen rechts und links daneben und flirteten mit den anderen Herren.

»Ach was, ein Gespenst in der Oper?« Graf von Kuefen, ebenfalls ein langjähriger Freund vom alten Traunstein, tätschelte dem jungen Ballettmädel die Wange.

»Aber ja!«, antwortete diese kokett und sammelte Punkte, indem sie besonders ängstlich tat. »Mein Kleid hat's sich genommen.«

»Und bei der Tamara sind die Schuh verschwunden«, bekräftigte ihre Freundin. »Manchmal hört man es singen.«

»Als wenn's eine Elfe tut.«

»Man sollt' es fangen und wegsperren.« Die drei Mädchen schüttelten sich wichtig.

Josef von Traunstein wurde auf seinen Sohn aufmerksam. Er fühlte sich gestört und stand unwirsch auf. »Was gibt's denn?«

Anna Sacher öffnete die Tür zum Nebenraum. »Hier sind S' ungestört.« Sie ließ die beiden Männer allein.

Vater und Sohn hatten sich einige Wochen nicht gesehen. Der Alte hatte es vorgezogen, während Marthas Besuch in Wien zu bleiben. »Wie ich hörte, ist es ein Mädel. Stanzerl geht es gut?«

»Deine Enkelin heißt Rosa«, erwiderte Georg kühl.

»Stanzerl ist jung und fruchtbar. Sie wird Dir noch Söhne schenken«, sagte der Alte ohne großes Interesse und wiederholte: »Also, was gibt's so eilig?«

»Sophie! Sophie Stadler!«

Der alte Fürst sah seinen Sohn ohne Verständnis an.

»Sie ist damals nicht freiwillig gegangen. Du hast sie aus dem Haus getrieben.«

Traunstein begriff. Sein Ton wurde scharf. »Du kannst froh sein, dass ich die Sache damals ohne Aufsehen aus der Welt geschafft habe.«

»Ich werde die Verantwortung übernehmen«, setzte ihm Georg entgegen.

»Für einen Bankert? Der vielleicht gar nicht mehr lebt?« Das Gesicht des Alten wurde rot vor Zorn. Was ließ er sich überhaupt auf einen Disput mit seinem Sohn ein? Er wandte sich zum Gehen.

Georg trat ihm in den Weg. »Weißt du etwas über die Marie?«

Der Fürst lachte kalt. »Warum sollte mir ein kleines Luder aus der Gosse so wichtig sein?«

»Weil sie meine Tochter ist!«

»Mach dich doch nicht wichtig! Mit einem Bastard!«

»Was weißt du von dem Mädchen?« Nur mit Mühe konnte Georg seinen Zorn unterdrücken. Der Vater entwand sich ihm und ging zurück zu seinen Freunden. Die Tür fiel hinter ihm zu.

In Georg rangen Beschämung und Wut. Er hasste die selbstgefällige Art des Vaters, die Gesten, die Unfehlbarkeit darstellen sollten. In Wahrheit roch der Alte schlecht, alles an ihm verfiel. Einzig der Titel und der Name verliehen ihm Macht.

Wenige Tage später hielt eine Kutsche vor dem Kohlenhof der Stadlers. Anton, der Hausdiener der Traunsteins, läutete an der Haustür. Nach einer ganzen Zeit öffnete ihm Sophie Stadler. Die drei Söhne drängten sich im Türrahmen, um einen Blick auf den vornehmen Besucher zu erhaschen.

Anton reichte Sophie einen Umschlag. »Ich habe Auftrag, mit so einem Papier jeden Monat zu kommen.« Dünn war sie geworden. Er kannte sie noch als Dienstmädel auf Gut Traunstein.

Sophie sah ihn nicht an. Die Zeit dort lag hinter einer Wand aus Schmerz. Irgendwann hatte sie aufgegeben, daran zurückzudenken.

Anton ging zur Kutsche und stieg ein. Das Schicksal von Sophie berührte ihn. Zugleich war er froh für sich selbst. Seine Stellung war sicher, für sein Altenteil war gesorgt. Die Pferde zogen an, die Kutsche rollte zurück in die besseren Gassen der Stadt.

Die Buben drängten ihre Mutter, den Umschlag zu öffnen. Sophie fand einen Geldschein, in einer Höhe, wie sie noch nie einen gesehen hatte. Aber dieses Geld würde doch nicht den Verlust der Marie ersetzen können, dachte sie bestürzt. Sie war schuld. Niemals hätte sie dem Sohn des Fürsten nachgeben dürfen. Die Strafe, die sie nun erfuhr für ihre Gefühle von damals, war mehr als nur gerechtfertigt. Aber, warum denn die Marie? Sie war doch unschuldig. Sophie schüttelte im Selbstgespräch den Kopf. Sie spürte, wie sich ihr Herz überschlug, ihr wurde übel.

Die Knaben sahen die Mutter erschrocken an. Der Kleinste begann zu weinen.

Stadler kam. Er hatte für diesen Tag die Kohle ausgefahren. Sein Gesicht war bis in die Poren schwarz vom Staub.

»Papa, schau, was die Mama bekommen hat von einem feinen Herrn«, schrien seine Söhne aufgeregt.

Stadler nahm seiner verwirrten Frau den Geldschein aus der Hand. Atemlos berichteten die Buben vom Besuch. Sie konnten einen Fürsten und seinen Lakaien nicht unterscheiden.

»Ist für die Marie«, sagte Sophie wie betäubt.

Stadler nickte. Er steckte den Geldschein in seine Brieftasche und diese in die Innenseite seiner Joppe.

Sophie nahm die Suppe vom Herd und verteilte das Brot.

17

Es war ein großer Tag für alle, als sich der alte Herr endgültig auf die Heimreise begab. Franz Sacher wollte seinem Alter nicht länger davonlaufen. Er wollte nach Hause.

Anna hatte den Moment kaum abwarten können. Dabei mochte sie den Schwiegervater. Während seines Aufenthaltes hatten sie manche Nacht gemeinsam in der Küche verbracht und gekocht. Sie hatten Gewürze erprobt, Geschmacksrichtungen kreiert und dabei stets eine gute Flasche Wein getrunken, manchmal auch zwei. Sie hatten Spaß miteinander, mehr als Anna je mit Eduard gehabt hatte. Franz war charmant und zeigte ihr, wie sehr er sie schätzte. Einmal machte er eine Andeutung, dass die Kinder über eine mögliche Verbindung zwischen ihnen gesprochen hätten. Anna erschrak. Sie begann, ihn mehr als notwendig als väterlichen Ratgeber und als Großvater der Kinder zu fordern. Auch wenn es vor den Augen der Wiener Behörden für sie leichter geworden wäre, dachte Anna nicht daran, mit Franz fortzusetzen, was mit Eduard beendet worden war, die Ehe. Sie genoss ihre Unabhängigkeit.

Außerdem gab es da noch Julius Schuster, den Verwalter vom Baron Rothschild. Der Mann lag ihr zu Füßen, erfüllte ihr jeden Wunsch.

Die behutsamen Treffen, die sie verstanden vor den Augen der Öffentlichkeit zu verbergen, berauschten Anna. Er trug den Geruch des Geldes. Und: Er war bereits verheiratet.

Julius Schuster war es ein Vergnügen, Teile seines privaten Vermögens Anna Sachers Unternehmung zur Verfügung zu stellen. Das hatte er von seinem Arbeitgeber gelernt: Geld muss arbeiten. In diesem Fall für die Vision einer starken Frau.

Beide hatten sich vor einigen Jahren bei einem Fest im Hause der Rothschilds kennengelernt, das Anna noch gemeinsam mit Eduard ausgerichtet hatte. Die kurze Begegnung hinterließ Eindruck. Als Julius Schuster ein paar Tage später zum Essen in ihr Restaurant kam, wusste Anna, dass dies kein Zufall war. Sie bewirtete ihn persönlich. Sie sprachen Unverfängliches, doch zwischen den Worten lagen Neugier und ein erotisches Gurren. Seitdem pflegten sie ihre Übereinstimmung.

Das Personal hatte sich im Vestibül aufgestellt, um Franz Sacher zu verabschieden. Anna erwartete ihren Schwiegervater an der Tür und tat diese persönlich für ihn auf. Auf der Straße stand schon der Fiaker, der ihn zum Bahnhof bringen sollte. Franz drückte Anna zum Abschied an sich und spürte ihren weichen Körper. »Kannst jederzeit nach mir schicken, wenn du mich brauchst.« Noch ein letztes Mal kämpfte er gegen das Alter.

Sie hoffte, dass er in den Wagen stieg und fuhr.

Er hoffte, dass er im letzten Moment doch noch den Mut hatte, ihr zu sagen, was er sich wünschte. Doch dann brachte er nur heraus: »Bist eine fesche Person, Anna.«

»Danke für alles, danke … Vater.« Sie wusste, dass sie ihn mit dieser Anrede in seine Grenzen wies. Es tat ihr dennoch leid.

Franz setzte den Hut auf und schloss das Spiel mit der Möglichkeit ab, dass Anna ihm ihr Herz öffnen und sie gemeinsam lebten und arbeiteten.

Anna winkte dem davonrollenden Wagen nach. Dann schritt sie die Front ihrer Leute ab und zurück ins Haus. Sie ging gemessen den Flur entlang bis zu ihren privaten Räumen, ließ die Tür ins Schloss fallen und lehnte sich dagegen. Ein Lächeln zog über ihr Gesicht. Langsam löste sie sich von der Tür und begann, wild und verrückt Arme und Beine in die Luft zu schleudern.

Annas Traum hatte sich erfüllt. Als Mädchen war sie immer wieder im Morgengrauen vom Schlachten auf dem Hof geweckt worden. Sie hörte die Rufe der Männer, die Angstschreie der Tiere. Der Gestank der Knochen und Gedärme, die auf dem offenen Feuer ausgekocht wurden, drang trotz des geschlossenen Fensters bis in ihr Bett. Da träumte sie sich in ein Leben von Glanz und Schönheit.

Kurze Zeit später stand Anna an der Rezeption und ließ sich von Mayr über die bevorstehenden An- und Abreisen informieren. Graf Nikolaus Szemere aus Budapest, Milliardär, Lebemann, Pferdenarr und Spieler, hatte sich angesagt und würde mit seiner Dienerschaft die Räumlichkeiten im ersten Stock über dem Hauptportal beziehen.

Anna Sacher schaute sich in der Halle um. Wagner bediente die *Sacherbuben*, Sprösslinge aus guten Häusern, die im hinteren Teil des Raumes auf ihren Stammplätzen saßen, rauchten und über ein gerade erschienenes Stück des jungen Schnitzler debattierten. Anna hatte Order gegeben, *ihren Buben* mit besonderer Aufmerksamkeit zu begegnen. Schließlich waren es die Kunden von morgen, und es war wünschenswert, sie schon jetzt ans Haus zu binden.

Annas Blick fiel auf einen Studenten nahe bei ihren Sacherbuben. Umgeben von Büchern schrieb er konzentriert.

Anna ging zu ihm. Vincent Zacharias erhob sich schnell. Das Interesse der Patronin machte ihn verlegen. Er trug keinen Adelstitel und stammte auch nicht aus einer Ringstraßenvilla. Er war ein Jude aus Prag.

»Herr Zacharias, wieder so fleißig! Die Doktorarbeit muss doch nun bald abgegeben sein?«

»Im Herbst, gnädige Frau Sacher«, sagte er mit böhmischem Akzent.

Anna Sacher winkte Wagner heran. »Bringen S' dem angehenden Herrn Rechtsanwalt, was seinen Leib und die Seele zusammenhalten.«

Vincent Zacharias wollte protestieren. Doch Anna winkte ab. »Sie haben Kredit wie alle meine Buben«, sagte sie, keinen Widerspruch duldend, denn in diesem Moment traf Julius Schuster mit Frau und Sohn ein. Er wollte Annas Unabhängigkeit feiern. Vor den Augen der Öffentlichkeit! Ein prickelndes Spiel.

Anna Sacher ging ihnen entgegen und lächelte die Gattin, Anna Schuster, zuvorkommend an. Sie trugen beide den gleichen Vornamen. Eine Ironie des Schicksals.

»Herzlich willkommen!«

Anna Schuster erwiderte den Gruß mit künstlichem Lächeln. Die Bewunderung ihres Mannes für die Witwe, die nun ihr eigenes Unternehmen führte, war ihr bekannt. Und auch wenn es sich um eine Geschäftsbeziehung handelte, so fühlte sie mit dem untrüglichen Instinkt einer Frau, dass dies nur die halbe Wahrheit war.

Julius Schuster junior, in der Uniform eines Leutnants, verbeugte sich zackig.

»Meine Frau und ich, wir möchten erleben, was die Küche unter Ihrer geschätzten Aufsicht zu bieten hat«, sagte Schuster senior und hielt Annas Hand einen Hauch länger als notwendig in seiner.

»Sehr gern.« Anna Sacher winkte Wagner. »Führen S' den Verwalter vom Baron Rothschild und seine Gattin an unseren besten Tisch.«

Plötzlich drangen laute Wortfetzen von der Portiersloge herüber. Ein Gast hatte offenbar ein Problem. Er wollte den Herrn Direktor sprechen, persönlich.

Anna wurde aufmerksam und ging, um nachzusehen. »Ich bin die Frau Sacher. Womit kann ich dienen?«

»Verzeihung, aber ich wollt' den Direktor sprechen«, bestand der Mann energisch.

»Ja, bittschön, was wünschen S' denn?«

»Ich mein den Herrn Direktor«, beharrte der Gast.

»Der Herr im Haus bin ich«, schmetterte Anna. Und wie sie es aussprach, verschmolz sie unwiderruflich mit ihrer Position. Sie war der Herr im Haus.

Buch 2
»DAS LEBEN«

18

Martha überreichte einem Kritiker, der in Berlin für die öffentliche Meinung über Literatur eine wichtige Rolle spielte, das druckfrische Exemplar *Dame mit Schleier*. Der zweite Roman einer jungen Schriftstellerin, die mit *Lina Stein* zeichnete.

Der Kritiker schlug das Buch neugierig auf. »Ich hoffe, es wird ebenso erfolgreich wie das erste Buch von Frau Stein.«

»*Schutzengel* ist sogar von der österreichischen Kaiserin hervorgehoben worden.« Martha wusste, ihre Schriftsteller mit der Aura des Erfolges zu umgeben.

Die Räume waren inzwischen mit allem belegt, was einen funktionierenden Verlag auszeichnete. Bücherstapel füllten die Fläche um die beiden Schreibtische. Probedrucke lagen auf den Holzregalen in der Druckerei. Menning leitete zwei Gesellen an, die mit dem Setzen von Texten beschäftigt waren.

Kurt Menning war die gute Seele des Verlages. Als das Geschäft in den ersten Jahren zäh angelaufen war, hatte er die Aderholds überzeugt, die laufenden Kosten mit dem Druck von Werbezetteln zu begleichen. Nun ging der Verlag ins fünfte Jahr und schrieb schwarze Zahlen. Sie hatten ihre Vision in die Tat umgesetzt und vor allem Berliner und Wiener Literaten unter Vertrag.

Der Kritiker schien schon nach der ersten Seite des Buches gefesselt. »Unsere Leser fragen sich natürlich … wer verbirgt sich hinter dem Namen Lina Stein?«, näselte er und blätterte im Roman.

»Frau Stein möchte ihre Bücher zurückgezogen vor den Augen der Öffentlichkeit schreiben«, sagte Martha mit ruhiger Stimme.

Der Kritiker zückte ostentativ seinen Notizblock und provozierte Martha mit der nächsten Frage. »Wäre es nicht an der Zeit, dass sich Frau Stein ihrer Leserschaft offenbart und so eine noch größere Nähe schafft?«

Martha parlierte: »Das größte Interesse empfinden wir doch am Unbekannten.«

Maximilian musste über ihre Antwort lächeln. Er saß im Nebenraum am Schreibtisch, hatte die Ärmel seines Hemdes hochgekrempelt, eine Zigarette im Mundwinkel und redigierte ein gerade eingegangenes Manuskript. Martha verstand ihr Geschäft, dachte er. Sie war geistreich, scharf, aber nie verletzend. Zudem hatte sie Humor in die Wiege gelegt bekommen.

Maximilians Kindheit und Jugend waren trocken gewesen. Was zählte, war Leistung. Humor galt als oberflächlich. Ein scharfer Verstand als verletzend.

Maximilians Vater war ein überzeugter Protestant. Das Bild, wie er aus der Luther-Bibel zitierte und das Buch dabei demonstrativ vor die Brust hielt, hatte sich in Maximilians Gedächtnis eingebrannt. Er beneidete Martha um ihre Familienerfahrung.

Damals, als sie die ersten Schritte ihrer Beziehung durch den Tiergarten gegangen waren, und in den Wochen danach, hatte sich Maximilian mit dem Judentum beschäftigt. Marthas Familie war seit zwei Generationen assimiliert. Sie gab ihrem Glauben keine große Bedeutung mehr, dennoch hatte Maximilian Texte aus dem Talmud gelesen. Er wollte Martha faszinieren und ihr seine Tiefgründigkeit beweisen. So hatte er die mystische Weite der alten Schriften erfahren und fühlte sich noch einmal mehr von ihr angezogen. Er begann Martha, über ihre Person hinaus, als Repräsentantin des alten Volkes zu verehren. Doch je mehr er seine Zerrissenheit und Sehnsucht hinter einem gedanklichen Konstrukt verbarg, desto größer wurde ihr Abstand voneinander.

Im Nebenraum unterhielt sich der Kritiker inzwischen mit Martha über andere Neuerscheinungen des Verlages. Er lobte den Erzählungsband eines Wiener Schriftstellers und kritisierte das Erstlingswerk eines jungen Schriftstellers aus Prag, in dem es um Versagensängste eines Schülers ging.

Maximilian verachtete die Kritiker. Selbstherrlich entschieden sie über Gedeih oder Verderb einer künstlerischen Laufbahn und sogen dabei am Blut eines schöpferischen Menschen.

Maximilians erstem Roman *Gebete eines Nutzlosen* hatten sie keine Anerkennung gezollt.

Er beschrieb darin einen jungen Rechtsanwalt, der sein Geld mit stupider Arbeit im Archiv des Justizministeriums verdiente. Daneben hatte er es sich zur Passion gemacht, die Akten mit den grausamsten Grenzfällen menschlichen Lebens nach den psychologischen Ursachen für die Tat zu durchforschen. Längst schon hatte der Held jede Hoffnung auf Liebe verloren, als er einer Dirne begegnete. Über die Wochen wandelte sich die geschäftliche Beziehung in eine seelische Verbindung. Je näher sie einander kamen, desto hoffnungsloser wurde der Held. Er verachtete sich dafür, dass er so etwas wie Liebe empfand. Der einzige Ausweg aus diesem seelischen Dilemma erschien ihm der Tod zu sein. Doch ihm fehlte der Mut, Hand an sich selbst zu legen. Es war die Frau, die seine Sehnsucht in die Tat umsetzte und sich während einer gemeinsamen Reise ans Meer von den Klippen eines Felsens stürzte. Im Finale des Buches kehrte der Held in sein altes Leben zurück und empfand es als Erholung von »zu viel nutzlosem Gefühl«.

Martha war erschüttert, als sie den Text las. Ihr erster Impuls war, das Manuskript zu vernichten. So, wie man etwas vernichten will, von dem man sich bedroht fühlt. Sie wollte Maximilian vor dieser schonungslosen Offenbarung seines Inneren bewahren. Doch dann beschränkte sie sich auf stilistische Ratschläge, wovon er nur wenige umsetzte. Er spürte, dass sie ihm nicht die Wahrheit sagte, und hielt umso überzeugter an seinem Text fest.

Martha schämte sich ihrer Gefühle und noch mehr ihrer Feigheit. Um den Konflikt auszuhalten, entschied sie sich, Maximilian, ihren Gefährten und Ehemann, und den Dichter von *Gebete eines Nutzlosen,* als zwei unterschiedliche Menschen zu betrachten.

Nach den Kritikern ließ das Publikum das Buch durchfallen. Maximilians schonungslose Offenlegung seelischer Abgründe verkaufte sich nicht gut.

Er fühlte sich unverstanden. »Die *Gebete eines Nutzlosen* erweisen sich als nutzloses Gebete«, höhnte er sarkastisch und begann schnell mit dem nächsten Buch. Doch nach den ersten Wochen unermüdlichen Arbeitens blieb der Text halb fertig liegen.

Martha fragte nicht nach dem Fortschritt seiner Arbeit, und Maximilian erzählte nichts. In diese Zeit fiel der Erfolg von *Schutzengel.* Die Autorin nannte sich Lina Stein, sonst war von ihr nichts bekannt. *Schutzengel* war ihr erstes Buch, das sie Martha anvertraut hatte.

Maximilian nahm die Geschichte über eine junge Frau, die sich von einem Engel gegen ihren Ehemann schützen lässt, nicht ernst. Als Martha dennoch auf der Veröffentlichung bestand, gerieten sie in Streit. Maximilian machte sich über die einfache Handschrift der Autorin lustig. Doch entgegen seiner Voraussagen verkaufte sich das Buch gut.

Nun lag der zweite Roman vor. *Dame mit Schleier*. Es war die Geschichte einer Frau, die, sosehr sie sich auch bemühte, alles nur wie durch einen Schleier wahrnehmen konnte. Die Ärzte, die die Heldin unermüdlich aufsuchte, diagnostizierten ihr gesunde, sehtüchtige Augen. Aber es blieb dabei, dass sie ihre Umgebung und die Menschen darin nur schemenhaft erkennen konnte. Stattdessen sah sie deutlich fantastische Gebilde und fremdartige Szenen.

Wieder war die Sprache einfach, die Hauptfiguren lebendig und die Geschichte reizvoll. Maximilian war nach dem ersten Lesen fasziniert. Er wollte es vor Martha verbergen und bediente sich stets eines ironischen Tonfalls, wenn von Frau Stein die Rede war. Die Unbekannte hatte Maximilian offensichtlich die Leichtigkeit voraus. Der Text schien ihr zugeflogen zu sein. Maximilian rang mit seinen Gefühlen – Neid, Bewunderung, Selbstzweifel.

Nebenan verabschiedete Martha den Kritiker und kam zu Maximilian ins Büro. Er tat geschäftig. »Wie lange wollt ihr euer Geheimnis eigentlich noch hüten, Frau Stein und du?«

Martha setzte sich an ihren Schreibtisch und lächelte still. Es war nicht das erste Mal, dass Maximilian das Thema anschnitt.

»Freuen wir uns doch daran, dass wir sie unter Vertrag haben«, sagte sie und beugte sich über ihre Arbeit.

Maximilian beharrte: »Wieso wir? Ich kenne sie nicht.« Er machte unwirsch seine Zigarette aus. »Schließlich bin ich auch ihr Verleger. Und es würde mich schon interessieren, wer die Frau ist, die mit leichter Hand einen Erfolg nach dem anderen fabriziert.«

Martha schaute überrascht auf.

Maximilian ruderte zurück. »Wenn du denkst, dass ich beleidigt bin, weil derselbe Kritiker, der Frau Stein über den grünen Klee lobt, mein Buch verrissen hat …« Er sprach nicht zu Ende und winkte ab. »Ich bin schlichtweg neugierig.« Er zündete sich eine nächste Zigarette an.

Martha ertrug es nicht, wenn er litt. »Max, du bist ein glänzender Verleger. Du findest die Goldstücke unter den Manuskripten, die bei uns eingehen. Du siehst das Potenzial von Texten, die mir gar nichts sagen. Gönn mir mein kleines Geheimnis.«

Martha stand auf, um sich ein Glas Wasser zu holen. Sie fühlte sich seit Tagen erschöpft. Beim ersten Schluck wurde ihr übel, und sie flüchtete auf die Toilette.

Maximilian folgte ihr besorgt und hörte sie würgen. Als das Wasser rauschte, klopfte er an. Sie öffnete die Tür, überspielte ihren Zustand und trocknete sich vor dem Spiegel das Gesicht ab.

Maximilian sah ihre Blässe und war besorgt. »Du solltest zu Doktor Kraft gehen und dich gründlich untersuchen lassen.«

Martha verließ den kleinen Toilettenraum. »Wir müssen die Buchmesse vorbereiten. Die Kritiker wollen versorgt werden. Ich muss nach Wien. Ich kann es mir nicht leisten, jetzt krank zu sein. Und ich bin es auch nicht«, bekräftigte sie. Doch kaum hatte sie die Worte ausgesprochen, wurde ihr schwindelig. Sie musste sich setzen.

19

»Irma, Rosa, wir wollen mit eurem Schwesterchen in den Garten gehen«, rief das Kinderfräulein. Auf dem Arm trug sie die kleine Mathilde.

Konstanze kam in Reisekleidung aus ihren Räumen und ging die Treppe hinunter. Flora und ein Diener folgten mit dem Gepäck.

»Geht mit dem Fräulein hinaus«, rief Konstanze ihren Töchtern zu. »Die Mama ist gleich bei euch.«

Der Hausdiener übergab Ihrer Durchlaucht die Post.

»Es braucht mir in den nächsten Tagen nichts nachgeschickt zu werden, Anton. Alles hat Zeit, bis ich wieder zu Haus bin.«

»Sehr wohl, Durchlaucht.« Der Hausdiener verneigte sich und ging. In der Post war auch ein Paket vom Verlag Aderhold. Konstanze lief weiter in den Salon, griff nach dem Brieföffner und begann, das Paket zu öffnen.

Nebenan im Arbeitszimmer saß Georg mit Vincent Zacharias. Der Böhme war ihm von Anna Sacher ans Herz gelegt worden. Georg hatte ihm nach der Doktorprüfung eine Praktikumsstelle in der Hofburg besorgt und den fast Gleichaltrigen als äußerst loyal und zuverlässig erlebt.

»Ich habe Verpflichtungen auf Gut Traunstein. Umso mehr würde es mich freuen, jemanden wie Sie auch weiterhin in den Geschäften des Hofes zu wissen, einen Verbündeten, der für unsere gemeinsame Sache eintritt und an einem liberalen Österreich mitarbeitet.« Georg goss Kaffee nach. »Doktor Zacharias, was halten Sie vom Ministerium des Äußeren?«

Zacharias antwortete vorsichtig. »Als Böhme sehr viel. Aber wie Sie wissen, bin ich jüdischer Abstammung … Natürlich könnte ich konvertieren«, fügte er unsicher hinzu. Er hatte in der letzten Zeit häufiger darüber nachgedacht, was ihm der jüdische Glaube bedeutete? Dabei war er zu der Entscheidung gelangt, dass ihm seine politische Arbeit wichtiger war. Dieser Gedanke hatte ihm Luft gebracht.

Georg nickte froh. »Ich werde mich für Sie einsetzen.«

Der Hausdiener unterbrach das Gespräch. »Ihre Durchlaucht würde sich gern verabschieden.«

»Sie entschuldigen mich.« Georg stand auf und ging in den Salon.

Konstanze blätterte in *Dame mit Schleier*. Das Papier war unberührt. Die Seiten verbreiteten den Geruch nach frischer Druckerschwärze. Als ihr Mann kam, schaute sie auf. »Post von den Aderholds«, sagte sie leichthin und reichte Georg die Neuerscheinung. Er schaute auf das Buch, dessen dunkelblauer Leineneinband mit Wasserlilien verziert war. Der Titel in goldenen Lettern hob sich aus dem Blau. *Dame mit Schleier*. Georg nickte ohne tiefer gehendes Interesse. Er las hauptsächlich Fachbücher, nur gelegentlich Romane von bekannten Schriftstellern. Der Name dieser Schriftstellerin sagte ihm da nichts.

»Wann wirst du wieder zurück sein?«, fragte er und reichte ihr das Buch.

Sie nahm es entgegen. Auch wenn sie es nicht anders wollte, fühlte Konstanze nun doch Enttäuschung, dass ihr Mann so wenig Enthusiasmus zeigte. »Der Schneider hat sich mindestens zwei Anproben erbeten. Die Hofburg fällt wohl aus, die Kaiserin ist in Genf und hat nichts verlauten lassen, wann sie wieder in Wien sein will.«

Georg gab sich zufrieden. Warum sollte er seiner Frau den Spaß verderben? Schließlich war Zacharias sein Gast, und in den nächsten Tagen würde sich der Kreis seiner liberalen Freunde erweitern. »Viel Spaß beim Schneider. Und grüß Frau Sacher von mir.« Er küsste seine Frau auf beide Wangen und ging zurück ins Arbeitszimmer.

Der kühle Abstand, wie ihn Georg angestrebt hatte, weil er ihn für die einzige Möglichkeit hielt, mit der ihm in jeder Hinsicht fremden Frau, dem fremden Menschen Konstanze, umzugehen, war inzwischen ein gemeinsamer Konsens geworden. Auch Konstanze hatte sich in ihr eigenes Leben eingesponnen und ließ ihren Mann nicht daran teilhaben.

Vor dem Schloss wartete das Kinderfräulein mit den Töchtern. Konstanze umarmte sie und versprach: »Wenn ihr brav seid, bringt euch die Mama etwas Schönes mit.« Irma und Rosa klatschten vergnügt in die Hände und begleiteten ihre Mutter zum Wagen. Mathilde streckte ihre Ärmchen nach Konstanze aus und begann zu weinen. Konstanze küsste die kleinen Hände und ließ sich Augenblicke später erleichtert in die Polster der Kutsche fallen.

Martha versuchte, das Zittern, das sie nach der Diagnose befallen hatte, zu beherrschen. Der Arzt ließ Maximilian ins Sprechzimmer eintreten.

Während der Zeit des Wartens hatte Maximilian das Schlimmste befürchtet. Der Gedanke, dass Martha vielleicht unheilbar krank wäre, dass sie sterben könnte und er ohne sie leben müsste, hatte ihn gelähmt und … befreit. Doch Letzteres verbot er sich wahrzunehmen, ließ das Gefühl unbeantwortet vorbeiziehen.

»Ihre Frau, Herr Aderhold, ist nun endlich schwanger.« Maximilian brauchte einen Moment, um zu begreifen, dass es eine gute Nachricht war.

»Verbringen Sie die nächsten Monate ruhig. Kurze Spaziergänge. Diätische Kost. Keinen Alkohol. Keinen Kaffee.« Doktor Kraft kehrte seine Autorität heraus. Maximilian nickte zu den Anweisungen, während Martha benommen schwieg. Als sie an der Tür waren, wurde der Arzt milder. »Eine Laune von Mutter Natur, die Sie ein wenig warten ließ.« Er verabschiedete sich mit einem warmen Lächeln.

Kurze Zeit später standen sie im Halbdunkel des Treppenhauses. Maximilian fasste sich als Erster. »Ich werde Vater.« Er nahm Marthas Gesicht und küsste sie immer und immer wieder. Dann griff er ihre Hand. »Du wirst brav sein und tun, was Doktor Kraft sagt.«

Sie schlenderten die Fasanenstraße zum Tiergarten. In Martha rangen die unterschiedlichen Rollen und Möglichkeiten. Sollte sie Maximilian die Geschäfte überlassen und sich aufs Muttersein vorbereiten? Dieser Gedanke fühlte sich fremd an. »Noch ist ja nichts zu bemerken als andauernde Übelkeit. Du übernimmst die Kritiker, und ich fahre nach Wien. Danach mache ich alles so, wie ihr es wollt«, wehrte sich Martha gegen zu viel Schonung. »Nein, Liebes, kommt nicht infrage. Ich bringe dir die Bücher, die durchgesehen werden müssen, nach Hause und übernehme alles andere.«

Plötzlich fühlte sich Maximilian frei. Martha wurde Mutter. Die Schwangerschaft, das Kind würden sie vorerst binden. Sie würde weniger Zeit für den Verlag haben. Und er könnte seine Entscheidungen treffen, müsste nicht mehr alles mit ihr besprechen. Er würde nach Wien fahren. Ja, er würde nach Wien fahren.

»Du willst nach Wien fahren?« Marthas Herz zog sich zusammen. Sie hatte sich so auf die Tage dort gefreut.

»Warum nicht?« Maximilian tat, als wenn er es nebenbei erledigen würde und der Reise kein Gewicht beimaß. Doch das Gegenteil war der Fall. Er wollte hinter das Geheimnis seiner Frau kommen.

Martha wagte noch einen Versuch. »Es hat dir doch dort nie gefallen.«

Maximilian kaufte bei einem fliegenden Händler zwei kandierte Äpfel. »Ich werde mich überwinden, und du wirst mir Frau Steins Bekanntschaft nicht länger vorenthalten können.« Der Triumph war nicht zu überhören. Charmant überreichte er ihr den zuckerglänzenden Apfel.

Martha seufzte. »Ich werde sie informieren. Sie muss entscheiden, ob sie dir ihre Identität offenbaren will.«

»Wenn's ausnahmsweise auch mal einfach ginge, dann könnt ihr Frauen umso besser ein Problem draus machen.« Maximilian biss in den Apfel, der knackte. Es splitterten Kandisstücke. »Oder ist diese Lina Stein vielleicht ein Mann, mit dem du eine Affäre hast, von der ich nichts wissen soll?« Er lachte, der Zucker an seinen Zähnen gab ihm einen verwegenen Ausdruck und ließ den Jungen erahnen, der er einst gewesen war. Martha schmunzelte und dachte daran, dass sie vielleicht einen Sohn haben würden. Der Gedanke stimmte sie zuversichtlich.

20

Im Sacher war Betrieb. Mayr hatte alle Hände voll zu tun, die Abreisenden zu verabschieden, die eintreffenden Gäste willkommen zu heißen, dabei auch noch die Pagen und Kofferträger zu dirigieren. Er war in seinem Element.

Im Vestibül tummelte sich eine Schar Bullterrier. Sie kündigten Anna Sacher an, die, einen noch jungen Hund auf dem Arm, in die Halle geschritten kam. Sie überreichte den kleinen Bully einem Pagen. »Gibst dem Lumpi von der Marillenkonfitüre. Der Arme hat heut seinen melancholischen Tag.«

Da entdeckte die Patronin ihren inzwischen vierzehnjährigen Sohn Eduard, der durch den Haupteingang kam, die Schultasche über eine Schulter gehängt. Sie trat eilig auf ihn zu und sagte leise: »Du sollst den Dienstboteneingang benutzen, Eduard.« Sofort umringten ihn die Hunde und bellten. Sie spürten die Spannung zwischen Mutter und Sohn und ergriffen Partei für ihre Herrin.

»Ich hab Hunger und keine Zeit«, sagte Eduard wütend und verpasste einem besonders angriffslustigen Tier einen Tritt.

»Dann lass dir in der Küche was machen«, fuhr Anna ihren Sohn an.

»Aber die dürfen! Und die da auch«, Eduard zeigte zuerst auf die Hunde und dann auf die Sacherbuben, die in der Halle saßen, Portwein tranken und sich im Rauch ihrer Zigaretten bedeutungsvoll unterhielten.

»Das ist meine künftige Kundschaft.« Anna zischte die Worte fast unhörbar.

Doch Eduard behielt seinen anklagenden Tonfall. »Und deswegen hältst du sie aus?«

»Ich halt sie nicht aus. Ich geb ihnen Kredit.« Anna beherrschte sich mühsam, ihrem Sohn eine Ohrfeige zu geben.

Doch der tat alles dafür, den Bogen zu überspannen. »Dein Liebling, der Herr Zacharias, scheint ja schon abgehauen zu sein, mit deinem Kredit.«

Nun knallte die Ohrfeige. »Ist gut jetzt.« Eduard unterdrückte einen Schmerzensschrei, schaute seine Mutter hasserfüllt an und ging.

Überrascht sah Anna, dass Maximilian Aderhold anreiste. Seit der Hochzeitsreise des Paares hatte sie den Verleger nicht mehr gesehen. Sie hatte seine Frau erwartet. Martha Aderhold hatte sich regelmäßig mit der Prinzessin von Traunstein getroffen. Auch diesmal war Ihre Durchlaucht bereits angereist.

Mayr überreichte Aderhold einen Brief. »Ihre Durchlaucht, die Prinzessin von Traunstein, hat für Ihre Gattin ein Billett für die Oper hinterlegt, Herr Verleger.«

Schon wieder diese kleine Prinzessin, dachte Maximilian, nahm den Umschlag entgegen und öffnete ihn neugierig.

Anna Sacher kam zur Begrüßung. Ein Gefühl sagte ihr, dass etwas aus dem Gleichgewicht geriet. Doch sie wusste nicht, woher die Gefahr drohen könnte, und ging, nachdem sie dem Verleger einen angenehmen Aufenthalt gewünscht hatte, weiter. Vorbei an der Liebe, die an der Bar lehnte.

Konstanze saß in ihrer Loge und schaute wie immer neugierig durch das Opernglas, wer alles gekommen war. Plötzlich räusperte sich eine Stimme hinter ihr. Sie drehte sich um und erkannte nach einem ersten irritierenden Augenblick Maximilian Aderhold.

»Ist etwas mit der Martha?«, fragte sie erschrocken.

Maximilian grüßte Konstanze mit einer Verbeugung. »Meine Frau ist guter Hoffnung. Wir haben uns daher entschieden, dass ich an ihrer Stelle reise.«

»Geht es ihr gut?«, erkundigte sich Konstanze ehrlich besorgt.

»Ein wenig Übelkeit.« Maximilian lächelte. »Martha hat mir allerdings nicht verraten, dass Sie mit ihr verabredet sind.«

Konstanze entspannte sich. Martha hatte ihm nichts gesagt. Sie zeigte auf einen freien Sessel. »Bitte. Und ich dacht schon, dass die Martha meine Einladung in die Oper vergessen hat.«

Er setzte sich.

Guter Hoffnung, dachte Konstanze. Unvermittelt durchfuhr sie ein Gefühl der Eifersucht. Jetzt war es also so weit. Die Freundinnen hatten sich immer wieder darüber ausgetauscht, warum sich bei Martha keine Schwangerschaft einstellen wollte. Sie wünschte sich doch so sehr ein Kind.

Maximilian war überrascht, dass er nun in der Oper saß, neben der *kleinen Prinzessin*. Eigentlich hatte er doch in die einschlägigen Kaffeehäuser gehen wollen, sich unter die Bohemien mischen und herausfinden, wer für seinen Verlag unter dem Namen Lina Stein schrieb.

Konstanze überlegte, warum Martha sie nicht informiert hatte, dass sie nicht kommen würde. Aber vielleicht lag die Post ja auf Gut Traunstein. Konstanze spürte Maximilians Blick. Martha und sie hatten in den Jahren auch über ihre Männer gesprochen, über ihre Ehen, ihre Sehnsüchte und Bedürfnisse. Konstanze kannte Maximilian aus

Marthas Erzählungen, den Menschen Maximilian kannte sie nicht. Wie sollte sie sich verhalten? Wie sollte sie ihm begegnen?

Endlich verdunkelte sich das Licht im Zuschauerraum, und die ersten Takte der Ouvertüre zu *Figaros Hochzeit* erklangen.

21

Die Berichte ihrer stets unglücklichen Tochter zogen an Annas Nerven. Seit Annies Hochzeit mit Schusters Sohn kam die Tochter einmal in der Woche ins Sacher. Sie ließ sich vom 4. Bezirk, wo sie mit Julius Schuster junior eine Wohnung in der Nähe des Palais' Rothschild bewohnte, in den 1. Bezirk zu ihrer Mutter kutschieren. Anna empfing die Tochter pflichtschuldig und wusste es stets so einzurichten, dass die Zeit begrenzt war.

Sie hatten sich nur wenig zu sagen. So auch an diesem Tag. Anna band einem Hundebaby ein besonders schönes, mit Strass besetztes Band um den Hals.

Auf einem Bein der Tochter saß ein zehn Monate alter Säugling. Er begann zu jammern. Annie hob ihn hoch und setzte ihn aufs andere Bein. »Der Julius ist tagsüber unterwegs, und wenn er abends heimkommt, mag er nicht so viel erzählen.«

»So sind's, die Männer!«, entgegnete Anna kompromisslos, um etwas milder hinzuzufügen: »Du wolltest doch den Sohn vom Verwalter des Baron Rothschild unbedingt heiraten. Jetzt machst halt das Beste draus.«

Ganz leise, fast unhörbar, entgegnete die Tochter, auch dies war längst ein Ritual zwischen den Frauen: »Ich wollt ja gar nicht. Du wolltest.«

Stets überhörte Anna diesen leisen Vorwurf ihrer Tochter und wechselte das Thema. »Wie geht's denn den Schwiegereltern?«

»Gut, glaub i'«, sagte Annie. Das Kind fing wieder an zu weinen und kam zurück aufs erste Bein.

Das Schicksal hatte diese Menschen und ihre nunmehr drei Familien auf eine merkwürdige Weise mit Namensgleichheit ausgestattet. Die Frauen hießen alle Anna, die beiden Schuster-Männer Julius. Und natürlich hatten Anna Sacher und Julius Schuster senior die Ehe ihrer Kinder wohlüberlegt arrangiert, um vor den Augen der Öffentlichkeit als Schwiegereltern unbelastet miteinander verkehren zu können.

Es war das eingetreten, wovor Annie sich schon als kleines Mädchen gefürchtet hatte, sie musste viel zu früh erwachsen werden und das Haus verlassen.

Und Anna war froh, dass sie den vorwurfsvollen Blick ihrer Tochter nur noch einmal in der Woche für eine kurze Stunde ertragen musste.

Mit liebevollen Bewegungen zupfte Anna nun endgültig die Schleife des Hundebabys zurecht. »So, du kleine Süße«, sprach sie den Hund an, »du fährst jetzt mit der Annie und bist ihr ein gutes Hundele. Die Annie hat nämlich heut Geburtstag.« Anna streckte ihrer Tochter feierlich den Hund entgegen. Der Ausdruck auf Annies Gesicht wurde weich. Sie reichte ihrer Mutter den Säugling und nahm den kleinen Bullterrier.

»Ja, schau«, sagte sie zärtlich.

»Der leistet dir jetzt Gesellschaft.« Anna war stolz über ihr Geschenk und betrachtete den Enkel unberührt.

Annie wiegte das Hundebaby.

Der Säugling fühlte, dass er gegen den Hund keine Chance hatte, und hielt zwischen den Händen seiner Großmutter den Mund.

Katharina Schratt kam angerauscht und beherrschte augenblicklich den Raum. »Der Schlenther macht, was er will«, sagte sie über den neuen Intendanten, »es soll naturalistischer werden im Hoftheater. Aber bittschön, entweder ich spiel Theater oder ich bin naturalistisch.«

Jetzt erst nahm die Hofschauspielerin Annie wahr.

»Annie«, sagte sie verblüfft, »groß bist geworden.« Sie tätschelte der jungen Frau die Wange, ergriff Besitz vom Hundebaby und schaukelte es wie ein Kind, während sie ohne Punkt und Komma weitersprach. »Und der Franz ist nicht bereit, den Schlenther zur Räson zu bringen. Dabei ist es doch sein Theater.« Sie meinte Kaiser Franz Josef, der sich nicht in die Arbeit des Intendanten einmischte, keinen Fuß ins Burgtheater setzte und es der Kaiserin überließ, die Vorstellungen zu besuchen und Kritik zu üben.

Anna gab ihrer Tochter den Säugling zurück. Der sicherte sich sofort brüllend die Aufmerksamkeit seiner Mutter. Anna hatte genug. Sie stand auf und signalisierte deutlich, dass sie zurück auf ihre Bühne wollte, ins Vestibül des Hotels.

Katharina Schratt ließ sich nicht aus der Ruhe bringen und liebkoste das Hundebaby. »Deine Hunderln schlagen ein bei Hofe, Anna. Fast jeder will so ein Viech haben.« Sie wendete sich an Annie. »Und der ist jetzt deiner?«

»Die Annie wird heut siebzehn«, antwortete Anna Sacher für die Tochter.

»Jesses, wie die Zeit vergeht.« Die Schratt war ehrlich überrascht. »Jetzt bist also schon bald zwei Jahr' verheiratet.« Sie setzte den Bully auf Annas Schreibtisch. »Alles Gute, Annielein!«

Der Hund pinkelte eine Pfütze. Kathi Schratt küsste Annie auf beide Wagen. »So! Ich muss erst mal was Gutes essen.«

Während Anna das Malheur des Hundes wegwischte, darin hatte sie Übung, rief sie nach ihrem Oberkellner. »Wagner, führen S' die Frau Hofschauspielerin an ihren bevorzugten Tisch.«

Der Säugling hörte nicht auf zu schreien. Die Schratt winkte niedlich mit zwei Fingern zu ihm hin, dann zu Annie und rauschte wieder davon.

Der Säugling brüllte eine Tonlage höher. »Es hat Hunger. Ich muss nach Haus«, sagte Annie schuldbewusst.

»Dann soll dir der Mayr den Wagen rufen. Es ist wirklich eine Schand', nie hast mal Zeit.« Anna Sacher fühlte sich mit diesem Vorwurf im Recht und hatte in diesem Moment verdrängt, wie froh sie war, die Tochter zu verabschieden. Sie griff nach dem Telefon, um Mayr zu rufen.

Als der Portier kam, übergab sie ihm den Hund und küsste die Tochter auf beide Wangen. »Servus! Baba!« Gleich war die Oper aus, und die Gäste würden kommen. Anna Sacher wollte sich auf ihren Auftritt konzentrieren.

In der Dienstmädchenkammer neben dem Appartement der Traunsteins saß Flora unter einer Lampe und schrieb einen Text ab, der mit Anmerkungen und Streichungen versehen war. Es klopfte. Flora schob schnell die Seiten unter einen Stapel Handtücher und schloss auf. Johann nahm sie in die Arme. »Warum schließt du dich ein?« Er wartete keine Antwort ab, zog sie zum schmalen Bett und küsste sie immer und immer wieder.

»Die gnädige Frau ist in der Oper.« Flora warf einen Blick über seine Schulter auf den Tisch, wo Feder und Tinte liegen geblieben waren.

Johann war nur mit ihr beschäftigt, dass er darauf nicht achtete. »Die Oper ist um zehn aus. Ich hab's im Blick«, versprach er. Sie entspannte sich unter seinen Liebkosungen und half ihm aus der Jacke.

Eigentlich lebten sie doch längst wie Verheiratete, dachte Flora, und wie schön es wäre, wenn sie eine Wohnung auf Gut Traunstein beziehen und eine Familie gründen würden. »Bitte, komm doch endlich nach. Es findet sich bestimmt eine gute Anstellung bei uns.«

Johann hielt inne. »Bei uns?«

»Ist viel friedlicher als in Wien.«

»Siehst, und ich brauch den Trubel. Er knöpfte ihre Bluse auf. Sie schlüpfte aus dem Rock.

Flora dachte an den weitläufigen Park hinter dem Schloss, wo sie in den freien Stunden mit ihren Kindern spielen könnten. Sie verstand nicht, warum er sich so schwertat, ihr zu folgen.

Sie genossen die Vertrautheit, die sich schnell wieder einstellte. »Pass gut auf, dass nichts passiert.« Flora war von einer Tante aufgeklärt worden, die als Hebamme arbeitete, und so war es ihr in den Jahren gelungen, nicht schwanger zu werden. Johann hielt inne. »Wieso immer ich?« Sie schauten sich an. Flora wollte ihn küssen. Er hielt sie auf Abstand. Das erregte sie beide noch mehr. »Du merkst's halt als Erster.« Flora haschte nach seinen Lippen. »Wenn ich die Augen verdreh und hechle, dann …« Er meinte es nicht ernst, lachte und streichelte sie über Hals und Brüste. Flora schlang ein Bein um seine Hüfte und zog ihn näher zu sich heran. »Ich schlüpf dann von dir«, versprach sie.

Die Uhr ging auf halb zehn. In einer halben Stunde würde die Oper aus sein. Johann hielt Flora eng an sich gedrückt und lächelte. Eine endlose Reihe von Abenden und Nächten lag nun wieder bis zur Abreise der Prinzessin vor ihnen.

Er war es gewesen, der, kurze Zeit nachdem Flora ihre Arbeit als Zimmermädchen begonnen hatte, schon von Ehe gesprochen hatte. Vielleicht wäre alles anders gekommen, wenn ihm die Tante damals schon einen Teil seines Erbes ausbezahlt hätte. Aber die saß auf ihrem Geld und genoss seine Abhängigkeit. Einmal im Monat, an seinem freien Tag, besuchte er sie, um mit ihr einen Spaziergang zu machen. Die Nachbarn sollten sie am Arm des jungen Mannes sehen. Am

Abend lud sie ihn dann ins Wirtshaus ein. Er musste sich sein Erbe wahrlich erarbeiten.

Johann besaß keine Mittel, um eine Familie zu gründen. Doch das war es nicht allein. Denn schließlich hätte er Flora nach Gut Traunstein folgen können. Wahrscheinlich hätten sie dort eine sichere Existenz bis ans Ende ihrer Tage. Ein anderer an seiner Stelle würde die Möglichkeit beim Schopfe gepackt haben. Doch Johann konnte sich nicht dazu entschließen. Dieser Schritt hätte ihm das Gefühl gegeben, endgültig eine Tür seines Lebens zu schließen. Das Sacher war ein aufregender Ort. Täglich sah er Menschen aus allen Teilen des Reiches und aus verschiedensten Ländern. Er lernte ihre Sprachen und hörte ihre Geschichten. Er liebte Flora und er wollte keine andere. Aber er wollte auch die Welt im Sacher.

Zuerst hatten sie die zwei Jahre, die Frau Sacher für Flora vereinbart hatte, überstehen wollen. Doch dann mochte Flora Gut Traunstein nicht mehr verlassen. Etwas schien sie dort zu halten, worüber sie nicht mit ihm sprach. Und nun war es an ihm, eine Entscheidung zu treffen. Er verschob sie von Begegnung zu Begegnung.

»Warum willst du unbedingt bei ihr bleiben? Ich dacht, wir zwei gehören zusammen?« Johann wollte sie für seine Idee vom gemeinsamen Leben in Wien einnehmen. Sie könnten sich genauso gut mit Frau Sachers Hilfe eine kleine Wohnung in der Nähe vom Naschmarkt nehmen oder in einer der Gassen ganz in der Nähe vom Sacher. Wenn Kinder kämen, würde ihn die Patronin in eine besser bezahlte Position befördern. Und irgendwann würde er erben. Dann könnten sie ihre Zukunft neu überdenken.

Flora löste sich aus seiner Umarmung. »Hier hab ich nichts anderes kennengelernt als die paar Gassen und das Nachtgeschirr im Sacher.« Was dachte er sich, dass ihre Kinder in den schmutzigen Straßen der großen Stadt aufwuchsen, wenn sie es doch auf Gut Traunstein viel besser haben könnten. Sie stand auf und knöpfte ihre Bluse zu,

richtete den Rock. Sie war bei Ihrer Durchlaucht mehr als eine Zofe.
»Du verstehst eben nicht, was anders ist.«

»Dann sag's mir, damit ich's verstehen kann, warum wir beide
nicht zusammen sein können.« Johanns Ton war dringlicher geworden.

Flora schluckte. »Weil ich bei ihr wichtige Arbeit hab.«

»Kleider zurechtlegen, Haare aufputzen. Was ist da dran wichtig?«
Johann war nun auch aufgestanden, knöpfte sich das Hemd zu und
nahm seine Jacke vom Stuhl.

»Das ist es doch nicht.« Flora stellte sich mit dem Rücken vor den
Tisch mit dem Handtuchstapel. Sie wollte und durfte mit ihm nicht
über ihre besondere Vertrauensstellung sprechen, die sie bei der Prinzessin hatte.

Johann war nun wieder korrekt anzogen. Er schaute seiner Liebsten in die Augen, dass sie ihm doch ein wenig mehr sagte. Aber Flora
schwieg.

Er seufzte und gab ihr einen Kuss. Dabei fiel sein Blick über ihre
Schulter auf Feder und Tinte, die vor den Handtüchern lagen. Tinte
vor weißem Leinen? Doch mehr dachte er nicht und ging.

Als seine Schritte nicht mehr zu hören waren, holte Flora das Papier
hervor und schrieb weiter ab.

22

Maximilian und Konstanze waren unter den letzten Zuschauern, die das Opernhaus verließen. Konstanze schickte den Wagen zurück ins Sacher. Sie wollte die wenigen Schritte ins Hotel zu Fuß gehen. So hatte sie es immer mit Martha gehalten. In ihrer Gegenwart legte sie für die Tage des Zusammenseins die Etikette und das Mieder ab. Sie trug bequeme Reformkleider, die sie sich für die Tage in Wien zugelegt hatte. Im Leben als Prinzessin von Traunstein hielt sie Abstand zu allem. Fast schien es ihr dann, als schlafwandele sie. Jetzt aber war sie hellwach.

Maximilian reichte Konstanze den Arm. Er hatte das Gefühl, diese Situation schon einmal erlebt zu haben. Sie war ihm vollkommen fremd und vollkommen vertraut.

»Jetzt weiß ich, warum meine Frau so gern nach Wien fährt.« Maximilian lachte. »Die Oper ist ausgezeichnet.«

Konstanze nahm zögernd seinen Arm, auf Abstand bedacht. Sie fühlte sich ein wenig hinterhältig. Denn sie war neugierig geworden auf den Mann der Freundin. Mit diesem Menschen also teilte Martha ihre Tage, gab sich ihm hin, war von ihm schwanger. Konstanze ging an Maximilians Seite – und mit jedem Schritt übertraten sie eine Schwelle.

Die Liebe beobachtete die beiden Menschen, die durch ein unsichtbares Band verbunden waren. Das Universum war voll von diesen Bändern – ein nicht sichtbares Netz, das die Verstreuten aus allen Himmelsrichtungen zusammenrief.

Konstanze dachte an Marthas Worte, dass Maximilian ein ausgezeichneter Verleger sei, wie er Talente entdeckte und sensibel urteilen konnte. Es erschien ihr als ein sehr männliches Buch. Dabei hatten die beiden den Verlag doch eigentlich für ihn und sein Talent gegründet.

Konstanze hatte *Gebete eines Nutzlosen* gelesen. Sie konnte damit nicht viel anfangen. Die Sprache hatte ihr gefallen. Sie war nüchtern und klar.

»Martha hat mir Ihr Buch geschickt.«

Maximilian wurde aufmerksam: »Das hat sie mir gar nicht gesagt.«

»Ich hab's auch gelesen.« Konstanze schaute ihn mit ihrem verspielten Jungmädchenblick an, mit dem sie die Männer umgarnte. Es war ihr selbst nie bewusst, wenn sie hinüberglitt in das Spiel des Weibchens. »Ich hab erfahren, wie unsicher sich ein Mann mit seinen Gefühlen sein kann und dass es ihn schmerzt, wenn er verkannt wird darin.«

Die Mischung aus Sinnlichkeit und Geist, die Konstanze ausstrahlte, nahmen Maximilian von ihr ein. »Die Kritiker haben das Buch verrissen. Man hat mir Mangel an Kontur und Struktur vorgeworfen.« Er gefiel sich in seiner Opferrolle. Eine Masche, die er sich im Zusammensein mit Verehrerinnen oder jungen Frauen zugelegt hatte, die ihre ersten literarischen Versuche verlegt haben wollten. Sie zog und war ihm Balsam. Bei Martha zog sie nicht. Sie forderte ihn stets bis an seine Grenze und erlaubte ihm kein Selbstmitleid.

Konstanze nahm die Rolle der Trösterin des verletzten Dichters sofort an. »Die Menschen wollen neuerdings alles verwissenschaftlichen. Dabei müssen wir doch das beschreiben, wofür es keine Gesetzmäßigkeiten gibt. Maximilian lauschte diesem »Wir« nach. Konstanze sprach enthusiastisch weiter. »Glücklich sein kann man sich nicht vornehmen. Und wenn der Schmerz gar zu groß ist …« Mitten im Satz brach sie ab. »Wann ist es denn so weit?«

»Was?« Maximilian hatte in der Geschwindigkeit ihrer Gedanken die Orientierung verloren.

»Das Kind. Wann soll es denn kommen?«, erklärte Konstanze wieder in Gedanken bei der Freundin, die nun bald nicht mehr nur für sie da sein würde. Ein Kind wird Marthas Liebe fordern und binden, dachte sie.

Maximilian wusste nicht so genau, wann mit der Geburt zu rechnen wäre. Darüber hatten sie versäumt, mit Doktor Kraft zu sprechen. »Im Frühjahr«, antwortete er vage.

»Da wird Martha bald wenig Zeit für die neuen Bücher haben«, seufzte Konstanze. Eine Schwingung in ihrer Stimme erzählte, dass sie wohl am meisten sich selbst meinte.

Was für ein egoistischer kleiner Teufel, dachte Maximilian, und plötzlich durchzuckte ihn ein Gedanke. Konnte diese Frau wirklich so begabt sein? Er ging aufs Ganze: »Wir werden auch wieder einen Titel von Lina Stein rausbringen.«

Konstanz wurde es heiß. »Ach, ja?«

Maximilian blieb dran. »Martha hat Ihnen doch sicher die Bücher der Stein geschickt?«

»Ja, sicher«, sagte Konstanze und wechselte das Thema. »Sie müssen an der Geschichte Ihres Helden unbedingt weitermachen. Ich möcht' die Fortsetzung lesen.« Sie lachte glockenhell und war erleichtert, dass sie endlich das Sacher erreicht hatten.

Maximilian begleitete sie bis vor die Tür ihres Appartements. »Hat Martha Sie vielleicht mit Frau Stein bekannt gemacht?«, fragte er hartnäckig.

Konstanze schwieg und klopfte an ihre Zimmertür, um von Flora eingelassen zu werden.

»Kennen Sie Lina Stein?«

»Nein!« Es klang falsch.

Endlich öffnete Flora die Tür.

»Verzeihen Sie, bitte! Ich war unhöflich«, verabschiedete sich Maximilian endlich. »Gute Nacht.« Er küsste ihre Hand, die kühl war. Der Hauch ihres Duftwassers streifte ihn. Er fühlte einen Jagdtrieb.

Konstanze ging schnell hinein. Die Tür fiel hinter ihr zu.

Flora half ihr aus dem Mantel. »Ich hab all Ihre Seiten von letzter Woche fertig, Durchlaucht.« Flora zeigte stolz auf den Tisch, wo die kopierten Seiten des neuen Romans lagen.

»Das hast du gut gemacht. Geh jetzt zu Bett.«

»Gute Nacht!« Flora knickste und verließ das Zimmer.

»Ja. Gute Nacht« Konstanze war in Gedanken bei dem Gespräch mit Maximilian.

Zwei Etagen höher, in einem einfacheren Gästezimmer, stand Maximilian nachdenklich am Fenster und rauchte. Einer Eingebung folgend, ging er zu seiner Reisetasche und holte ein druckfrisches Exemplar von *Dame mit Schleier* heraus. Er musste nicht lange blättern, um das Zitat zu finden. »Glücklich sein kann man sich nicht vornehmen, und wenn der Schmerz gar zu groß ist ...«, Maximilian machte eine Pause. Vielleicht hat sie es auch nur gelesen, überlegte er – doch dieser Gedanke überzeugte ihn nicht. Er gab sich seinem Gefühl hin und genoss die nachfolgenden Worte, »... suchen wir etwas, das uns tröstet«.

Martha saß in der Druckerei und redigierte Manuskripte, die im neuen Jahr erscheinen sollten, als sie ihren Vater kommen sah. Er klopfte Menning kameradschaftlich auf die Schulter. »Grüß Sie, Menning, was machen Frau und Kinder?«

»Allet bestens, Herr Grünstein. Der Verlach floriert, und det Gleiche passiert denn och zu Hause.«

Martha stand auf und ging dem Vater entgegen. Sie begrüßten sich mit einer Umarmung.

»Ich hatte in Potsdam zu tun und Lust, euch zu überraschen.«

»Max ist in Wien«, sagte sie.

»Dann habe ich dich ganz für mich allein.«

Martha schmunzelte. Sie wusste, dass ihm das das Liebste war.

Maximilian und ihr Vater waren in den Jahren nicht warm miteinander geworden. Ganz besonders nach dem Erscheinen von *Gebete eines Nutzlosen* hatte es einen Bruch gegeben. Schon damals wusste Martha, dass es besser wäre, das Buch vor ihrem Vater zu verbergen. Doch wie hätte sie das tun sollen? Maximilian war stolz auf sein Werk. Ihr Vater war neugierig. Eine Konfrontation war unvermeidlich.

Grünsteins Blick fiel auf den Bücherstapel *Dame mit Schleier,* der zum Versand bereitlag. Martha reichte ihm ein Exemplar. »Wie lange kannst du bleiben?«

Grünstein setzte seine Brille auf. »Nun, mindestens eine Nacht, wenn du erlaubst.«

»Gerne auch zwei oder drei.« Martha wusste, dass ihr Vater den größten Teil der Zeit mit dem Lesen ihrer Neuerscheinungen verbringen würde.

Grünstein wog *Dame mit Schleier* in seiner Hand. »Ein guter Posten im Kontor, diese Frau Stein.«

Martha musste über die Geste des Kaufmanns lächeln und schob ihm einen Stuhl ans Fenster. »Es macht dir sicher nichts aus, wenn ich noch ein bisschen arbeite?«

»Nur zu.« Grünstein setzte sich und schlug das Buch auf. »Lass dich nicht stören, Kind«, murmelte er und war schon in den Anfang vertieft.

Erziehung und Persönlichkeit hatten Martha die Besonnenheit gegeben, den Konflikt zwischen Ehemann und Vater auszuhalten. Sie liebte beide und wusste vom jeweils anderen, warum er so dachte und fühlte. Es war wohl ihre größte Stärke, dass sie sich in einen anderen Menschen hineinfühlen konnte. Dennoch schmerzte es sie, den Vater von ihrer Wahl und ihrem Leben mit Maximilian nicht überzeugen zu können. Seine Kritik saß wie ein Stachel im Fleisch ihrer Ehe.

Und nun war sie schwanger. Unwillkürlich legte sie die Hand auf den noch flachen Bauch. Sie würde dem Vater beim Abendessen davon berichten. Vielleicht würde das Kind ihn milder stimmen und Maximilian näherbringen.

Die Liebe dachte an die nahe Zukunft des Paares und daran, dass sie gefordert war. Vor allem deshalb, weil die Emotionen, die ihre Anwesenheit erzeugte, oft zu Verwirrung und Leid führten. Ihr Licht wurde nur in kurzen Momenten empfangen. Dann jedoch überflutete die Menschen ein weites, kaum zu beschreibendes Glücksgefühl. Ein Rausch, der oft genug nur ein paar Atemzüge lang hielt. Die Menschen taten alles dafür, diesen nochmals und nochmals zu spüren. Sie besangen die Liebe, sie schrieben über sie, sie suchten nach dem einen Partner. Sie schliefen miteinander, zart oder heftiger. Sie verletzten sich im Namen der Liebe. Töteten sogar. Sie schworen der Liebe ab, um sich nicht mehr zu verletzen – und griffen doch wieder nach dem nächstbesten Gefühl, das ihnen den Rausch versprach.

Alles hatte damit begonnen, dass der Mensch sich selbst erkennen wollte und ein Gegenüber erschuf. Dafür trennte er einen Teil von sich ab. So war die Legende von Adams Rippe, aus der Gott Eva formte, doch zu verstehen?

Nun litt der Mensch Mangel und suchte seinen fehlenden Teil. Selten fand er, was er suchte. Noch seltener konnte er seine Sehnsucht nach der eigenen Vollkommenheit im anderen ausgleichen.

23

Über Wien schien die Sonne an diesem 10. September 1898. Ein Altweibersommer blies sich auf mit Fäden von Spinnweben.

Maximilian und Konstanze saßen im Vestibül und tranken Whisky. Sie hatten fast den ganzen Tag in der Ägyptischen Abteilung des Kunsthistorischen Museums verbracht.

In der vergangenen Nacht hatten beide schlecht geschlafen, aus unterschiedlichen Gründen.

Maximilian, der endlich die Identität von Lina Stein zu kennen glaubte, wollte sich nicht mit dem Gedanken abfinden, dass ihm diese kleine Frau den Erfolg voraus hatte. Woher nahm sie die Sicherheit einer Dichterin? Was konnte sie denn erlebt haben, das sie zu diesen Texten befähigte? Und warum blieben ihm Leichtigkeit und Erfolg versagt?

Konstanze wälzte sich in Gewissensqualen. Sie hätte nach der Oper sofort zurück ins Hotel gehen müssen. Sie beschloss, Marthas Mann nicht mehr zu treffen. Am Morgen brachte ihr ein Page dann seine Einladung zum Museumsbesuch. Konstanze zögerte. Jetzt im Licht des Tages fühlte sie sich wieder sicher. Und abgesehen von der Oper und dem Theater war sie noch nie allein an einem so öffentlichen Ort gewesen. Die Vorstellung, durch das erst vor wenigen Jahren eröffnete Gebäude zu schlendern, gefiel ihr.

Gegen zehn Uhr trafen sie sich dann in der Halle und stiegen in den Wagen der Traunsteins. Es kam Maximilian lächerlich vor, einen Weg, den sie durchaus zu Fuß hätten machen können, kutschiert zu werden. Ihre Konversation war zäh. Sie wussten nicht, wo sie anknüpfen sollten.

Die Ausstellungsräume des Museums glitten ineinander über und schienen endlos zu sein. Der Blick auf die jahrtausendealten Ausgrabungen und Funde berauschten Konstanze. Sie ließ ihre Schutzhülle fallen. »Was würde ich darum geben, an einer solchen Expedition teilzunehmen. Ich fühle eine Art Verbindung zum Nil. All die Tempel dort. Dabei weiß ich gar nicht, woher diese Erinnerung kommt.« Konstanze benutzte das Wort *Erinnerung*, ohne die Bedeutung zu bemerken. Ihr Enthusiasmus tat Maximilian wohl. Besonders beeindruckten sie die Sarkophage und die unzähligen Grabbeigaben. »So als würde der Tote im Reich der Schatten weiterleben«, sagte sie erstaunt.

Maximilian erzählte ihr die Legende von der Nachtmeerfahrt, bei der das Herz des Verstorbenen von der Gottheit Anubis gewogen und mit dem Gewicht einer Feder verglichen wird. »Ist das Herz so leicht wie eine Feder, dann hat der Mensch recht gelebt und darf zu Osiris, dem Herrn über das Totenreich. Ist es aber zu schwer oder noch leichter, hat er sein Leben verfehlt und ist im Hadis verloren.«

»Ein Herz, so leicht wie eine Feder?« Sie schüttelte nachdenklich den Kopf. »Wie schwer wird wohl mein Herz sein, wenn ich sterbe?«

»Bis dahin ist noch Zeit, und wir sollten inzwischen das Leben genießen«, schlug Maximilian vor.

»Aber Genuss ist es doch gerade, was uns zur Verfehlung anstiftet«, erwiderte Konstanze nachdenklich. Nein, ihr Herz würde den

Test sicher nicht bestehen, dachte sie und wechselte schnell den Ton. »Woher Sie all das Wissen haben!«, rief sie wieder begeistert. »Bitte, erzählen Sie weiter.«

Maximilian genoss ihre Bewunderung. Schon immer war es ihm leichtgefallen, scheinbar selbstverständlich über Wissen zu verfügen. Über Lücken ging er kühn hinweg, machte sich die fehlenden Kenntnisse seines Gegenübers zunutze und ergänzte durch Improvisation.

Die Stunden vergingen. Als sie satt waren von Altertümern und Legenden fuhren sie wieder hinüber ins Sacher und nahmen ein verspätetes Mittagessen ein. Danach setzten sie sich zu einem Glas Whisky ins Vestibül. Jede Vorsicht bei Konstanze und jede Zurückhaltung bei Maximilian waren dem Rausch der Verführung gewichen. Sie umkreisten einander.

»Ich bin viel zu gern mit mir allein. Sobald jemand in meiner Umgebung ist, krieg ich kein Wort aufs Papier«, provozierte er sie spielerisch. »Wie halten Sie es mit dem Alleinsein?«

»Mit drei Kindern ist's nicht leicht, Ruhe im Haus zu finden.« Sie drehte versonnen das Glas in der Hand und hob es gegen das Licht. »Wie flüssiger Bernstein, nicht?«

Maximilian wandte den Blick von Konstanze ab und dem Glas zu.

»Ja. Schön. Sehr schön.« Er sah sie wieder an, ihr Profil, ihre Gestalt. »Wo finden Sie Ruhe, Konstanze?«

»Ich schließ mich in mein Nähzimmer ein. Da ist es herrlich still und melancholisch.«

»Und dort schreiben Sie dann Ihre wunderbaren Romane?«

Konstanze wich erschrocken zurück. Maximilian machte weiter. »Erzählen Sie mir Ihr Geheimnis, Lina?« Die Frage erschien ihm verwegen und selbstverständlich zugleich. Es hatte so kommen müssen, von dem Moment an, an dem Martha ihm die Identität der Schriftstellerin verschwieg. Wie hatte sie es doch selbst formuliert? *Das Fas-*

zinierende geht vom Unbekannten aus. Er sah, dass Konstanze blass wurde.

»Martha hat nichts gesagt. Ich habe es gefühlt.« Er griff nach ihren Händen. Konstanze konnte nichts erwidern. Lina Stein war sie nur für Martha, für niemand anderen.

Maximilian machte hartnäckig weiter. »Vor mir brauchen Sie sich nicht länger zu verbergen.«

Konstanze war den Tränen nahe. »Nicht einmal mein Mann weiß es«, gab sie zu und war zugleich erschüttert über das Geständnis.

Plötzlich wurde es unruhig. Anna Sacher war in die Mitte der Halle getreten. Konstanze zog schnell ihre Hände von Maximilians zurück.

»Dürft' ich die hohen Herrschaften kurz um Ihre geschätzte Aufmerksamkeit bitten.« Anna Sachers Stimme zitterte. Es wurde still im Raum. »Ich habe die traurige Pflicht, Ihnen mitzuteilen, dass Ihre Majestät, unsere geliebte Kaiserin … Sie ist … Es gab einen Mordanschlag … Unsere Kaiserin ist tot.«

Ein kollektives Aufstöhnen. Konstanze hielt sich erschrocken die behandschuhte Hand vor den Mund.

Raunen. Wortgeflüster ging in entsetztes Gespräch über. Die ersten Gäste standen schockiert auf. Männer nahmen die Hüte von den Köpfen. Die Menschen begannen durcheinanderzureden. Man wusste nicht, was zu tun wäre. Nichts. Aber das wollte in diesem Moment niemand begreifen.

Konstanze nutzte die allgemeine Unruhe und Verwirrung und ging eilig zur Treppe. Maximilian folgte ihr, verlor sie jedoch im Tumult. Mayr trat ihm in den Weg. »Die Kaiserin ist tot, Herr Aderhold. Ermordet! Was für eine Tragödie … für Österreich!«, sagte er beschwörend. Er wollte ihn abhalten, etwas Unüberlegtes zu tun. Doch Maximilian schob ihn einfach beiseite und rannte, immer zwei Stufen auf einmal nehmend, die Treppe hinauf.

Mayr überlegte, ob er folgen sollte. Doch in der Portiersloge klingelte unablässig das Telefon. Die Patronin war umringt von Gästen. Er entschied, in ihrer Nähe zu bleiben. Auf der Brücke ihres Schiffes.

24

Die Liebe hatte den Tod nicht davon abhalten können, dem Sehnen der Kaiserin nachzugeben.

Seit dem Selbstmord ihres Sohnes, Kronprinz Rudolfs, vor neun Jahren kleidete sich Elisabeth in Schwarz. Ruhelos wechselte sie die Orte. Sie wusste, dass sich ihr Leben nicht mehr erfüllen würde. Sie fühlte, dass etwas Neues bevorstand.

Dieses Neue ließ sich noch nicht bezeichnen und war mit Angst besetzt. Es lag wie hinter Nebeln. Wenn man sich erlaubte, hinzufühlen und zuzulassen, kam ein Wort. Babel. Und damit die Erinnerung an die Größe der Idee und wie sich aus der Größe die Hybris gebar, weil die Menschen das Maß nicht mehr hielten, vor allem miteinander. Diese ganze Sache mit Gott, dass er es ihnen verübelte, weil sie bis in seine Höhen bauen wollten, war von denen gestreut, die einen Gott brauchten, um den Menschen klein zu halten. Dass ihr Bauwerk einstürzte, dass sie in eine Sprachverwirrung gerieten, dass sie auseinandertrieben in alle Himmelsrichtungen – das hatte ein Gott niemals für sie erdacht. Das war ihr eigenes Werk. Denn alles läuft immer wieder darauf hinaus, dass der Mensch sich fürchtet vor seiner eigenen Größe und seiner Verantwortung. Und er rechtfertigt seine Angst mit diesem Gott, der ihn richtet, der straft und der nur liebt, wenn ihm danach ist. Dabei liegt doch alles im Menschen selbst begründet.

Jetzt war die Gelegenheit, dass sie sich wieder erinnerten an ihr großes Vorhaben und fortsetzten, wofür sie einstmals noch nicht reif gewesen waren. Die unvergängliche Zeit und das nicht sichtbare Netz riefen sie alle wieder zusammen. Sie mussten nur hören, bereit sein und ihre feinsten Sinne öffnen, um die Nachricht zu empfangen.

Auch die Kaiserin fühlte diesen gewaltigen Schritt, zu dem sie alle herausgefordert waren, und sie wollte daran teilhaben, aber in anderer Gestalt. Deshalb also hatte sie den Tod gerufen, dass er sie holte aus einem Leben, dem sie nicht länger standhalten wollte, weil es ihr sinnlos erschien. In einem nächsten Leben vielleicht, wer weiß …

Konstanze hatte sich gegen die geschlossene Tür gelehnt. Ihr Atem ging schnell. Ausgerechnet heute hatte sie Flora freigegeben. In ihrem Rücken klopfte es, zuerst zaghaft, dann drängender. Sie hörte Maximilians Stimme. »Konstanze?« und leiser »Lina?«

Konstanze fühlte sich den Ereignissen ausgeliefert.

»Ich muss Sie sprechen. Bitte.«

Sie wollte die Tür nicht öffnen. Doch sie öffnete.

Maximilian drängte ins Zimmer.

»Maximilian, ich bitt Sie. Sie zerstören alles.« Konstanzes Stimme war schon ohne Widerstand. Er nahm sie in die Arme und küsste sie auf Wange, Stirn, Mund. Immer und immer wieder. Und so, wie er es tat, hatte er das Gefühl, bei sich anzukommen. Die Zeit war aus den Fugen. Noch einmal gelang es Konstanze, sich loszumachen. »Max. Nein. Wir dürfen nicht …« Doch er war nicht mehr aufzuhalten und griff sie erneut. Seine Küsse wanderten über ihren Hals, das Dekolleté, über die Ansätze ihrer Brüste. Sein Begehren nahm Konstanze ein. Sie wurden stürmischer, suchten das Bett, ließen sich fallen und gaben sich heftigen Umarmungen hin. Umarmungen, wie beide sie in all den Jahren ihrer Ehen zurückgehalten hatten.

Die Liebe blies ihr Tuch über das Folgende, während der Tod seine Siegel verteilte. Die Kaiserin war tot. In ihrem schriftlichen Vermächtnis, das erst sechzig Jahre später das Licht der Öffentlichkeit erblicken durfte, schrieb sie an die *Zukunftsseele*, vorausahnend, dass auch dann kein *Glück*, kein *Friede*, keine *Freiheit auf unserem kleinen Stern heimisch* sein werden. *Vielleicht auf einem anderen.* Wer weiß …

25

Marie liebte die Bilder der Kaiserin. Sie hatte sie aus Zeitungen und Zeitschriften ausgeschnitten, die ihr Würtner von der Welt draußen mitbrachte.

Von dem Moment an, an dem sie sich das erste Mal gesehen hatten, begleitete die Kaiserin Maries Leben. Vor ihren Bildern führte Marie lange Selbstgespräche. Über Einsamkeit. Über Würtner, unter dessen Obhut sie litt und sich gleichzeitig sicher fühlte. Die Kaiserin bestärkte Marie darin, zu bleiben.

Manchmal trafen sie sich bei einer Vorstellung. Wie auch Marie auf dem Schnürboden versteckt war, so versteckte sich die Kaiserin vor den Augen der Öffentlichkeit in einer Seitenloge hinter ihrem schwarzen Fächer. Alles an ihr war schwarz, die Spitze, die Perlen, der Schleier. Das beeindruckte Marie. Ab und an schaute die Kaiserin zu ihr hinauf und versicherte sich ihres heimlichen Bundes.

Darüber waren die Jahre vergangen.

Marie war inzwischen siebzehn, von zarter Gestalt, mit tiefen Augenringen und blasser Hautfarbe. Sie hatte seit sechs Jahren kein Tageslicht mehr gesehen. Ein Luftschacht unter der Zimmerdecke gab ihr ein wenig Sauerstoff und ließ Geräusche der Welt draußen herein.

Auf einem Brenner köchelte eine Suppe. Marie deckte einen Tisch, der eigentlich als Ablage für Partituren diente. Im Zusammenleben mit Würtner war er zum Esstisch geworden.

»Füllest wieder Busch und Tal / Still mit Nebelglanz / Lösest endlich auch einmal / meine …« Sie ging zu einem Notenpult und schaute dort in die Partitur, nach der nächsten Textzeile. Es war das Gedicht *An den Mond* von Goethe, von Schubert vertont.

Marie hatte in den Jahren unzählige Gedichte und Lieder gelernt. Sie lebte in den lyrischen Bildern. Es waren ihre Fenster aus der Enge der Gruft.

Würtner hatte sie gelehrt, die Welt draußen als feindlich zu begreifen. Etwas hatte er dabei aber übersehen, dass in den Augen des heranwachsenden Kindes auch er zur Welt draußen gehörte. Marie schützte sich also auch vor ihm. Sie hielt ihn auf Abstand und nutzte, was sie von ihm bekommen konnte. Er wollte, dass sie Bildung besaß. Marie las die Zeitungen und Bücher, die er ihr brachte. Sie ließ sich von ihm eine Partitur erklären und lernte singen. In manchen Nächten, wenn sie sicher sein konnten, dass die Oper menschenleer war, ließ er sie auf dem Flügel spielen. Da konnte sie stundenlang sitzen und dem An- und Abklingen eines Tones folgen. Im Morgengrauen, kurz bevor die ersten Arbeiter kamen, holte er sie zurück ins Versteck. Inzwischen verbarg sich unter der Schale unberührter Kindlichkeit ein schlauer Geist. Würtner war stolz. Er hatte diesen Diamanten geschliffen.

»Lösest endlich auch einmal / meine Seele ganz / Breitest über mein Gefild / lindernd deinen Blick …«, übte Marie den Text weiter und wurde plötzlich auf die Geräusche aufmerksam, die von der Straße her durch den Luftschacht drangen. Menschen sprachen aufgeregt durcheinander. Rufe. Pfiffe. Auch die Kutschen und Fiaker schienen schneller vorbeizuziehen. Sie schob einen Schemel unter den Schacht und stieg hinauf. Doch sie konnte nichts erhaschen.

Die Tür ging. Würtner kam, seine Aktentasche eng an den Körper gedrückt.

Marie sprang vom Schemel. Auf dem Brenner kochte die Suppe über, doch es kümmerte sie nicht. Sie trat auf Würtner zu. »Was ist denn los?«

Er lehnte sich gegen die geschlossene Tür, schwer atmend vom schnellen Lauf und von der Aufregung über das Ungeheuerliche.

»Sag schon. Was ist oben passiert?«, fragte Marie dringlich.

»Ihre Majestät …« Er brach ab, denn er wusste, dass nichts mehr beim Alten wäre, wenn sie erführe, was in der Welt draußen geschehen war. Eigentlich war er sogar froh. Nun würde sie endlich begreifen, wovor er sie beschützte.

Marie sah Würtner an. Plötzlich ahnte sie das Schreckliche. »Ist sie gestorben?«

»Ermordet!« Die Antwort bereitete ihm Genugtuung.

Marie trat einen Schritt zurück, suchte in seinem Gesicht nach einem Zeichen, dass er log.

»Ein Unbekannter war's. Ein Geisteskranker.« Würtner nickte heftig zur Bestätigung.

Marie spürte einen Schmerz unter ihrem Herzen. Würtner trat näher, wollte sie trösten. Sie entwand sich ihm. »Lass mich in Ruh.« Marie ging zwischen den Regalen zu ihrer Kammer und versperrte die Tür hinter sich. Er folgte ihr und schlug mit der Hand dagegen. »Marie!«

Sie stand in ihrer Kammer und sah auf die Bilder der Kaiserin. Niemals mehr würden sie sich wiedersehen. Marie wischte sich übers Gesicht. Tränen. Sie weinte doch sonst nicht.

Draußen rief Würtner immer wieder nach ihr. Seine Hand schlug gegen das Holz.

»Lass mich endlich in Ruh«, schrie sie zurück.

»Du bist undankbar, Marie, du bist sehr undankbar.« Würtners Stimme wurde heftiger. »Wo wärst denn heute, wenn ich dich nicht gerettet hätt'?«

Marie konnte sein Flehen, seine Warnungen, seine Ratschläge, seine Gedanken, sie konnte all das nicht mehr ertragen. Sie nahm eines ihrer Lieblingsbilder von der Wand. Die Kaiserin hoch zu Ross.

»Tot wärst. Oder auf dem Kohlenhof …«, rief Würtner hinter der geschlossenen Tür.

An einer Stange hingen die Kleider, die er ihr aus dem Fundus der Oper gestohlen hatte. Darunter standen die Schuhe. Auch sie waren über die Jahre von ihm entwendet worden. Marie wählte ein schwarzes Kleid und rote Schuhe.

»… auf dem Kohlenhof wärst, bei deinem Stiefvater«, wiederholte er lauter.

Marie begann sich umzukleiden. Plötzlich hielt sie inne. »Wieso sagst du, dass er mein Stiefvater ist?«

Würtner biss sich auf die Lippen. Er hatte es doch für sich behalten wollen. »Weil's die Leut' erzählen, dass deine Mutter dich mit'bracht hat aus dem Haus vom Fürsten von Traunstein.« Er redete sich um Kopf und Kragen. Aber so war ihr Verhältnis. Er konnte sie nicht belügen. Er konnte ihr nichts abschlagen.

Marie machte endlich die Tür wieder auf.

Da war sie, sein Vogerl. »Ist alles Lug und Trug in der Welt. Nur wir beide sind echt.« Würtner sah Marie unterwürfig an. Ihr durfte nichts geschehen. Niemals. Sie sollte wissen, dass er nur für sie da war. Einen besseren Beschützer würde sie niemals mehr finden.

»Wie mit'bracht?« Marie ließ sich nicht abspeisen.

»Wie ich's dir immer gesagt hab. Die Männer sind nicht fein mit den Frauen.«

Marie versuchte, sich in seinem Gerede zurechtzufinden.

Plötzlich hörte sie die Stimme der Kaiserin, die ihr riet, unbedingt zu verstehen. Unbedingt zu erforschen, was hinter allem steckte! Marie dachte nach. »Von Traunstein. Die Loge auf der linken Seite. Zweiter Rang.«

Würtner nickte stolz. Sie kannte sich aus unter den feinen Herrschaften.

Marie erinnerte sich, dass sie bei ihren Besuchen auf dem Schnürboden immer wieder in diese Loge geschaut hatte. Stets wirkte der alte Fürst wie ein Geier, der über sterbenden Tieren kreist. Sie nahm verwundert dieses innere Bild wahr. Woher kannte sie diese Vögel und woher kannte sie ihr Kreisen? Hatte ihr Würtner davon erzählt? Bestimmt nicht. Vielleicht hatte sie in der Zeitung davon gelesen?

»Wer ist es denn? Der junge oder der alte Fürst?« Sie blieb hartnäckig, und die Kaiserin war stolz auf sie.

Würtner mochte ihre Fragerei nicht, und noch weniger mochte er, dass er wie unter einem Sog antwortete. »Der Sohn, erzählen sich die Leut'.«

Der Sohn also vom alten Geier, Marie erinnerte sich auch an den. »Sag mir, wo ich ihn finde«, befahl sie entschlossen.

»Was willst denn vom Traunstein?«

Maries Ton wurde schärfer. »Sag es mir!«

»Im Sacher logiert er.« Er bemerkte sofort, dass es ein Fehler war, Marie nachzugeben. Denn ihr Gesicht wurde spitz und entschlossen. Sie drehte sich um und ging zurück in ihre Kammer. Die Tür fiel hinter ihr zu. Der Schlüssel ging.

Er blieb mit hängenden Armen stehen. »Vogerl!«

Er überlegte, ob er klopfen sollte. Doch er wusste, dass es keinen Sinn hatte. Wenn sie sich in ihrer Kammer einschloss, konnte es Stunden dauern, bis sie wieder gut mit ihm war. Also ging er zu seinem Tisch, zog sich den Mantel aus und setzte sich an seine Arbeit.

Doch er konnte sich nicht konzentrieren. Wäre er damals bloß nicht zum Kohlenhof gegangen. Das schlechte Gewissen hatte ihn getrieben. Sogar einen Sack Kohlen hatte er sich nach Hause kommen lassen, um bestätigt zu finden, dass es die Marie bei ihm besser hatte, viel besser. Und dann hatte er im Beisl gegenüber vom Kohlenhof von dem Gerücht gehört. Die Wirtin erzählte es einem Gast, der sich nach der Marie erkundigte, ob denn das Kind wieder aufgetaucht sei. Die Wirtin beugte sich an das Ohr des Gastes und flüsterte laut genug für alle, dass die Mutter der Marie ja nur ganze drei Monate nach der Hochzeit niedergekommen sei mit der Marie. »Vom Gut Traunstein ist sie g'kommen. Da kann man sich's ja denken, wie's passiert ist!« Die Wirtin hatte sich triumphierend umgeschaut. Als sie Würtners Interesse sah, hatte sie sich zu ihm an den Tisch gesetzt und die ganze Geschichte noch mal und in allen ihr bekannten Details erzählt.

Endlich gelang es Würtner, sich wieder zu fassen und seine Arbeit fortzusetzen. Das Kopieren der Noten beruhigte ihn. Er glitt in die Welt der Musik.

26

Martha schlief schlecht in dieser Nacht. Sie hatte lange mit ihrem Vater zusammengesessen. Die Nachricht, dass er nun Großvater wurde, hatte ihn gefreut. Dennoch war Martha traurig zu Bett gegangen. Das Gespräch mit ihm hatte sie an ihre wilde Entschlossenheit vor sechs Jahren erinnert. Wie viel davon hatte sich erfüllt?

Das Kind würde aufräumen mit falschen Träumen und Plänen, beschloss sie mutig. Es würde ihnen den Halt geben, den sie brauchten, um im Leben anzukommen.

In der Nacht fror es Martha heftig. Sie hatte das Gefühl, durch einen Teich schwimmen zu müssen. Mit jedem Zug wurde ihr kälter. Sie erwachte mit Krämpfen. Das erste Tageslicht schob sich bereits durch die Vorhänge. Sie bemerkte, dass Nachthemd und Laken feucht waren. Ihre Hände tasteten. Sie zwang sich, die Augen zu öffnen und sah das Blut. Sie wusste sofort, was geschehen war.

Auf dem Weg ins Badezimmer begegnete ihr Hedwig. »Ich brauche Doktor Kraft.« Martha sprach ruhig. Die Krämpfe hatten nachgelassen. Ihr Vater kam verschlafen aus dem Gästezimmer. Hedwig rannte los.

Grünstein sah, was passiert war. Und er sah den schwarzen Schatten, der seiner Tochter das Leuchten nahm. Martha verschwand schnell im Bad.

Der Vater blieb hilflos im Flur stehen. Als sie ihm beim Abendessen erzählt hatte, dass sie schwanger sei, hatte sich in die Freude auch etwas Fremdes gemischt. Auf eine unbestimmte Art war es ihm nicht richtig vorgekommen. Dabei konnte er sich doch nichts Besseres vorstellen, als dass ein Kind in die Familie kam.

Kurze Zeit später lag Martha im frisch bezogenen Bett. Der Arzt hatte ihr für diesen und die nächsten Tage Ruhe empfohlen. Jetzt fehlte ihr die Mutter oder wenigstens eine Freundin. Sie dachte an die Tage mit Konstanze und wie sie gemeinsam das Kind zur Welt gebracht hatten. Es war wie ein Schweben zwischen Traum und Wirklichkeit gewesen, genauso wie die Zeit nach Rosas Geburt. Konstanze hatte es gern gesehen, wenn Martha das Neugeborene im Arm trug. Als wenn sie das eigene Muttersein delegieren oder wenigstens aufschieben wollte. Auch Georg verbrachte Zeit mit den Frauen und der kleinen Tochter. Eine Ausnahmesituation für alle drei.

Die Abreise war Martha schwergefallen. Die Tage auf Gut Traunstein hatten sie verändert. Sie hatte diese Erfahrung mit Maximilian teilen wollen. Doch als sie nach Hause kam, traf sie auf einen übermüdeten und gequälten Mann. Er war ins Schreiben vertieft, lebte in seiner Geschichte. Ihre Berichte über die Reise drangen kaum zu ihm durch. Sie hatten Wochen gebraucht, um einander wiederzufinden.

Martha angelte nach der Kette ihrer Mutter, die auf dem Nachttisch lag, und legte sie sich an. Es tat gut, den Stein auf der Haut zu fühlen.

Der Vater kam, setzte sich zur Tochter und nahm ihre Hand. Es schmerzte ihn, Martha so zu sehen. »Das ist hier alles zu viel für dich, Martha. Wenn du nicht mit deinem Mann darüber sprechen willst, dann tu ich es.«

Martha wehrte energisch ab. »Nein, Vater. Wenn ein Kind nicht in unser Leben möchte, dann muss ich das akzeptieren.«

Grünstein schaute seine Tochter an. Er könnte sie doch unterstützen, wenn ihr Schritt von damals übereilt gewesen war. Er könnte ihr helfen, dass sie wieder zu Atem kam.

Doch Martha suchte die Schuld bei sich. »Ich bin nicht wie Mutter. Sie war gütig und leise«, sagte sie schuldbewusst. »Ich will unbedingt, dass der Verlag … dass wir Erfolg haben. Und dann will ich auch noch ein Kind.«

Arthur Grünstein schüttelte den Kopf. »Ella Blumenthal war eine resolute junge Frau. Und du bist genauso wie sie. Als wir uns kennenlernten, war ich Gehilfe im Kontor meines Großonkels. Doch deine Mutter hat darauf bestanden, dass ich Teilhaber werde und das Geschäft zum Erfolg führe, bevor wir heiraten.« Der Vater schaute auf den Lapislazuli am Hals seiner Tochter. Martha spürte den Blick und legte ihre Hand darauf. »Du warst für uns das größte Glück, Martha. Die Monate, als deine Mutter guter Hoffnung war, deine Geburt, dich aufwachsen zu sehen. Du hast deine Mutter und mich wirklich verbunden.«

Grünstein wollte seiner Tochter klarmachen, dass sie doch alle Möglichkeiten hatte, ihr Leben zu verändern, wenn sie sich nur freimachte von dem Mann, der ihr offensichtlich nicht guttat.

»Max und ich, wir sind von Anfang an verbunden.«

Arthur Grünstein war zu feinfühlig, um weiterzusprechen.

»Was für ein schrecklicher Tod.« Konstanze rutschte aus Maximilians Armen. Er versuchte, sie festzuhalten. »Lina Stein«, sagte er voller Begehren.

Doch sie reagierte nicht, hielt sich am Schicksal der toten Kaiserin auf, als könnte sie das freisprechen von der vergangenen Nacht. »Es wird meinen Ungarn das Herz brechen. Wenn man uns bloß nicht wieder die Rechte nimmt.«

Maximilian setzte sich auf, angelte nach seiner Jacke, um zu rauchen.

»Bitte, nicht!«, hielt ihn Konstanze zurück. »Mein Mann wird es bemerken.«

Maximilian steckte die Zigarette zurück ins Etui. Sie schauten sich an. Er zog sie zu sich heran. Ihr langes Haar floss über beide Gesichter. Sie küssen sich wie unter einem duftenden Zelt.

»Der Hof wird Order geben wegen der Beerdigung. Mein Mann wird nach Wien kommen. Du solltest jetzt gehen.« Maximilian hielt sie fest, suchte wieder ihren Mund. Konstanze erwiderte den Kuss. Sie hatte noch nie so geküsst. »Ich muss mich ankleiden … Max … bitte!«, sie versuchte, sich von ihm zu lösen. Doch dann, als seine Hände nachgaben, wollte sie es nicht bemerken. Sie liebten sich erneut.

»Österreichische Kaiserin in Genf ermordet.« Grünstein las die Zeitung am Frühstückstisch. Im Nebenzimmer packte Martha ihre Sachen. Er schaute von der Lektüre auf. »Warum willst du denn unbedingt nach Wien? Du kannst es ihm doch sagen, wenn er wieder da ist«, rief er besorgt hinüber. Als Martha nichts erwiderte, stand er auf und ging zu ihr. »Denk doch auch an deine Gesundheit.« Doch Martha war fest entschlossen zu reisen. Sie klappte den Deckel des Koffers zu. »Es war unser Kind.«

Es zog sie nach Wien. Sicher bewohnte Maximilian das gleiche Zimmer wie bei ihrer Hochzeitsreise. Sie würden an ihrem Versprechen von damals anknüpfen und mit der Erfahrung der vergangenen Jahre noch einmal von vorn beginnen.

27

Marie pustete die Tinte auf dem Brief trocken und steckte ihn in einen grauen Umschlag. Dann warf sie einen letzten Blick in das Zimmerchen, in dem sie sechs Jahre gelebt hatte. Die Bilder der Kaiserin waren in einem Pappkarton verstaut. Er war ihr einziges Gepäckstück. Die Kleider und Schuhe blieben zurück.

Als Würtner sie so entschlossen kommen sah, sprang er vom Stuhl und trat ihr in den Weg. »Ich hab mir das nur ausgedacht mit dem Traunstein«, stotterte er aufgeregt.

Doch Marie glaubte ihm nicht. Würtner konnte nicht lügen, das wusste sie.

»Bei den feinen Herrschaften gibt's gar nichts für dich.« Würtner griff nach dem letzten Strohhalm und holte eilig den blauen Geldbeutel aus einem Versteck hinter vergilbtem Notenpapier. Es war der Beutel, den er vor sechs Jahren bei dem Toten gefunden hatte. Das Geld darin war unberührt. »Das habe ich damals bei der Leich' gefunden, hat ein feiner Herr gezahlt, dass man dir was antut.«

Marie nahm ihm den blauen Samtbeutel ab und wog ihn nachdenklich in der Hand. Er stellte sich mit dem Rücken näher an die Tür. Marie wollte nun an ihm vorbei. Er ließ sie nicht an die Türklinke. Sie rangen miteinander. Still. Ohne Worte. Nur ihr Atem war zu hören.

Endlich gelang es Marie, ihn mit einer kraftvollen Bewegung wegzu-
stoßen. Der Geldbeutel fiel zu Boden.

»Hast mich doch dafür erzogen, Würtner, für was Besseres hast
mich erzogen und immer gesagt, dass ich was Besonderes bin, was
ganz was Besonderes.« Marie hob den Samtbeutel auf und ging.

Würtner blieb zurück. Seine Arme und Beine schlenkerten verloren wie bei einer Holzpuppe. Plötzlich begann er zu singen. »Baba,
Mariechen ... im Walde ... klein Mädchen fein ...« Rotz und Wasser
flossen ihm übers Gesicht.

Marie lief den Flur entlang und hörte sein Singen. Es würde sie von
nun an verfolgen, bis in ihre Träume.

Zum ersten Mal nach sechs Jahren sah Marie wieder Tageslicht. Es tat
weh, genauso wie der Lärm der Straße.

In einem Hauseingang stand bereits der Tod und beobachtete, wie sie
die Straße zum Sacher überquerte. Dann hatte er es eilig, ins Notenarchiv zu kommen.

Im Sacher war Hochbetrieb. Trauergäste aus allen Teilen Österreichs
waren angereist. Niemand beachtete das Mädchen im schwarzen
Opernkostüm und in den roten Schuhen. Nur einer von Annas Hunden rannte zu Marie und begann, sie argwöhnisch zu umtänzeln.
Doch das Tier war dabei auf Abstand bedacht. Marie übergab Mayr
den Brief. Er schaute überrascht auf den Namen des Empfängers.
Anna Sacher wurde auf die seltsame Erscheinung aufmerksam und
rief ihren Hund zurück. Die Blicke der beiden Frauen trafen sich.
Dann verließ Marie das Hotel wieder.

Zwischen den Kleidern, die Würtner über die Jahre aus dem Fundus
und den Schränken der Tänzerinnen und Chorsängerinnen gestohlen

hatte – mit denen er für kurze Momente Maries Augen zum Leuchten gebracht hatte, wenn sie im neuen Gewand wie sein Vögelchen durchs Notenarchiv geflattert war –, hing er nun selbst. Der Stuhl unter ihm war weggekippt.

Seine Seele flog direkt in den Schoß des Todes. Vielleicht wäre sie gern wie ein Vogel durch die Welt gereist. Aber diese Freiheit erlaubte sich Würtners Seele noch nicht. Für dieses Mal zog sie ein in den Raum des Nichts, um Heilung zu erfahren.

Eine halbe Stunde Fußweg von der Oper entfernt schlug Marie den Türklopfer an der Pforte des Klosters der Töchter der Göttlichen Liebe. Als Kind war sie hier viele Male vorbeigelaufen. Es erschien ihr als der einzig mögliche Zufluchtsort. Jetzt hatte Würtner recht: Sie war zu lange von zu Hause fort gewesen, sie würde nichts erklären können, nichts von dem, was sie bewegte, und nichts von dem, was sie plante. Eine Ordensschwester öffnete und ließ sie ein.

28

Konstanze war mit sich beschäftigt. Ihr Körper fühlte sich neu an, vollkommener und leichter. Flora half ihr beim Ankleiden. Sie zeigte mit keiner Miene, was sie wusste.

Konstanze konnte sich auf ihre Zofe verlassen. Dennoch beschäftigte sie die Frage, ob sich die Sache vor Georg geheim halten ließ. Die Möglichkeit, entdeckt zu werden, versetzte sie in Panik. Wenn der Gedanke an Martha aufkam, schob Konstanze die Schuld auf die Freundin. Sie hätte sie nicht ohne Nachricht lassen dürfen. Ein Telegramm wäre das Mindeste gewesen, um Konstanze zu warnen, dass sie Maximilian begegnen würde. Es klopfte. »Post für Seine Durchlaucht«, hörten sie Johanns Stimme durch die Holztür. Flora öffnete. »Was ist es denn?«, fragte Konstanze und nahm schnell die Post vom Tablett. Schließlich konnte es bereits eine Denunziation ihres Fehltritts sein. Doch ein erster Blick auf den Umschlag sagte ihr, dass der Brief keineswegs aus einem fürstlichen Haushalt stammte. Die Beschriftung allerdings war mit ruhiger, ebenmäßiger Hand erfolgt. Konstanze schnitt den Umschlag auf, las die Zeilen, die für ihren Mann bestimmt waren, überflog sie ein zweites Mal und sagte bebend: »Johann, ich brauche meinen Wagen! Geschwind!«

Kurze Zeit später fuhr sie über den Kärntnerring, an der Karlskirche vorbei in Richtung Belvedere. Sie hielt vor dem Kloster der Töchter der Göttlichen Liebe, einen Steinwurf weit vom Schloss entfernt, in dem der Thronfolger Franz Ferdinand residierte.

Dort wartete sie nervös im Besuchszimmer des Klosters. Konstanze dachte an ihre Mutter, die im Stift in der Nähe von Linz lebte. Seit ihrer Hochzeit hatten sie, bis auf die Post zu den Feier- und Geburtstagen, keine Verbindung mehr. Agneta Károly-Nagy kannte ihre Enkeltöchter nicht. Nach der Geburt von Mathilde hatte Konstanze ihr ein Familienfoto geschickt, so als würde es nun bei den drei Kindern bleiben, als sei etwas abgeschlossen und mit dieser Fotografie für die Ewigkeit besiegelt. Schrecken durchfuhr Konstanze: Was, wenn die Nacht mit Maximilian nicht ohne Folgen geblieben war? Wie würde sie eine Schwangerschaft Georg erklären, den sie seit Monaten zurückgewiesen hatte? Konstanze wurde heiß. Sie konnte jetzt nur auf ihr Glück hoffen.

Die Tür öffnete sich, und ein Wesen mit blassem Teint und wirrem Haar trat ein. Es trug ein schwarzes Opernkleid und rote Schuhe. Konstanze starrte die Erscheinung an. Das war sie also … Das kleine Putzmädel aus dem Sacher. Die Marie Stadler.

Zum ersten Mal sah Marie die Prinzessin von Traunstein aus der Nähe. Jetzt, da sie vor ihr stand, sah sie viel jünger aus als durch das Fernglas vom Schnürboden der Oper aus betrachtet. Die Prinzessin schien aufgeregt, das verwunderte Marie. Würtner hatte ihr so vieles über die *feinen Herrschaften* erzählt, dass sie in Maries Bewusstsein marmorne Gestalten geworden waren, fernab jeder menschlichen Regung.

Die Frau, die vor ihr stand, hatte helle Haut, schweres dunkles Haar, kleine Hände mit kurzen Nägeln. Sie war tatsächlich ein Mensch. Am liebsten hätte Marie sie berührt und an ihr gerochen.

Das hatte sie sich in der Gruft angewöhnt, an allem zu riechen, was Würtner ihr aus der Welt draußen mitbrachte. Das meiste roch fremd und unangenehm.

»Was willst du von meinem Mann?« Die Fürstin hielt ihr den Brief entgegen, den Marie in ihrem alten Leben geschrieben hatte. Die Gruft und Würtner lagen weit zurück. In Marie wuchs etwas Neues. »Das sag ich nur ihm.« Sie würde sich nicht mit dieser Frau verbünden. Marie musste jeden Schritt allein gehen, so wie sie es bei Würtner gelernt hatte. Sie durfte niemandem vertrauen.

Konstanze überspielte ihre Konfusion. »Wir haben damals alle großen Anteil an deinem Schicksal genommen.« Sie dachte an das Bild, das sie bei der Fahrt in die Oper nur flüchtig wahrgenommen hatte: das Mädchen mit dem Suppentopf. Sie hatte es nie vergessen können.

Plötzlich ging die Tür auf. Die Äbtissin führte einen Mann im abgetragenen Anzug herein. »Inspektor Lechner«, stellte er sich vor und grinste Konstanze frech an. Sein Lächeln zeigte ein nikotingelbes Gebiss. »Ihr ergebenster Diener, Durchlaucht.« Er wandte sich an das Mädchen. »Du bist also die Marie?« Er schien beeindruckt zu sein. »Die Marie Stadler!«, wiederholte er kopfschüttelnd.

Marie schaute die Äbtissin an. Sie hatte doch darum gebeten, niemandem von ihrem Aufenthaltsort Bescheid zu geben, bis der Prinz von Traunstein hier gewesen wäre.

»Die Äbtissin hielt es für ihre Pflicht, die Polizei zu informieren«, ging Lechner in diesen Blick. »Kennst du den Würtner, den Notenwart im Opernhaus?«

Marie nickte.

Konstanze beobachtete die Szene gebannt. Jahrelang war ihr Leben im Gleichmaß verlaufen, und nun überschlugen sich die Ereignisse.

»Er ist tot aufgefunden worden.« Lechner ließ Marie nicht aus seinen Augen.

»Das tut mir leid«, murmelte sie verwirrt.

Lechner betrachtete sie. »Ich muss dich mitnehmen.«

Marie rührte sich nicht.

Lechner zögerte. Dann ging er zu ihr und fasste sie am Arm.

Marie wand sich unter seinem Griff. »I' hab dem Würtner nichts getan.«

Lechner hielt sie fest. »Das wird sich aufklären.«

Marie schaute Konstanze an, dass sie ihr zur Seite wäre.

Konstanze sprang sofort auf diesen Blick an. »Das Mädel steht unter meinem Schutz!«

Lechner hielt inne und sah Konstanze aus zusammengekniffenen Augen amüsiert an. »Grüßen S' Ihren Gatten von mir, Durchlaucht. Er darf das Mädel gern bei mir abholen, wenn sich ihre Unschuld erweist.«

29

Annas Hunde waren mit Trauerschleifen oder strassbesetzten schwarzen Westen angemessen verkleidet. Das Sacher erschien wie eine Bühne, auf der das Stück *Tod der Kaiserin* weitergespielt wurde. Der letzte Akt fand im Herzen der Hinterbliebenen statt. Oder war dies noch gar nicht der letzte Akt? Würde es vielleicht ganz andere Voraussetzungen brauchen, um das Finale einzuleiten?

Mayrs Blick ging routiniert zum Eingang, wo gleichzeitig zwei Wagen hielten. Aus der Kutsche mit dem Wappen der von Traunsteins stieg Georg, aus einem Fiaker Martha Aderhold. Mayr winkte eilig einem jungen Kofferdiener, mit ihm nach draußen zu kommen, und schickte einen Pagen mit der Nachricht über die Ankunft der Herrschaften zu Anna Sacher.

Martha und Georg brauchten einen Augenblick, um sich nach den Jahren wiederzuerkennen. Nach ihrem Besuch auf Gut Traunstein hatte Martha keine Zeit mehr für einen zweiten Aufenthalt gefunden.

»Was für eine Freude!« Georg küsste Martha die Hand. »Konstanze hat bei ihrer Abreise gar nicht erwähnt, dass Sie in Wien sein werden. Wie geht es Ihnen?«

Martha ging nicht auf seine Frage ein. »So schön, Sie wiederzusehen, Georg.« Ihre Freude war ehrlich.

Als sie ins Hotel gehen wollten, kamen sie nicht weit. Mayr dirigierte den jungen Kofferdiener umständlich direkt vor der Eingangstür und dozierte mit weit ausholenden Gesten. »Ein Koffer ist wie ein Gast, Niklas, denn er ist ein Teil vom Gast. Entsprechend aufmerksam sollst ihn behandeln.« Der junge Kofferdiener, gerade mal zwei Wochen im Hotel, nickte eifrig und spielte glänzend mit.

Unter dem Personal war der Seitensprung des Verlegers mit Ihrer Durchlaucht von Traunstein bekannt, und es galt, einen Affront zu vermeiden. Also sorgte Mayr für Zeit, dass man noch einmal nachschaute, dass die Zimmer der jeweiligen Ehepaare bestens gerichtet waren. Er hatte Erfahrung mit solchen Situationen.

»Aller Anfang ist schwer, genauso wie die Koffer der exklusiven Herrschaften, die uns die Ehre geben«, deklamierte Mayr mit Pathos. Sein Spiel zeigte Wirkung. Martha und Georg beobachteten amüsiert den gewichtigen Vorgang.

»Sie müssen entschuldigen, Durchlaucht, gnädige Frau, die jungen Leut', also diese jungen Leute.« Mayr suchte nach einem weiteren überzeugenden Text. Doch ihm wollte so schnell nichts einfallen. Georg schlug fröhlich vor: »Haben keine Manieren, keinen Respekt vor dem Alter, und wo sie arbeiten sollten, schwadronieren sie gegen an.«

Mayr hielt verblüfft inne. Es geschah selten, dass ihm ein Gast die Pointe stahl. »Das haben S' aber vortrefflich gesagt, Durchlaucht.«

Georg, der den Portier seit seiner Kindheit kannte und den Schlagabtausch mit ihm liebte, entlastete ihn. »Das hat Sokrates gesagt.«

Mayr griff das Stichwort auf und wandte sich wieder an den Kofferdiener. »Sokrates. Philosoph im antiken Griechenland, hörst, Niklas, wirst dir das merken?«

Der Kofferdiener nickte beflissen. »Sehen S' die Antike! Kein Wunder, dass es damit vorbei ist.« Mayr begleitete sie nun endlich ins Hotel.

Im Vestibül empfing sie Anna Sacher. Johann griff sich, nach einem einvernehmlichen Blickwechsel mit der Patronin, das Gepäck der Herrschaften.

Georg begrüßte ihn. »Ich hoffe, es geht gut?«

»Sehr gut, Durchlaucht.«

»Wir haben Sie schon lang nicht mehr auf Gut Traunstein gesehen. Sie sind stets willkommen.« Johann verneigte sich und trug das Gepäck nach oben.

»Ein trauriger Anlass für ein Wiedersehen. Ich wollt' zuerst einen ganzen Tag schließen.« Anna Sacher machte eine Geste in die Halle. »Aber, schauen S', was los ist! Ich kann doch die Gäste nicht enttäuschen. Unsere Kaiserin tot. Das ist ein Gedanke, den man nicht denken mag. Zuerst der Kronprinz und nun die Mutter. Was soll bloß noch alles passieren?«

Georg wünschte sich, noch ein wenig ungestörte Zeit mit Martha verbringen zu können. Und als habe die Patronin seine Gedanken erraten, kam sie nun mit ihrer Trauerrede zum Ende. »Ihre Durchlaucht hat übrigens vor einer Stunde den Wagen genommen«, sagte sie sachlich und wandte sich an Martha. »Und der Herr Verleger, gnädige Frau, ist um diese Zeit auch meist schon außer Haus. Darf ich Sie vielleicht zu einem Willkommenstrunk einladen?«

Georg schaute Martha an. Die nickte erfreut. Sie gingen zu einem der Tische. Anna winkte Wagner, die Herrschaften zu bedienen. Dann wünschte sie einen angenehmen Aufenthalt und wandte sich einer Gruppe von Offizieren zu, die sich in betretene Trauer und den Rauch ihrer Zigarren hüllten.

Unbemerkt von allen kam Maximilian die Hoteltreppe herunter. Als er Martha und Georg sah, rannte er geistesgegenwärtig ein paar Stufen zurück, bis ihn eine Wand vom Geschehen in der Halle trennte. Dort stand er nun, vollkommen fassungslos. Wieso war Martha in Wien? Hatte sie seinen Betrug gespürt? Schon immer hatte er ihre

Ahnungen bewundert und auch gehasst. Maximilians Gedanken rasten hin und her. Die Begegnung mit Konstanze hatte ihn aufgewühlt. Eine Paradoxie des Schicksals, dass er ausgerechnet jetzt, da sich die Ehe mit Martha mit einem gemeinsamen Kind zu erfüllen schien, eine Gefährtin fand. Augenblicklich fühlte Maximilian das Gefängnis, das ihn seit seinen frühesten Kindertagen umschloss. Wenn er doch einmal frei ausschreiten könnte. Er stöhnte vor innerem Schmerz. Doch er war gewohnt, mit einer Niederlage umzugehen. Es gelang Maximilian, eine Feuertreppe zu finden und aus dem Hotel zu verschwinden.

Als seien sie seit Ewigkeiten vertraut miteinander, hatte Martha Georg vom Verlust der Schwangerschaft berichtet. »Ich hätte gern ein Kind. Aber jetzt habe ich keine Hoffnung mehr.«

»Sagen Sie so was nicht, Martha. Ich kann mir Sie großartig als Mutter vorstellen.« Georg erinnerte sich an die Tage, die sie gemeinsam verbracht hatten und in denen Martha das Neugeborene trug oder liebkoste. Diese Bilder würde er zeit seines Lebens nicht mehr vergessen.

Martha lächelte müde. Sie schauten sich an. Nähe entstand. Martha wurde bewusst, dass nun Georg vor Maximilian von ihrem Schicksalsschlag erfahren hatte und sie fühlte, dass dies ihrer Beziehung zu Max nicht guttat. Schnell entwand sie sich. »Ein eigenes Unternehmen ist auch ein bisschen wie ein Kind«, sagte sie sachlich und wechselte das Thema. »Aber, bitte, wie geht es Ihnen? Konnten Sie Ihre Pläne auf Gut Traunstein verwirklichen?«

»Wir haben inzwischen eine Schule, einen Arzt, eine Hebamme – wir zahlen den Arbeitern mehr Lohn«, berichtete Georg stolz. »Die Leute sind trotzdem unzufrieden.« Er sagte es mit freundlicher Ironie.

»Warum denn?« Martha war überrascht.

»Vielleicht, weil sie zu wenig Verantwortung tragen? Oder weil sie sich lieber als Opfer der Umstände sehen?« Georg sprach aus, was ihm schon lange durch den Kopf ging und wofür er keine Antworten und erst recht keine Lösungen hatte. »Die Schule ist zu Beginn des Jahres eröffnet worden. Doch nur wenige schicken ihre Kinder regelmäßig zum Unterricht. Auf dem Hof und bei der Feldarbeit wird jede Hand gebraucht.«

Wie schon Jahre zuvor bei ihrem Besuch auf Gut Traunstein genoss Georg Marthas Aufmerksamkeit. Doch die gemeinsame Zeit war limitiert, und so blieb ungesagt und ungefragt, was sie tatsächlich voneinander beschäftigte.

So hätte Martha gern erfahren, ob es in der Zeit Neuigkeiten über die uneheliche Tochter gegeben hatte. Doch wagte sie nicht, nachzufragen. Gleichzeitig sah Georg keine Möglichkeit, an irgendetwas anzuknüpfen, das die Sehnsucht, die er stets nach einer neuerlichen Begegnung mit Martha verspürt hatte, offenbart, vielleicht sogar ein Mehr an Gemeinsamkeiten initiiert hätte.

Als der letzte Schluck getrunken war, verlangte es die Höflichkeit, dass sie sich trennten. In letzter Minute schlug Georg ein Abendessen zu viert vor. Und natürlich nahm Martha die Einladung gern an. So sollte der Abschied nur eine kurze Trennung bis gegen acht Uhr sein, wo sich die Paare in der Halle treffen wollten.

Die Liebe schaute auf die zwei leeren Gläser, wo an dem einen Marthas Lippen eine zarte Zeichnung hinterlassen hatten. Wie gern hätte sie sich von dem, was nun folgte, ferngehalten.

Konstanze trat ins Hotel ein und sah, wie sich ihr Mann von Martha verabschiedete. Verblüfft hielt sie im Tempo inne. Wieso war Martha nach Wien gekommen? Hatte sie etwa schon was erfahren? Konstanze überlegte fieberhaft und tat erst einmal so, als bemerke sie die beiden nicht. Stattdessen ging sie zum Rezeptionstresen und fragte betont arglos: »Ist Post für mich gekommen?« Mayr spielte mit. »Nein,

Durchlaucht, aber Ihr Gatte ist da.« Er zeigte in die Halle, wo sich die Fahrstuhltüren gerade hinter Martha schlossen. »Ach?« Konstanze tat überrascht und ging nun zu Georg. Der sah seine Frau und kam ihr entgegen. Sie wich seiner Begrüßung kühl aus und holte den Brief aus ihrem Stofftäschchen. Ein Angriff schien ihr die beste Verteidigung zu sein. »Du hast Post von einer gewissen Marie Stadler. Sie behauptet, dass du ihr leiblicher Vater bist. Ist das wahr, Traunstein?«

Georg nahm den Brief entgegen. Und schaute bestürzt auf den Umschlag, wo sein Name stand.

Martha legte den Mantel ab. Maximilian war nicht im Zimmer und sie war froh, ein paar Minuten für sich allein zu haben. Das Gespräch mit Georg klang auf angenehme Weise nach. Sie dachte daran, was sie am Abend tragen wollte. Sie hatte nur einfache Blusen eingepackt, schließlich war der Anlass ihrer Reise ein trauriger gewesen. Doch nun hatte sie das Leben wieder, und sie wollte es sich so schön wie möglich machen. Konstanze würde staunen, dass sie gemeinsam zu Abend aßen. Natürlich würden sie sich zurückhalten müssen, um die Wahrheit ihrer Verbindung vor den Ehemännern zu verbergen. Martha überlegte, ob Maximilian das Geheimnis von Lina Stein gelüftet hatte? Sie musste lächeln, weil sie jede Wette eingegangen wäre, dass Konstanze sich ihm nicht offenbart hatte. Plötzlich fiel ihr ein, dass sie vielleicht einen Fehler gemacht hatte, als sie den Brief an Konstanze nicht direkt ins Sacher geschickt hatte. Doch ehe sie sich weiter mit dieser Frage auseinandersetzen konnte, klopfte es kurz, und Maximilian kam.

Er tat überrascht. »Martha? Du bist hier?« Er war die letzte Stunde ziellos durch die Stadt gelaufen, blind für seine Umgebung und ohne eine Idee, wie er ihr begegnen sollte. Als er zum wiederholten Male in der Nähe des Sacher vorbeigekommen war, hatte er aufgegeben und sich entschlossen, Martha gegenüberzutreten.

Er küsste sie flüchtig. Anstatt abzuwarten, ging er sofort in die Verteidigung. »Ich verstehe nicht, warum ihr so ein Geheimnis darum gemacht habt. Was ändert es an Konstanzes Talent, wenn ich jetzt auch eingeweiht bin?« Sein Gerede irritierte Martha. Er konnte sie nicht ansehen, entledigte sich geschäftig seines Jacketts und seiner Schuhe.

Die Erleichterung, die Martha noch vor wenigen Minuten empfunden hatte, ging in Unbehagen über. Maximilian lachte bemüht. »Übrigens gute Idee, ein Pseudonym für sie zu wählen. Wie du immer gesagt hast, die Faszination geht vom Unbekannten aus.« Er redete sich um Kopf und Kragen.

Martha versuchte zu verstehen, warum sein Ton so förmlich und herablassend war. Plötzlich fühlte sie sich schuldig. Sie hatte versagt, ihr Körper hatte die Frucht nicht bei sich behalten können.

»Natürlich haben wir Zeit miteinander verbracht, schließlich bin auch ich ihr Verleger.« Maximilian versuchte, in Bewegung zu bleiben. »Am besten werde ich ein Bad nehmen.«

»Maximilian!« Martha wollte, dass er endlich zur Ruhe käme.

Doch er redete weiter. »Du hast mir gar nicht gesagt, dass du ihr mein Buch geschickt hast. Wenn zwei Schriftsteller über ihre Arbeit sprechen …« Wieder lachte er bemüht. Dann brach er ab.

Die Stille fiel wie Blei zwischen sie.

Da ahnte Martha, was geschehen sein könnte. Endlich sah er sie an. »Du hattest recht. Ich hätte nicht herfahren sollen.«

Da ahnte er, was geschehen sein könnte. Erschrocken ging er zu ihr. »Martha?« Er nahm ihre Hände. Sie blieb bewegungslos. »Du hast es verloren«, murmelte er bestürzt.

Die Liebe versuchte sie zu umfließen, doch keiner von beiden wollte ihre Nähe. Sie war ihnen lästig. Jetzt sollten Emotionen ihre Erschütterung begleiten. Verletzte Emotionen. Emotionen des Selbstmitleides, der Schuldzuweisung und des Angriffs.

Martha machte sich los, setzte sich an den Sekretär. Maximilian stand hilflos im Raum. »Es ist meine Schuld.«

Er ging zu ihr, kniete sich vor sie, fasste wieder ihre Hände, die sie ihm ließ, kalt und reglos. Ja, es war seine Schuld. Erschrocken bemerkte Martha, dass sie innerlich triumphierte. Jetzt ging es nicht mehr um ihr Versagen als Frau, sondern um seinen Vertrauensbruch.

30

Lechner schob Marie seine Blechdose mit Broten über den Tisch und goss ihr ein Glas mit Wasser ein. Sie saß genau auf dem Platz, auf dem vor fast sechs Jahren in großer Sorge ihre Mutter gesessen hatte. »Ich hab deine Kammer im Notenarchiv gesehen. Es sah dort nicht so aus, als wenn der Würtner dich gezwungen hätt'.« Marie zog die Schultern ein, erwiderte aber nichts. »Hast dir gedacht, besser als der Kohlenhof ist's allemal?« Marie schwieg. Lechner umkreiste sie lauernd. »Warum bist grad jetzt gegangen?«

Marie sah nicht auf. »Irgendwann muss der Mensch gehen«, sagte sie leise.

Lechner nickte überrascht. »Scheinst ein sehr schlaues Mädel zu sein, Marie!« Er holte seinen Stuhl heran und setzte sich ihr gegenüber. »Es wär aber besser für deine Geschichte, wenn dich die Polizei in einem hilflosen Zustand gefunden und gerettet hätt'. Das berührt die Menschen«, sagte er eindringlich. »Die Polizei hat dich befreit, weil wir dem Würtner auf der Spur waren. Deshalb hat er sich das Leben genommen.«

Marie dachte an die Melodie, die Würtner ihr nachgesungen hatte. Sie schluckte. Er tat ihr leid.

»Oder g'fallt dir besser, wenn sich die Leut' erzählen, dass du den Würtner um'bracht hast?« Lechner schnalzte mit der Zunge.

»Ich brauch niemand umbringen.«

»Das weißt du. Das weiß ich. Aber die Leut'?«

Wie sie da so saß und sich nicht aus der Ruhe bringen ließ, gefiel Lechner. Er schob ihr das Protokoll über den Tisch, so wie er es einst auch mit ihrer Mutter getan hatte. »Unterschreibst. Dann kannst gehen.«

Marie zögerte und überlegte, ob es eine Falle sein könnte. Doch alles, was da stand, war übersichtlich und wies nur das aus, was Lechner ihr gesagt hatte. Die Polizei hatte sie unter der Oper gefunden und befreit. Der Notenwart hatte sich kurz vor Beendigung der Polizeiaktion erhängt.

Lechner beobachtete, wie sie unterschrieb. Ihre Handschrift war ebenmäßig und stand im Gegensatz zu ihrem verwahrlosten Äußeren. Er nahm das Papier an sich. »Was hast du jetzt vor, Marie? Gehst du zu deiner Mutter oder zu deinem Vater?«

Sie sah ihn überrascht an.

»Mir hast's zu verdanken, wenn du jetzt ein herrschaftliches Leben führen kannst, Marie«, sagte er in einem fast zärtlichen Tonfall.

Sie bemerkte, dass auch dieser Mann wollte, dass sie ihm etwas zu verdanken hätte. Sie nahm ihren Pappkarton, stand auf und ging. Lechner schaute ihr nach.

An der Tür begegnete sie dem Zentralinspektor. Der sah das Mädel überrascht an, dann wanderte sein Blick zu Lechner, der sich einmal quer durch den Raum vor ihm verneigte.

»Na, Lechner, haben S' am Ende doch recht behalten. Einen Lorbeerkranz wird Ihnen wegen dem Mädel aber keiner aufsetzen. Net wahr!«

Lechner lächelte vieldeutig. Der Zentralinspektor sah dieses Lächeln. Er würde den jungen Mann im Auge behalten. »Einen langen Atem und Geduld haben S' jedenfalls bewiesen. Net wahr!«

Lechner verbeugte sich ein zweites Mal; sehr tief.

Als sein Vorgesetzter den Raum verlassen hatte, setzte sich Lechner an seinen Schreibtisch, öffnete ein Schubfach, holte eine Paprikawurst, ein Messer und eine Flasche Schnaps heraus, goss sich ein und schnitt akribisch Scheiben von der Wurst ab. Er konnte zufrieden mit sich sein, dachte er, während er den Schnaps kippte und ein Stück Wurst genüsslich kaute.

»Du zahlst ohne mein Wissen an ihre Mutter? Die ganzen Jahre?« Konstanze war erschüttert. Niemals hätte sie das für möglich gehalten.

»Es ist meine Pflicht«, versteckte sich Georg hinter einem moralischen Grundsatz.

»Ohne mir auch nur ein Wort zu sagen!« Konstanzes Stimme war voller Vorwurf. Doch insgeheim dankte sie ihrem Schutzengel, der diesen Schauplatz aufgemacht hatte. Es stieß sie mit aller Kraft zurück in das Leben mit Traunstein.

Georg stand entschlossen auf. »Ich werde einen Anwalt bitten, Maries Zukunft zu regeln.«

»Nein!« Konstanze war entschlossen, die Kontrolle zu behalten. »Wir werden das Mädel zu uns nehmen.«

Er schaute sie überrascht an. »Das würde doch jedes Gerücht bestätigen.«

»Wir tun was Gutes für ein armes Mädel, das in Gefangenschaft war.« Konstanze vibrierte vor Entschlusskraft. »Wir kommen unserer menschlichen Pflicht nach. Ganz in deinem Sinne, Traunstein.«

Konstanze setzte sich erleichtert, dass sie die Situation wieder im Griff hatte. Georg nahm ihre Hand und schaute sie nachdenklich an. Seine Frau überraschte ihn. Nähe entstand. Konstanze hielt sie nur kurz aus, dann entzog sie sich ihm.

31

Der Tod saß auf einem Sofa im Vestibül. Über dem Sacher und über Wien, über dem ganzen großen Reich lag Trauer. Der Tod wusste die Seele der Kaiserin wohlgeborgen. Für einen nicht messbaren Augenblick war sie Würtner begegnet.

Würtner, der all die Jahre in der Gruft gewartet hatte, bis es einflog, sein Vogerl. Ein gerupfter kleiner Vogel, den er gehegt und gepflegt hatte, bis er groß und stark aus dem Nest in die Freiheit flog. Dies war wohl seine Lebensaufgabe gewesen, dachte der Tod voller Respekt.

Er sah, wie Maximilian und Martha die Treppe herunterkamen. Der Tod hätte sich gern eine Zigarette erbeten. Dabei hätte er Maximilian streifen und die Erleichterung des niedergeschlagenen Mannes spüren können. Doch der Tod hielt sich zurück, denn er wollte auf keinen Fall Martha zu nah kommen. Sie hatte erst vor wenigen Tagen mit ihm Bekanntschaft gemacht.

Mayr schob dem Verleger die Rechnung zu. Maximilian erhoffte sich ein Lächeln, eine stumme Geste des Verständnisses von Mann zu Mann. Doch Mayr gab ihm diesen Blick nicht. Seine Sympathie galt von jeher den Frauen. Er sah ihren seelischen Reichtum. Und er wusste um die destruktive Kraft des Männlichen. Das war der Grund, warum er selbst sich ganz dem Dienst im Sacher hingab und einer grenzenlosen Treue für seine Patronin.

»Ist was, Mayr?«, holte Maximilian den Portier aus seinen Gedanken. Mayr antwortete prompt und ohne jeden Hinweis auf eine Emotion. »Es ist ganz und gar unerheblich, ob mit mir was ist, Herr Aderhold.«

Maximilian zückte seine Geldbörse und zählte nervös die Geldscheine ab. Er ertrug das Dilemma nur schwer. Martha war ein paar Schritte hinter ihm stehen geblieben und verbarg ihre Niedergeschlagenheit hinter kühler Beherrschtheit.

Konstanze trat aus dem Fahrstuhl. Ehe sie die Lage umfassen konnte, schlossen sich die Türen hinter ihr. Es gab kein Zurück mehr. Ausgerechnet in diesem Moment drehte sich Martha um. Konstanze trat die Flucht nach vorn an. »Martha …« Sie wollte gerade zu einer wortreichen Erklärung ansetzen, als sie die Trauer in Marthas Augen sah und instinktiv begriff, dass die Freundin zu allem anderen vor allem das Kind verloren hatte. »Martha!«, wiederholte Konstanze, diesmal tief betroffen, und umarmte sie. Martha blieb abweisend. Konstanze löste sich und zog Martha mit sich, bis sie unter vier Augen waren. Dann sprudelte sie in der ihr eigenen, unschuldigen Attitüde los. »Du hättest mir ein Telegramm schicken müssen, Martha, dass du nicht kommst.« Konstanze verstand es, sogar in dieser Situation, ihrer Stimme einen vorwurfsvollen Klang zu geben. »Er hat sofort gewusst, dass ich Lina Stein bin. Ich war überrumpelt, ehe ich überhaupt zum Denken gekommen bin. Und dann noch der Tod der Kaiserin und dieses ganze Durcheinander«, raunte Konstanze dramatisch.

Martha hatte keine Worte. Plötzlich erinnerte sie sich an die erste Begegnung mit Konstanze im Café des Hotels. Damals war ihr die kleine Prinzessin oberflächlich und auf eine bestimmte Weise lächerlich vorgekommen. Hätte sie doch bloß diesem Impuls vertraut, dann wären sie sich niemals so nahgekommen. Aber dann würde es auch Lina Stein nicht geben, war Marthas nächster Gedanke.

»Es war doch nichts, Martha, nur ein Ausrutscher, bitte, du musst mir verzeihen«, flehte Konstanze.

Maximilian war inzwischen mit dem Ausgleich der Rechnung fertig und näher getreten. Er hörte Konstanzes Worte. Sie trafen ihn.

Konstanze drehte sich um. Ihre Blicke klebten aneinander im Wissen um das Unerhörte.

In diesem Moment betrat Miklos Szemere das Hotel. Trotz der Trauer um die Kaiserin war der ungarische Lebemann wie immer auffällig gekleidet. Er trug einen weißen Schlapphut. Auf seiner roten Flanelljacke war in einem Herz das Familienwappen eingeprägt. »Constanze Nagy-Károly, was für eine Freude in all der Trauer«, rief Szemere glücklich, die Tochter eines seiner ehemals liebsten Geschäftspartner wiederzusehen. Sein Temperament trennte die drei Menschen aus ihrer unsäglichen Situation. »Große Aufregung in Budapest, ob der Tod unserer Königin Einfluss auf die Politik des Hofes gegenüber uns haben wird?«, beklagte er und spielte dabei auf die Sonderrolle Ungarns im Habsburger Reich an. Die Eigenständigkeit der Magyaren war vor allem durch die Einflussnahme von Elisabeth möglich geworden. Sie hatte die Ungarn und ihr Land geliebt und war ebenso geliebt und verehrt worden.

Konstanze, die sich noch nie für Politik interessiert hatte, sagte aus einem angeborenen Nationalgefühl heraus: »Es ist so traurig. Aber ich bin zuversichtlich. Wir Ungarn sind ein starkes Volk.« Aus dem Augenwinkel sah sie, wie Maximilian Martha seinen Arm reichte und die beiden das Hotel verließen.

Konstanze bewahrte Haltung, ließ sich von Szemere küssen.

»Ich muss nun dringend zur Schneiderin. Eigentlich sollte es ein Ballkleid werden. Aber nun!«, seufzte sie theatralisch und verließ das Hotel.

Szemere schaute ihr entzückt nach. »Ach, die Welt kann noch so sehr in Trauer versinken, die Damen denken an ihren Putz und versüßen uns damit die bittersten Stunden.« Er bemerkte den Blick des Portiers und schaute an sich herab. »Meinen Sie, mir stünde in Anbetracht der dramatischen Zuspitzung der Lage, in der sich das Kaiserreich, unser Österreich-Ungarn, befindet, etwas Gedeckteres besser zu Gesicht?«

»Der Herr von Welt wirkt nicht durch die Mode, sondern die Mode wirkt durch den Herrn von Welt«, gab Mayr diplomatisch zum Besten.

»Mayr – Chapeau!«

Mayr verneigte sich geschmeichelt.

»Rufen Sie mir sofort einen Couturier! Ich werde mich umgestalten.« Stolz über seine patriotische Entscheidung schritt Szemere zum Fahrstuhl.

32

Der Kohlenhof war inzwischen ansehnlicher geworden. Stadler hatte ihn erworben und konnte sich sogar zwei Gesellen leisten.

Den Pappkarton mit den Fotos der Kaiserin dicht an den Körper gedrückt, hielt Marie alle auf Abstand. Sie mochte kein Mitgefühl. Und noch weniger konnte sie die Tränen ihrer Mutter ertragen.

Marie hatte die Einladung ihres leiblichen Vaters angenommen, auf Gut Traunstein zu leben. Nun hatte sie sich von ihrer Familie verabschiedet und ging zur Straße, wo der fürstliche Wagen auf sie wartete. Dort drehte sie sich ein letztes Mal um. Ein kurzes Nicken ohne Lächeln, dann stieg sie ein. Niemals mehr würde sie hierher zurückkehren.

Sophie sah der jungen Frau im schwarzen Kleid und den roten Schuhen nach. Das Kind, an das sie sich erinnerte, war warmherzig und scheu gewesen. Sie weinte leise. Die Anspannung der Jahre in der Sorge um Marie löste sich. Sie waren das Korsett gewesen, das sie im Leben gehalten hatte.

Georg gab ein Klopfzeichen, dass der Wagen abfahren konnte. Er fühlte sich elend, dass er damals, nachdem er von Lechner die Zusammenhänge erfahren hatte, keinen persönlichen Kontakt zu Sophie aufgenommen hatte. Doch nun saß seine älteste Tochter neben ihm. Stolz erfüllte ihn, dass er sich verband mit einer Welt, die er seit frühester Kindheit zu verstehen suchte.

33

Konstanze schaute vom Fenster ihres Nähzimmers hinunter in den Garten. Es war ein warmer Herbsttag. Das Laub wehte goldbraun von den Bäumen. Georg saß mit Vincent Zacharias bei einem Picknick im Garten. Auf der Wiese spielte Marie mit ihren Halbschwestern Rosa und Irma Krocket. Sie hielten sich längst nicht mehr an die Regeln, sondern jagten ausgelassen dem Ball nach. Irma versuchte, jauchzend vor Vergnügen, Marie umzustoßen. Die nahm die Kleine hoch und wirbelte sie durch die Luft. Nun wollte Rosa das Gleiche. Marie hatte genug Kraft für beide und tollte, in jedem Arm eine Schwester, über die Wiese. Woher hatte das Mädel so viel Energie, dachte Konstanze. Jahrelang war sie in einem Keller gefangen gewesen, ohne Licht, auf engstem Raum. Noch vor Kurzem war sie eine gebeugte Kreatur gewesen, die keinem Menschen ins Gesicht sehen konnte. Vielleicht waren diese Kinder aus der Unterschicht in jeder Hinsicht widerstandsfähiger? Vielleicht machte gerade das sie so gefährlich?

Als spüre sie den Blick hinter der Gardine, schaute Marie hinauf. Ertappt trat Konstanze einen Schritt zurück. »Die Marie hat sich schnell bei uns eingelebt«, sagte sie zu Flora, die am Tisch saß und Teile des neuen Romans kopierte. Er trug den Titel *Frau auf dem Wege*. Konstanze hoffte, über ein neues Buch schnell wieder in Verbindung mit Martha treten zu können.

»Es muss schrecklich gewesen sein«, nahm Flora Konstanzes Gedanken über Marie auf. »Und sie sagt doch nichts von dem, was er ihr angetan hat.«

»Er hat ihr viel beigebracht, sogar das Notenlesen. Wahrscheinlich hat sie verstanden, ihn um den Finger zu wickeln.«

Konstanze bemerkte, dass dieser letzte Gedanke Flora verunsicherte. »Du magst die Marie?«, schob sie deshalb schnell nach.

»Man findet es sehr ehrenwert, dass Sie und der gnädige Herr das Mädchen aufgenommen haben, fast wie ein eigenes Kind.« Flora wich aus. Die Spannung zwischen Ihrer Durchlaucht und Marie war nicht zu übersehen.

»Was wird denn sonst noch so unter der Dienerschaft getratscht?«

Flora wollte die Mutmaßungen nicht weitertragen. Es brachte kein Glück, wenn man sich in das Leben der Herrschaften einmischte. Sie zögerte mit der Antwort. »Dass ihre Mutter vor zwanzig Jahren hier im Haus gearbeitet haben soll.«

Konstanze nickte, ohne eine Miene zu verziehen. Und Flora fügte eilig an: »Aber aus der Zeit ist ja nur noch der Hausdiener da, und der red't nicht viel.« Sie beugte sich wieder über ihre Schreibarbeit.

Konstanze setzte sich an ihren Sekretär und schaute auf die Zeitungsausschnitte, die sie über Würtners Tod und die Rettung der Stadler Marie gesammelt hatte. »Vielleicht erfährt man eines Tages mehr über ihre Erlebnisse, und ich könnt' alles in einer Geschichte zusammenfassen.«

Vincent Zacharias goss sich Wein aus einer Karaffe nach. Trotz des schönen Wetters war die Luft am Tisch schwer und grau geworden.

»Die Böhmen müssen ihre Rechte bekommen, genauso wie die Ungarn sie längst haben. Die politische Eigenständigkeit der slawischen Völker, etwas anderes kann nicht mehr infrage kommen«, sagte Zacharias erhitzt zu Georg. Sie hatten die Diskussion so oder ähnlich schon viele Male geführt. Trotzdem wurden sie nicht müde, ihre Argumente immer wieder gegeneinanderprallen zu lassen.

»Separate nationale Interessen schaden uns, Zacharias. Wir sollten uns als ein starkes Land begreifen, egal, ob Böhme, Ungar, Deutscher, Rutene«, hielt ihm Georg entgegen. Er konnte kein Verständnis für den Nationalismus seines Freundes aufbringen.

»Wir Böhmen wollen endlich unseren eigenen Staat«, beharrte Zacharias.

»Die westlichen Staaten, auf die du schaust, sind doch auch längst keine geschlossenen Nationalstaaten mehr. Wirtschaft, Handel und Verkehr sind nicht in den Grenzen einzelner Staaten zu halten.« Georg war überzeugt von seinen Ideen. Sie waren in seinen Augen die einzig vernünftige politische Lösung. Entschieden erklärte er: »Gleichberechtigtes Nebeneinander der Völker im Kronland unter dem Dach einer zentralen Macht, Zacharias, die Vereinigten Staaten von Groß Österreich.«

Der Ball der Kinder rollte über die Wiese. Vincent stand auf, um ihn zurückzugeben. Marie kam ihm entgegen. Er warf ihr den Ball zu. Sie fing, warf ihn zurück. Er rannte ihr ein paar Schritte nach, fing noch einmal, warf zurück. Ihre Blicke begegneten sich zuerst neugierig, dann voller Respekt und zuletzt mit Sympathie. Dann ging jeder wieder zurück an seinen Platz.

Der Hausdiener kam und beugte sich zu Georg. »Seine Exzellenz ist soeben angekommen und wünscht Sie sofort zu sprechen.«

Georg entschuldigte sich und ging über die Wiese zum Haus.

Der alte Fürst erwartete seinen Sohn in der Bibliothek. Er ging ihn ohne Gruß an. »Eine Magd schwängern, ist das eine, den Balg dann aber im eigenen Haus aufnehmen gehört bestraft.« Es hätte nicht viel gefehlt, dass der Alte wie ein Geier auf Georg einhackte und Fetzen von Fleisch durch die Luft schleuderte.

»Vielleicht hätte meine Tochter ein anderes Schicksal gehabt, wenn ich von Anfang an Verantwortung für sie hätte übernehmen können. Ich werde versuchen, einen Teil wiedergutzumachen.«

Das versetzte den Alten in Raserei. »Gutzumachen?«, wiederholte er wütend. »Wie naiv bist du eigentlich?«

Georg blieb ruhig, während sein Herz heftig gegen die Brust hämmerte. Der Blick des Alten durchbohrte den Sohn. »Nein, du bist nicht naiv. Du bist eitel und erhebst dich über alle und alles. Pfui Teufel!«

Georg wollte etwas erwidern. Doch der Vater ließ ihn nicht zu Wort kommen. »Ihr wollt alles zerschlagen. Aber an das Danach denkt ihr nicht«, rief er zornig.

»Ich will nichts zerschlagen, Vater. Ich will mich meiner Privilegien würdig erweisen.« Auch Georg war nun heftig und laut geworden.

»Indem du dem Pöbel nach dem Munde redest?«

»Jedenfalls nicht mit Willkür und Gewalt.«

Der Alte schnappte nach Luft. »Du und deinesgleichen! Ich werde persönlich dafür sorgen, dass ihr zur Räson gebracht werdet.« Der alte Fürst ließ seinen Sohn stehen.

Georg spürte die Zwangsjacke, in der er steckte. Seit er denken konnte, nahm sie ihm die Luft. Die Alten hielten das Land in ihrer Umklammerung, und es gab keine Aussicht auf Veränderung.

Ein Schuss hallte und noch einer. Marie schlenderte durch den herbstlichen Park. Die Schüsse störten ihre Stille und die Eintracht mit der Natur. Aber sie war im Glauben, dass ein Jäger seinen Dienst tat, und respektierte das. Sie hatte noch keine Erfahrung mit dem Hobby der Aristokraten. Zwar kannte sie die Jagdtrophäen, die im Esszimmer des Schlosses hingen. Doch hatte sich ihr der Zusammenhang noch nicht erschlossen, dass der Adel seine innere Macht mit dem beständigen Töten von Wildtieren zu festigen suchten. Dieser Blutrausch fand seinen äußeren Niederschlag im dumpfen Festhalten an der politischen Macht. So tat es auch der Kaiser, der fast täglich die ersten Stunden des Tages bei der Jagd verbrachte.

Das Visier der Waffe verfolgte nun Marie, nahm die Stirn des Mädchens zwischen Kimme und Korn, und dann ihr Herz.

Marie strich mit ihren Händen über die weichen Spitzen des hohen Grases. Wieder krachte ein Schuss. Sie zuckte zusammen. Der Schütze musste ganz in ihrer Nähe sein.

Ein Fasan fiel getroffen zu Boden. Die Hunde des Schützen hetzten los. Kurze Zeit später kehrten sie zurück. Einer trug den bunt gefiederten Vogel im Maul und legte ihn seinem Herrn vor die Füße.

Vincent Zacharias war auf einem morgendlichen Ausritt. Ein Privileg, das er in Wien nur selten genießen konnte, denn er besaß kein Pferd und war stets auf die Gunst von Freunden angewiesen. Auch wenn er inzwischen mit Georg nicht mehr in allen politischen Fragen übereinstimmte, fühlte er sich dennoch in seiner Nähe wohl.

Als Vincent Marie auf der Wiese im hüfthohen Gras entdeckte, ging er vom Galopp in Trab über. Sie hörte sein Pferd und wandte sich um. Er sprang erfreut neben ihr ab.

»Grüß Gott.«

»Guten Morgen!«

»Darf ich Sie ein Stück begleiten?«

»Sie stören mich nicht.« Marie registrierte die Art, wie er sich ihr näherte. So tat man es wohl in der Welt. Man ließ einander die Möglichkeit zu entscheiden.

Der Punkt von Kimme und Korn zielte erneut auf Marie, wanderte hinüber zu Zacharias und wieder zurück zu dem Mädchen.

Vincent betrachtete Marie von der Seite. »Sie sehen glücklich aus.«

»Ja?« Marie war überrascht, dass jemand sie so sah.

Vincent wagte nicht, sich nach ihrer Zeit in der Oper zu erkundigen, und suchte nach einem Thema. Sie liefen schweigend nebeneinander.

Dann eröffnete Marie das Gespräch. »Ist er ein Verwandter von Ihnen?«

»Wer?«, fragte er überrascht.

»Seine Durchlaucht.«

»Nein.« Vincent wehrte ab. »Frau Sacher war so freundlich, ein gutes Wort für mich einzulegen.«

»Ein gutes Wort für Sie einzulegen«, wiederholte Marie nachdenklich.

»Sie fördert Verbindungen zwischen Menschen und ist in dieser Frage sehr uneigennützig«, erklärte ihr Vincent.

Marie dachte an die Frau Sacher, die sie als Kind niemals anders als von den Knien aus beim Bodenwischen gesehen hatte. Groß und übermächtig war sie ihr erschienen. Aber an jenem Tag, als sie die Gruft verlassen und den Mut gehabt hatte, den Brief beim Portier abzugeben, waren sie gleich groß gewesen.

Der Finger am Abzug des Jagdgewehres drückte ab. Ein weiterer Vogel fiel getroffen zu Boden.

»Sie stammen wohl nicht aus Wien?«, fragte Marie. Sie mochte den Akzent, in dem er sprach.

»Aus Prag«, bestätigte er und ergänzte: »Eine Tagesreise von hier, mit dem Wagen.«

Sie hatte von Prag in der Zeitung gelesen, Hauptstadt im Kronland Böhmen. Es war schon verwunderlich, wie viele unterschiedliche Sprachen im Reich gesprochen wurden. Warum gab es eigentlich nicht nur eine Sprache?, dachte Marie. Aber vielleicht war es auch egal. Vielleicht gab es eine andere Sprache, die weit tiefer ging und das Wesentliche hervorhob. Würtner hatte geschwiegen oder gequasselt. Beides war ihr unangenehm gewesen. Sie dachte an die Zeit der Dunkelheit und der Einsamkeit und fühlte sich plötzlich mit Zacharias verbunden. »Haben Sie Heimweh?«

Die Frage kam überraschend. Er ließ solche Gedanken eigentlich nicht in sich aufkommen. »Mein Vater ist in der Schlacht bei König- grätz gefallen. Ich bin im selben Jahr geboren. Mein ältester Bru- der führt jetzt das Familiengeschäft. Nichts Großes, eine Maßschnei- derei in der Nähe vom Hradschin. Letztes Jahr ist meine Mutter gestorben.«

Marie nickte. So wie er es gesagt hatte, schien er ihr nicht recht glücklich zu sein, vielleicht sah er sich noch zu sehr als Opfer der Umstände. Sie klopfte dem Hengst auf den schlanken Hals. »Geritten bin ich noch niemals.«

Er reichte ihr die Hand und half ihr auf. Sie fand erst unbeholfen, aber dann immer sicherer ihren Platz. Er führte sie am Zaumzeug über die Wiese und den Weg entlang zu den Stallungen.

Josef von Traunstein drückte ein letztes Mal ab. Und wieder fiel ein Fasan getroffen zu Boden, und wieder hetzten die Hunde los.

Im Schloss saßen Georg und Konstanze mit den Töchtern beim Früh- stück. »Ihr werdet nachher mit dem Kinderfräulein zu den Stallungen gehen und eure Ponys versorgen. Auf dich wartet der Reitlehrer, Rosa«, ermahnte Konstanze ihre ältere Tochter.

»Ich will auch«, rief Irma selbstbewusst.

»Du bist noch zu klein, Irma.« Konstanze teilte den Tag stets streng für die Kinder ein. Schließlich musste sie sicher sein, dass sie nicht beim Schreiben gestört wurde. Georg kritisierte ihre Methoden nicht. Er überließ ihr alle Entscheidungen, die die Kinder betrafen. Er erinnerte sich noch gut, dass seine Mutter stets das Beste für ihn ge- wollt hatte und sich gegenüber dem Vater klug durchzusetzen wusste. Sie war viel zu früh gestorben wie auch Konstanzes Vater. Die Erfah- rung dieses Verlustes war eine Gemeinsamkeit des Paares, und unaus- gesprochen wünschten beide, dass ihre Kinder diese niemals machen mussten.

Vincent und Marie kamen ausgelassen vom Ritt. Irma klatschte in die Hände und streckte ihre Arme nach Marie aus. Konstanze sah das mit Eifersucht. »Man hat im ganzen Haus nach dir gesucht«, sagte sie verstimmt zu Marie.

Georg schaltete sich betont gut gelaunt ein. »Kein Wunder, dass ihr sie nicht gefunden habt. Sie hat die frische Luft genossen.«

Marie küsste die Schwestern aufs Haar, nahm Platz und schaute Konstanze amüsiert an. Die fühlte sich angegriffen. »Vor allem sollte sie die Umgangsformen einer jungen Dame erlernen.«

Vincent setzte sich neben Marie. Ihm war das Umschlagen der Stimmung unangenehm. »Ich bin schuld. Ich habe Marie okkupiert.«

»Ich bin ein freier Mensch und niemand wird mich okkupieren«, sagte Marie sehr klar.

Georg musste sich ein Lächeln verkneifen. Vincent nahm überrascht wahr, dass Marie nicht das hilflose Geschöpf war, für das er sie gehalten hatte. Rosa und Irma spürten, dass mit Marie eine neue Kraft ins Haus gekommen war, und schauten sie voller Bewunderung an.

»Nun, liebes Kind, als Gast in diesem Haus wirst du dich unterordnen müssen.« Konstanzes Attitüde wirkte deplatziert. Schließlich war sie nur sechs Jahre älter als Marie.

»Ich bitt dich, meine Liebe«, wehrte Georg peinlich berührt ab.

Josef von Traunstein kam noch im Jagdanzug. Marie beobachtete, wie der Hausdiener ihm aus dem Mantel half. Dabei fiel ein blauer Samtbeutel aus der Tasche. Der Hausdiener hob ihn auf und gab ihn dem Fürsten zurück. Der steckte ihn in seine Jackentasche. Marie starrte den Alten an. Der erwiderte ihren Blick kalt. Dann setzte er sich. Der Tischdiener goss ihm Kaffee ein. Ein anderer ging hinaus, um dem Fürsten sein Frühstück zu holen. Der Alte schlug die Serviette auf. Er war hungrig nach einem Morgen unablässigen Tötens. »Wie ich sehe, ist man in Eintracht versammelt«, sagte er bissig.

Georg wandte sich an Vincent. »Nach dem Frühstück möchte ich dich mit dem Dorfschullehrer bekannt machen.«

»Ich würd' gern mitkommen«, sagte Marie schnell. »Wenn Sie erlauben, Durchlaucht«, setzte sie für Konstanze nach. Ehe seine Frau widersprechen konnte, fragte Georg liebenswürdig. »Ist dir doch recht?«

Konstanze beließ es bei organisatorischen Hinweisen. Sie wollte nicht endgültig ihr Gesicht verlieren. »Nach dem Mittagessen habe ich für Marie die Schneiderin bestellt, und um sechs kommt der Französischlehrer.«

Marie lenkte scheinbar ein, doch in Wahrheit legte sie die Regeln fest. »Ab Mittag bin ich im Haus, so wie Sie es wünschen, Durchlaucht.«

Der Diener servierte dem Fürsten Rehschinken und eine Karaffe mit schwerem Rotwein. Traunstein begann zu essen. »Zart«, lobte er. »Schneller Schuss. Guter Tod. Das ist entscheidend«, fuhr er fort, ohne jemanden anzusehen.

Das Kindermädchen kam, um Rosa und Irma zu holen. »Marie soll mit mir spielen«, beharrte Irma. Rosa wollte es ihrer Schwester gleichtun und beschwor: »Räuber!« Marie nickte verschwörerisch. »Später!« Die Mädchen gingen froh. Vincent, Georg und Marie und verließen ebenfalls das Esszimmer.

Konstanze war mit dem Schwiegervater allein zurückgeblieben. In die Stille hinein sagte sie: »Es hätt' alles viel schlimmer kommen können.«

»Es ist schlimmer gekommen, Stanzerl, viel schlimmer.« Er schlang das Frühstück in sich hinein und spülte es mit Rotwein hinunter. Sie wollte etwas sagen, doch er ging ihr rigoros dazwischen. »Verschone mich in Zukunft mit dem Thema.«

Sie schluckte. Die Zurechtweisung war hart. Warum glaubten eigentlich alle in diesem Haus, mit ihr umspringen zu können wie mit einem dummen Mädel? Sie war die Prinzessin von Traunstein, sie stand dem Haushalt vor. Und alle lebten von dem Geld, das sie in die Ehe eingebracht hatte.

Voller Wehmut dachte Konstanze an Wien. Dort konnte sie sich frei bewegen und ganz sie selbst sein. Sie dachte an Martha und wie gut sie miteinander lachen konnten. Scham und Schmerz senkten sich über Konstanze. Sie dachte an die Begegnung mit Maximilian und dass sie selbst wohl den schönsten Teil ihres Lebens zerstört hatte.

34

»Det jeht so nich. Ick muss 'n paar Teile besorjen.« Menning rutschte unter der Druckmaschine hervor. Er ertrug die Spannung nicht mehr, die, seitdem das Paar aus Wien zurückgekehrt war, auf beiden lastete.

Martha und Maximilian waren an ihren Schreibtischen mit dem Redigieren von Manuskripten beschäftigt. »Ist gut, Menning. Machen Sie dann Feierabend«, rief Martha von ihrem Tisch.

Maximilian murmelte, scheinbar tief in sein Manuskript versunken. »Schönen Abend!« Menning griff nach seiner Tasche. »Ebenfalls!« Aus dem Augenwinkel sah er, wie sie sich angespannt an ihrer Arbeit festhielten. Martha blätterte eine Seite um, machte eine Notiz, blätterte zurück. Maximilian suchte mit Blick auf das Manuskript nach einer Zigarette.

Menning schüttelte den Kopf, zog sich die Jacke an, setzte seine Mütze auf und ging.

Martha arbeitete konzentriert weiter. Die Spitze von Maximilians Bleistift krachte in der Stille. Er starrte auf das geborstene Holz. Das gab ihm den Rest. »Ich hasse es.« Mit einer Handbewegung wischte er den Stapel Manuskripte vom Tisch. »Warum beschimpfst du mich nicht endlich?« Ein Schrei seiner Verzweiflung. Martha schaute auf und sah, wie er begann, das zum Teil zerfetzte Papier aufzuheben.

Seine Erregung fügte den Manuskriptseiten neuen Schaden zu. Sie stand auf, um ihm zu helfen. Stumm ordneten sie das Chaos. Da sah Martha, wie Tränen das Papier feucht machten. Sie hielt inne. »Ich muss immer alles kaputt machen«, sagte er. Seine Verzweiflung tat ihr leid. Aus einem Impuls heraus berührte sie sein Gesicht. Er nahm ihre Hand, küsste sie, zuerst den Handrücken, dann die Innenflächen, die feucht waren von seinen Tränen. Begehren flammte auf. Er holte sie zu sich heran. Sie ließ sich mitreißen. Die stürmischen Umarmungen taten ihr gut. Er hob sie auf die Werkbank. Neben den Tafeln mit Bleibuchstaben liebten sie sich leidenschaftlich. Wenn sie die Augen öffneten, sahen sie die Lettern, die Worte bildeten, Sätze schrieben, Geschichten für die Ewigkeit aufs Papier brachten.

Der Alkohol zeigte Wirkung. Maximilian, im offenen Hemd, barfuß, schwenkte die Flasche mit dem billigen Fusel, die er aus Mennings Spind genommen hatte. »Menning, der Gute, die treue Seele«, sagte er mit schwerer Zunge, »auf ihn kann man sich verlassen.« Er reichte Martha die Flasche. Sie saß, nur mit seiner Jacke bekleidet, im alten Ledersessel, nahm einen Schluck, schüttelte sich und reichte ihm die Flasche zurück. Er trank und schüttelte sich ebenfalls. »Jetzt fangen wir richtig an«, sagte er und nahm gleich noch einen Schluck, bevor er ihr die Flasche reichte.

»Vielleicht hat Vater recht und ich sollte weniger arbeiten?«, dachte sie laut nach und trank.

»Ich werde dich entlasten. Ich werde erst wieder schreiben, wenn wir ein Kind haben. Wenn unser Sohn auf der Welt ist.«

Martha lachte vergnügt. »Du willst mich entlasten, um nicht schreiben zu müssen.«

»Genau! Wir werden uns neu ordnen. Wir werden alles anders machen, damit so etwas nie wieder passiert.« Maximilian angelte sich die Flasche, trank und resümierte glücklich: »Martha, ich weiß, dass wir einen Sohn haben werden.«

Sie griff sich die Flasche. Der Fusel schmeckte immer besser. »Ich wollte Lina Stein für mich allein haben«, bekannte Martha mit schwerer Zunge.

Maximilian nickte. »Hat nich jeklappt, würde Menning sagen.«

»Nein!« Martha seufzte bedauernd, nahm noch einen Schluck und reichte ihm die Flasche.

»Ja!«, sagte er und bestätigte es mit einem kräftigen Schluck.

»Weißt du was?« Sie vollführte eine große Geste. »Ich werde Lina Stein verlassen!«

»Wieso du? Nein, ich werde sie verlassen. Aber …«, Maximilian hob trunken warnend den Zeigefinger, »den Verlag sollte sie nicht verlassen. Oder?«

»Nein! Auf keinen Fall«, sagte Martha, so klar es ihr noch möglich war. Die Verletzung schien lange her. Die Wunde heilte. Mit der Euphorie der Genesenden rutschte Martha in Maximilians Arm. Er streichelte sie gedankenverloren. »Wir haben Lina Stein groß gemacht. Sie hat uns groß gemacht. Im jewissen Sinne sind wa quitt.« Er drückte Martha zufrieden an sich.

Der Tod, der ihrer Wiedergeburt beigewohnt hatte, nahm eine Nase voll Tinte, Druckerschwärze und Terpentin. Ach, wie belebte das alles die Sinne! Man konnte direkt neidisch werden auf das Leben. Dann verflüchtigte er sich durch die Holztür der Druckerei, durch den Hof, vorbei an der Kastanie, deren Zweige schon bis ins dritte Stockwerk ragten.

35

Konstanze konnte sich nur schlecht auf ihren neuen Roman konzentrieren. Dabei wünschte sie nichts sehnlicher, als schnell voranzukommen. Doch immerzu wanderten ihre Gedanken von Martha zu Maximilian, zu den vergangenen Jahren, in denen sie Teil des Verlages gewesen war. War sie es noch? Wollte man sie dort noch? Welchen Sinn hätte ihr Leben, wenn sie nicht mehr veröffentlichen konnte? Sicher fand sich ein anderer Verlag. Aber sie wollte keinen anderen.

Außerdem zerrte die Anwesenheit von Marie Stadler an ihren Nerven. Anfänglich hatte Konstanzes großzügige Geste, Georgs uneheliches Kind in die Familie aufzunehmen, ihrer Beziehung ein neues Licht gegeben. Georg war zuvorkommend zu Konstanze, sie spürte, dass er sie mit anderen Augen betrachtete. Doch sie konnte sich nicht lange verstellen. Die Spannung zwischen ihr und Marie wuchs mit jedem Tag. Die Töchter folgten der Älteren auf Schritt und Tritt. Dabei hatten Rosa und Irma keine Ahnung von der Verwandtschaft. Aber es schien sich zu bestätigen: Blut ist dicker als Wasser.

Georgs Freunde umschmeichelten die junge Frau, die in den Wochen auf Gut Traunstein sichtlich aufgeblüht war. Marie war keine Schönheit, dafür hatten die Jahre unter der Oper gesorgt. Aber sie war interessant, und ihr Blick war so intensiv, als wenn sie in einen Menschen hineinschauen könnte. Je nach Maries Gemütslage fühlte sich der Betrachtete hervorgehoben oder abgestoßen. Es war, als würde sie alles sehen und alles durchdringen. Das machte Konstanze Angst.

Tatsächlich versuchte Marie den Sinn ihres Schicksals zu verstehen. Zuerst war sie die Tochter des Kohlenfahrers Stadler gewesen, Putzmädel im Sacher, dann hatte sie weder tot noch lebendig in einer Gruft ausgeharrt. Und nun lebte sie in einem Schloss, und jeder Wunsch wurde ihr erfüllt. Doch das alles bedeutete ihr nichts. Sie wollte die Zusammenhänge erkennen.

Wenn ihre Vorfahren die Macht besaßen, eine unantastbare Macht, die durch ihr Blut bestimmt wurde und die sie über das Leben von anderen erhob, dann hatte auch sie diese Macht, denn in ihren Adern floss deren Blut.

Würtner hatte recht gehabt. Sie war eine Auserwählte. Aber sie war es noch mehr als ihr leiblicher Vater und ihr leiblicher Großvater und die Generationen davor. Denn Marie hatte ihr Blut – und sie hatte dazu noch den Tod überlebt.

Konstanze, die sich ein paar Stunden mit dem Schreiben abgemüht hatte, aber nicht vorwärtsgekommen war, wanderte durch das nächtliche Haus. Die Kinder schliefen seit Stunden. Der Schwiegervater und Georg waren in Wien. Aus der Bibliothek sah sie Licht. Das konnte nur Marie sein. Zuerst wollte Konstanze ausweichen, doch dann siegte die Neugier. Sie betrat den Raum und gab sich den Anschein, als suche sie nach einem Buch.

Marie nahm keine Notiz von Konstanze. Eine Weile lang belauerten sich die Frauen in der Stille des Raumes. Dann hielt es Konstanze nicht länger aus, trat zu Marie und sah ihr über die Schulter, was sie da las.

»Ein Stammbuch unserer Familie.« Marie zeigte ihre Fingerkuppen, die staubig waren. »Hat lang keiner mehr angeschaut.«

»Ich bin ein Gegenwartsmensch«, erwiderte Konstanze nach einem kurzen Blick auf die Seite mit den Familienwappen und griff sich zum Schein ein Nachschlagewerk aus dem Regal.

»Der heutige Tag ist ein Resultat des gestrigen. Was dieser gewollt hat, müssen wir erforschen, wenn wir zu wissen wünschen, was jener will«, zitierte Marie Zeilen aus einem Gedicht von Heine.

»Er hat dir wohl sehr viel beigebracht, der Würtner?«

»Unsere Kaiserin hat die Gedichte von Heine verehrt. Das konnt' man in der Zeitung lesen.« Marie klappte das Buch zu. »Sie haben sie persönlich gekannt?«, fragte sie mit Interesse.

Dies wäre der Moment gewesen, in dem die Frauen aus dem Kampf treten, sich offen begegnen und ihrer Beziehung eine entscheidende Wendung hätten geben können.

Doch Konstanze erwiderte herablassend: »Die Kaiserin war sehr auf sich selbst bezogen. Sie hat den Hof viel zu oft brüskiert … Hast du sie mal in der Oper gesehen?« Konstanze zog wahllos ein Buch aus dem Regal und bemerkte Maries Enttäuschung nicht.

Marie lachte und sagte bissig: »Ich werd Ihnen nichts über die Zeit dort erzählen, Durchlaucht.«

»So? Warum denn nicht?« Konstanze las scheinbar interessiert im Inhaltsverzeichnis.

Marie erhob sich von ihrem Platz und ging nah an Konstanze heran. »Es war schrecklich!«, sagte sie mit theatralisch verzerrtem Gesicht. Konstanze trat erschrocken zurück. Marie folgte ihr und setzte mit Pathos fort: »Oder war's gar faszinierend? Der Würtner war so hässlich. Manchmal war er auch schön.« Ernüchtert schloss Marie ihre Vorstellung ab. »Sie sollten aufhören, drüber nachzudenken, wie Sie mich zum Reden bringen, Durchlaucht.« Konstanze fühlte sich ertappt und lachte abwehrend. Marie ließ sie nicht entkommen. »Das ist doch der einzige Grund, warum Sie Ihren Mann überredet haben, das arme Mädel aufzunehmen. Oder?« Marie trat noch näher an Konstanze heran. »Mein Leben ist spitz und scharf. Schneiden S' sich nicht dran, Stiefmama.« Sie ließ Konstanze stehen. Die warf ihr empört das Buch nach, das sie in den Händen gehalten hatte.

Draußen hörte Marie Konstanze auf Ungarisch fluchen. Es ließ sie kalt. Sie dachte an den blauen Geldbeutel, den sie bei dem Alten gesehen hatte. Sie dachte an ihre Spaziergänge mit Vincent Zacharias und sie dachte über die nächsten Schritte nach. Nachzudenken war sie gewohnt seit der Nacht ihrer Entführung.

An dem Tag, als sie die Gruft verließ, war die Kaiserin noch einmal bei ihr zu Gast gewesen. Sie hatte Marie daran erinnert, dass es viel zu tun gab, wenn irgendwann Gerechtigkeit herrschen sollte. Marie sollte ihre Macht benutzen, um das Lügengebilde von der Herrschaft des Blutes und dem Kreislauf von Eheschließungen und Geburten im Namen einer ewigen Autorität zu zerschlagen. Marie sei ihre Gefährtin, hatte die Kaiserin gesagt. Eine Gefährtin, die endlich für Freiheit sorgen könnte, für ein Leben ohne Übergriffe der Männer, die die Frauen krank machten und ihnen die Kraft raubten, weil sie wie Vampire an ihren Leibern hingen und ihnen Kinder machten, die wiederum an ihren Leibern hingen, zuerst an ihren Brüsten, dann an ihrem Gemüt und an ihrem Herzen. So konnte doch eine Frau niemals frei sein. Und dann kamen die Herren Professoren und unterzogen die Frauen einer Analyse der Psyche. Sie diagnostizierten Hysterie, wenn die Frauen das Eingesperrtsein in ihrem Körper und den Konventionen ihres Lebens nicht mehr ertrugen und um ihre Freiheit weinten oder schrien. Solange die Männer so viel Macht haben, hatte die Kaiserin zu ihr gesagt, und die Frauen es zulassen, es sogar in den Söhnen noch fördern, wird die Welt nicht gesund. Aber du, Marie Stadler, du wirst klar sehen und klar denken, und du wirst die Macht an dich nehmen.

Damals hatte Marie die Rede nicht verstanden. Doch nun begann sie nach dem Weg und dem Schlüssel zu suchen, um den Auftrag auszuführen. Sie erinnerte sich an das Märchen vom Marienkind, ihr erstes Buch. Das Mädchen, das den Schlüssel nicht benutzen durfte. Und plötzlich begriff sie: Wer einen Schlüssel besaß, musste ihn benutzen und das Schloss, in das er passte, finden und öffnen.

36

Anna Sacher freute sich an der Entwicklung ihrer Buben, wie sich eine Mutter am Fortkommen ihrer Söhne freut. Vincent Zacharias war einer ihrer fleißigsten und strebsamsten Schützlinge. Sie hatte sich seiner angenommen, als er noch ein unscheinbarer Doktorand gewesen war, fremd in Wien und ohne geregeltes Einkommen. Anna hatte gute Menschenkenntnis bewiesen, als sie Zacharias mit dem Prinzen von Traunstein bekannt gemacht hatte.

Nun war es das erste Mal, dass Zacharias sie aus eigenem Antrieb aufsuchte. Es musste ihm wichtig sein. Also hielt Anna ihre Audienz nicht wie sonst im Vorübergehen in der Halle ab, sondern bat ihn, auf ein Glas Kognak ins Büro zu kommen.

Vincent gab der Patronin Feuer. Sie genoss die ersten Züge ihrer Virginia. »Sie wollen nicht rauchen? Sind Sie etwa krank?« Anna betrachtete ihn aufmerksam. »Aber nein, die frische Luft auf Gut Traunstein hat Ihnen gutgetan.«

Vincent nickte. »Das Landleben beeindruckt mich.« Er hatte viel darüber nachgedacht, das Ministerium wieder zu verlassen und als Verwalter auf dem Gut zu arbeiten, stundenweise die Kinder in der Schule zu unterrichten und dort in den Abendstunden Kurse für die Erwachsenen anzubieten.

Anna konnte dem Enthusiasmus des jungen Mannes nichts abgewinnen. »Romantisch kann es durchaus sein auf dem Lande. Wenn es allerdings am nötigen Kapital mangelt, dann wird aus dem Edelmann schnell ein Bauer.«

Vincent nahm allen Mut zusammen. »Ich würd' Sie gern um einen Gefallen bitten, gnädige Frau.«

Anna nickte wohlwollend. Sie war neugierig.

»Marie Stadler ist Ihnen ja bekannt.« Er zögerte kurz und kam dann zu seinem Anliegen. »Ich möchte um ihre Hand anhalten.«

Anna dachte daran, wie das Mädel an der Rezeption den Brief für den Prinzen von Traunstein abgegeben hatte. Sie hatte keine Ahnung, was dringestanden haben mochte. Natürlich gab es Gerüchte. Aber die Prinzessin hatte die Geschichte von dem armen Mädel, das man aufnahm, um ihm nach Jahren in der Gefangenschaft Gerechtigkeit widerfahren zu lassen, sehr gut ins öffentliche Bewusstsein gebracht. Dennoch blieb die Stadler eine dubiose Person, schließlich wusste niemand so genau, was sie unter der Oper alles erlebt hatte. Und nun wollte Zacharias seine Karriere hingeben, um eine Ehe mit ihr einzugehen. Anna Sacher hüllte sich in den Rauch ihrer Zigarre.

Als sie nichts sagte, fuhr Vincent fort: »Ich habe Seiner Durchlaucht vieles zu verdanken. Deshalb wage ich nicht, mein Anliegen persönlich vorzutragen.«

»Bei Hofe werden S' mit der Stadler keine Karriere mehr machen können«, erwiderte Anna ruhig.

Vincent nickte mit schlechtem Gewissen.

»Wovon wollen S' als verheirateter Mann dann leben?«

»Bei Gericht suchen Sie Assistenten.« Von seinem Gedanken, auf Gut Traunstein zu arbeiten und zu wirken, sagte er ihr nichts. Das wollte er mit Georg persönlich besprechen.

Anna Sacher seufzte: »Irgendwann werdet ihr Sacherbuben groß.«

Vincent schaute sie voller Hoffnung an. War das ein »Ja«, würde sie sich für ihn einsetzen? Die Patronin reichte ihm noch einmal die

Kiste mit den Zigarren. »Geben S' nicht gleich alles auf, was Ihnen Spaß macht.«

Vincent zögerte. Er wollte sich frei machen für ein Leben in Liebe, in der Natur und im Sinne eines einfachen Menschen.

Anna Sacher nickte aufmunternd. »Ich bemüh mich, dass was Gutes für Sie rauskommt.«

Er ließ sich verführen und griff nach einer Zigarre. Es würde seine letzte sein.

Zufrieden beobachtete Anna, wie ihr Schützling die ersten Züge genoss.

37

Jetzt konnte ihnen nichts mehr etwas anhaben. Fast täglich dachte Martha darüber nach und über die ersten schwierigen Jahre ihrer Ehe. Sie hatten Fehler gemacht, beide. Eine Lüge gebiert eine nächste Lüge, das hatte ihre Mutter stets zu ihr gesagt. Martha warf sich vor, dass sie damals Konstanzes Wunsch gefolgt war und Maximilian nicht eingeweiht hatte. Konstanze und sie hatten das Geheimnis geliebt und die Schriftstellerin, die sie gemeinsam zur Welt gebracht hatten, und die nur ihnen beiden gehören sollte. Am Ende hatte sich Maximilian in Lina Stein verliebt.

Das Wasser kochte. Sie begann mit der Zubereitung des Kaffees. Hedwig kam vom Einkaufen, brachte frische Brötchen und die Post.

»Warte den Gemüsehändler ab, Hedwig, dann kannst du freimachen«, sagte Martha, die noch im Morgenmantel war.

»Danke, Frau Aderhold.«

Martha nickte fröhlich. »Gern doch.« Sie wusste, dass Hedwig in ihren freien Stunden zu ihrer Schwester ging, die eine große Familie hatte. Eine große Familie! Wollte sie selbst das auch – eine große Familie? Martha war sich da nicht mehr so sicher. Sie genoss die Zweisamkeit mit Maximilian. Sie verwöhnte ihn. Und er liebte sie so unbeschwert, wie sie es sich immer gewünscht hatte. Martha steckte die Post zwischen die Kaffeekanne und den Brötchenkorb. Seit ihrer Versöhnung gönnten sie sich öfter einen langen Vormittag im Bett.

Martha nahm das Tablett und ging, eine Nummer von »Frau Luna« trällernd, zurück ins Schlafzimmer. »Oh, Theophil, oh, Theophil, du warst mein alles auf der Welt«, Martha tanzte mit dem Tablett zum Bett. Maximilian brachte geistesgegenwärtig und gerade noch rechtzeitig die Kaffeekanne in Sicherheit. »Oh, Theophil, oh, Theophil, warum hast du mich kaltjestellt?« Martha drehte ausgelassen eine Pirouette und stellte dann zu Maximilians Erleichterung endlich das Tablett ab.

Kurze Zeit später saßen sie unter der Bettdecke, tranken Kaffee und tunkten das Gebäck in Marmelade. Martha sah die Post durch, fast alles waren Rechnungen bis auf einen Brief. Sie öffnete ihn irritiert.

Maximilian wies zum Fenster, wo es zu schneien begonnen hatte. »Wir könnten nach dem Frühstück im Tiergarten spazieren gehen und einen Schneemann bauen«, schlug er mit vollem Mund vor. Als Martha nicht reagierte, wandte er sich ihr überrascht zu. »Wer ärgert dich da?«

»Die Traunsteins laden uns Silvester ins Sacher ein.« Sie reichte ihm den Brief. Er war von Konstanze. »*... ich denke immer wieder an unseren Sommer auf Gut Traunstein. Und wie du mir Mut gemacht hast, dass ich mein Leben nicht begrenze. Ich bin aufgewacht durch dich, Martha. Und dafür kann ich dir gar nicht genug danken. Bitte, lass uns Frieden schließen. Vielleicht ist der Beginn des neuen Jahrhunderts der richtige Zeitpunkt dafür.*«

38

»1900« – Mayr dirigierte die Anbringung der Dekoration. Das Restaurant war an diesem Abend zum Ballsaal umgestaltet worden. Vier junge Pagen standen auf Leitern und hielten jeweils eine der silber glänzenden Ziffern, um sie nach Anweisung zu befestigen.

»Die Null ein bisschen höher!«, kommandierte Mayr. »Nein, die andere Null!« Die Pagen taten ihr Bestes, doch es wollte sich kein Bild ergeben. Mayr stöhnte und probierte immer neue Varianten.

Im Flur vor den Separees ließ Wagner die Aushilfskellner in Reihe Aufstellung nehmen und kontrollierte die Sauberkeit der Hände und Nägel, ob das Haar akkurat lag und die Schuhe geputzt waren. Anna Sacher nahm die Riege der Kellner ab. Wagner sah, dass sie zufrieden war, und war es auch.

Ein Page kam, um der Patronin die Ankunft von Annie mitzuteilen. »Ihre Tochter sitzt mit dem Herrn Schwiegersohn in der Halle.«

Anna nickte. »Ich komme sofort.« Ihr Blick blieb an der »1900« hängen. »Mayr, die Nullen schauen aus wie das Piktogramm für die Personaltoilette.« Mayr wurde rot. Er litt, wenn er oder seine Arbeit Anlass zur Kritik gaben.

»Vielleicht hängen S' die Nullen leicht versetzt zueinander«, schlug die Patronin vor. »Was meinen S'?«

»Sehr wohl, gnädige Frau. Aufsteigend versetzt oder abfallend versetzt?«, fragte er eifrig. Vielleicht war das die Lösung für dieses merkwürdig kraftlose Bild, das die Ziffern abgaben. Es fehlte an Würde. Schließlich wollten sie doch ins zwanzigste Jahrhundert hineinfeiern. Die Zukunft konnte man im Sacher nicht mit Kompromissen begrüßen.

Anna Sacher hatte keine weitere Idee für Mayrs Problem und ging mit dem Befehl: »Gut muss es ausschauen.«

»Sehr wohl!« Mayr verneigte sich und fing hinter dem Rücken der Patronin Wagners schadenfrohen Blick auf. Dachte der etwa, er würde aufgeben? Mayr ging ein paar Schritte zurück und plötzlich – unter Druck wuchs er stets zu seiner vollen Größe – wusste Mayr Bescheid. Es waren nicht die Nullen, die an dem unwürdigen Bild die Schuld trugen. »Die Neun schaut aus wie eine umgekehrte Sechs«, rief er dem Pagen, der die Ziffer hielt, zu. »Runterkommen, du mit der umgekehrten Neun. Also mit der Sechs … also der Neun.«

Der Lehrling stieg von der Leiter. Jetzt mussten sie schleunigst auf den Dachboden, wo die Ziffern für jeden Anlass lagerten. Es ging immer um Perfektion. Das war Mayrs Lebensinhalt. Davon würde er nicht ablassen. Niemals! Nicht einmal im Tod, dachte der Portier des Sacher.

Auf dem Weg zu ihrer Tochter und dem Schwiegersohn ging Anna quer durch das Sprachgewirr ihrer Gäste. Russisch, Polnisch, Tschechisch, Serbisch, Ungarisch, Österreichisch, Jiddisch. Wien war der Schmelztiegel. Und im Sacher kam zusammen, was sich im Vielvölkerstaat Österreich argwöhnisch auf Abstand hielt.

Anna grüßte lächelnd nach links und rechts. Ein großer Teil der Männer waren Offiziere und in ihren Uniformen gekommen. Die Damen glitzerten im Familienschmuck. Manche trugen noch die Mode der Vorjahre und waren festgeschnürt, andere folgten dem aktuellen Trend im Reformkleid ohne Mieder.

Ein Hündchen mit Strasshalsband sprang Anna entgegen, ihm

folgte eine Hundeschar. Ihre Lieblinge waren zu Silvester mit silbernen und goldenen Schleifen und Krawatten fein gemacht und vergnügten sich zur Freude der Gäste unter den Tischen und Stühlen.

Endlich konnte die Patronin ihre Tochter Annie und den Schwiegersohn begrüßen. Inzwischen war aus dem jungen Leutnant ein gesetzter, hagerer Mann mit Brille und Schnauzbart geworden.

»Annie, mein Schatz«, sagte sie besonders herzlich und sah kritisch, dass ihre Tochter schon wieder schwanger war.

Julius Schuster junior erhob sich und küsste seiner Schwiegermutter die Hand.

»Wie geht's den Schwiegereltern?«, fragte Anna wie nebenbei. In Wahrheit interessierte sie, ob ihr Schuster senior einen Gruß übermitteln ließ und die Nachricht, wann er zum Fest eintreffen werde, ohne die Gattin selbstverständlich.

»Recht gut, gnädige Frau. Vater lässt grüßen und bestellen, dass er heute auf dem Gut bleiben muss. Er wird sich im neuen Jahr zu einem Besuch anmelden«, sagte Schuster junior ungerührt, und Annie schaute ihre Mutter nicht an. Alle wussten um das Verhältnis der beiden.

Anna überspielte ihre Enttäuschung und beugte sich zu ihren Hunden, um sie zu liebkosen. Dann richtete sie sich auf, wieder ganz der Herr im Haus, und wandte sich an die Tochter. »Und – macht euch das Hunderl Freude?«

Die Spannung löste sich augenblicklich. In der Frage verstanden sich alle. Annie drückte ihren Hund an sich. »Sie ist wirklich lieb. Seit sie nicht mehr in jede Ecke pieselt, macht sie uns sehr glücklich.« Der Schwiegersohn kraulte die Hündin zärtlich. »Bist ein liebes Mädel, was!«

Eduard kam und verbeugte sich übertrieben tief vor seiner Mutter. »Grüß Gott, Frau Sacher.« Er hatte bereits getrunken. »Schwesterherz! Ach, und der Bubi ist auch mit'kommen.« Eduard griff seinem um etliche Jahre älteren Schwager an die Nase.

»Eduard, geh, hör auf«, sagte Annie ganz im Ton der großen Schwester.

Anna war das Getue ihrer Kinder peinlich. »Du hast getrunken!«, sagte sie scharf zu Eduard und gab einem Kellner einen Wink, einen Mocca herbeizuschaffen.

»Das Jahrhundert fällt in den Teich und ich gewöhn mich schon mal an nasse Füße.« Eduard lachte albern über seinen Einfall.

Die Bullys bemerkten die nervöse Stimmung ihrer Herrin und gingen Eduard an die Hosenbeine. Er schüttelte sie ab.

»Blöde Viecher.« Der Kellner kam mit dem Mocca. »Ich brauche einen Whisky. Sofort!«, fuhr Eduard den Kellner an und hätte ihm in seiner Trunkenheit fast das Tablett aus der Hand geschlagen. Annie hielt in letzter Minute seinen Arm fest.

»Macht hier kein Aufsehen. Sonst könnt ihr gleich verschwinden«, zischte Anna ihren Kindern zu.

»Glaubst du, dass ich dir den Gefallen tue, Mutter?«, lallte Eduard fröhlich.

Anna ging. Sie hatte an diesem Abend weiß Gott Besseres zu tun, als sich von ihren verwöhnten Kindern ärgern zu lassen.

Eduard schaute ihr amüsiert nach. »Der arme Papa ist über ihre hässliche Art g'storben.«

»Du bist ein Widerling.« Annie litt, wenn sich die Mutter erboste. Sie wünschte sich so sehr eine heile Familie.

Eduard grinste unverschämt. »Eben! Der Apfel fällt nicht weit vom Stamm.« Er griff sich ein Glas Champagner vom Tablett eines vorübereilenden Kellners.

Immer mehr Gäste trafen ein. Anna Sacher begrüßte Konstanze und Georg von Traunstein, die mit Marie Stadler gekommen waren. »Herzlich willkommen, Ihre Durchlauchten.« Anna schaute zu Marie und tat überrascht. »Groß bist geworden und hast es gut getroffen, wie man hört.«

Marie lächelte auf das *Groß-bist-geworden* ganz besonders kindlich. Konstanze sah es und zog die Augenbrauen hoch. Anna Sacher und sie verständigten sich mit einem Blick.

Vincent Zacharias kam. Er hatte bereits auf die Ankunft der Traunsteins und Marie gewartet. Auch er sah ihr Lächeln und war davon irritiert. So hatte er Marie noch nie gesehen. War dies womöglich auch eine Seite ihres Charakters? Doch die Freude über das Wiedersehen überwog, und so drangen der Moment und der Gedanke nicht bis in sein Bewusstsein. Aber bald würde er eine Entscheidung zu treffen haben, und dann würde ihn dieses Gefühl steuern. Unbewusst.

Dieses Sich-nicht-bewusst-Sein, dieses ganze Unbewusste im Menschen, in den Menschen, in den Nationen – es feierte in dieser Nacht ins zwanzigste Jahrhundert hinein.

»Nein, gnädige Frau, tut mir aufrichtig leid. Ich würd' wirklich gern alle Hebel in Bewegung setzen. Aber leider steht das nicht in meiner Macht«, hörte Martha Mayrs Stimme. Sie legte enttäuscht den Telefonhörer auf. »Alle Leitungen überlastet.« Maximilian stand vor dem Spiegel und band seine Krawatte. »Ich werde Vater nun doch telegrafieren müssen«, entschied Martha.

»Was für eine blöde Idee, nach Wien zu kommen.« Maximilian knotete die Krawatte wieder auf. Er war nervös. »Man nehme eine Portion adliges Getue, drei kräftige Prisen steife Atmosphäre und garniere das Ganze mit einem Löffel alberner Operette. Aber net zu viel!«, fügte er ironisch an. Martha nahm ihm die beiden Enden der Krawatte aus der Hand und legte sie zu einem Knoten.

Sie waren ein schönes Paar, wie sie so einträchtig standen und sich für den Abend fertig machten. Martha trug ein silbergraues Kleid, das ihren blassen Teint hervorhob. »Heute feiern wir! Und morgen gehen wir in die Sezession und am Abend ins Burgtheater! Grillparzer!«, sagte sie enthusiastisch. »Unterrichtsbeginn um sieben Uhr fünfundvierzig. Genauso hatte ich mir den ersten Tag im neuen Jahrhundert vorgestellt. In meinen wildesten Träumen, Frau Oberlehrerin.«

Die Krawatte saß nun perfekt.

Als Konstanzes Einladung eingetroffen war, hatten sie nicht über ihre Gefühle gesprochen. Es hatte sich doch alles so schön entwickelt zwischen ihnen. Im Stillen hatten beide damit gerungen, abzusagen. Doch Maximilian wollte nicht so tun, als wenn er einer Begegnung mit Konstanze nicht standhalten konnte oder sogar ausweichen wollte. Und Martha wollte nicht zugeben, vor allem vor sich selbst, dass sie mit dem Vertrauensbruch keineswegs abgeschlossen hatte. Dass die Wunde zwar vernarbt war, aber immer wieder schmerzte.

»Schön, dass ihr gekommen seid.« Konstanze ging ihnen mit großer Freude entgegen. Georg löste sich von Vincent und Marie und kam auch. »Danke für die Einladung«, sagte Martha förmlich und bemerkte, wie verkrampft sie war. Georg küsste ihr die Hand. »Wir haben Sie auf Gut Traunstein vermisst, Martha.« Dann begrüßte er Maximilian. »Ich freue mich, Sie endlich kennenzulernen. Unsere Frauen wollen sicher einen Moment ungestört sein. Darf ich Sie mit meinen Freunden bekannt machen?«

Konstanze hatte gar nicht erst Maximilians Begrüßung abgewartet, sondern sich sofort bei Martha untergehakt. »Geht nur«, sagte sie, ohne Maximilian anzuschauen, »wir werden uns sehr gut unterhalten.«

Georg führte ihn zu einer Männerrunde. Vincent löste sich schweren Herzens von Marie und gesellte sich der Form halber dazu.

Maximilian schaute zu den Frauen zurück, wünschte sich einen Blick von Konstanze. Doch die war nur auf Martha konzentriert.

»Du wirst doch mein neues Buch lesen?«, flehte Konstanze, hoffend, dass Martha ihr verzeihen und sie nach der langen Zeit des Schweigens die alte Freundschaft wiederaufnehmen könnten.

Martha ging aus Konstanzes Arm, nahm ein Glas Champagner und hielt sich daran fest.

»Bitte!« Konstanze ließ nicht nach, Marthas Herz zurückzugewinnen. »Willst du überhaupt noch, dass ich schreibe?«

»Du schreibst doch nicht für mich«, entgegnete Martha und trank einen Schluck.

Konstanze schaute Martha an, so als müsse sie doch wissen, dass sie nur für Martha schrieb. Der Blick traf Martha ins Herz.

»Martha … was passiert ist … tut mir leid. Können wir uns nicht davon erholen?«, fragte Konstanze voller Hoffnung.

Dieses Offenlegen der Gefühle hatte Martha schon bei ihrer ersten Begegnung im Café des Sacher für Konstanze eingenommen und später bei ihrem Besuch auf Gut Traunstein ihre Sympathie verstärkt. Konstanze suchte nach ihrem Glück. Wenn sie jemanden mochte, zeigte sie sich. So waren auch ihre Geschichten. Deshalb waren sie erfolgreich. Martha bewunderte das. Sie selbst nahm Enttäuschungen oder Verletzungen oft genug hin. Um keinen Schmerz spüren zu müssen, hatte sie sich einen Schutzraum geschaffen. Doch noch schlimmer, als selbst verletzt zu werden, war es für Martha, einem anderen Menschen weh zu tun, ihn zu enttäuschen oder bloßzustellen. Deshalb verzieh sie meist schneller, als es ihr guttat. So auch diesmal.

Martha ging vorsichtig auf neutrales Gesprächsterrain. »In vier Wochen willst du schon fertig sein? Dann bist du ja sehr fleißig gewesen.«

Konstanze war erleichtert. »Meine Flora ist ein großes Glück. Sie kopiert die Seiten oft bis zum Morgengrauen.«

»Du könntest dir endlich eine Schreibmaschine zulegen«, schlug Martha vor.

»Aber das klappert doch!«

Martha schaute zu Georg. Er sah ihren Blick und lächelte zurück.

»Du bist eine sehr erfolgreiche Schriftstellerin. Warum sagst du es ihm nicht endlich? Vielleicht freut es deinen Mann?«

»Traunstein darf meine Bücher niemals lesen«, ging Konstanze Martha entsetzt ins Wort. »Dann erfährt er doch, was ich wirklich denke.«

Martha schüttelte den Kopf. Konstanze nahm es als erstes Zeichen der Versöhnung.

Anna Sacher lud die Gesellschaft zu Tisch. Die Männer kamen zu ihren Frauen und reichten ihnen den Arm. Vincent Zacharias begleitete Marie Stadler. Man ging in das für die Traunsteins und ihre Gäste gerichtete Separee.

»Nehmen S' sich so viel Geheime, wie Sie brauchen. Sie haben freie Hand, Gruber. Irgendwann bleibt auch an den ganz hohen Herren was hängen.« Lechner schob den Bericht des Spitzels in eine Akte. Der Angesprochene nickte und nahm das Geld. Beim Hinausgehen verbeugte er sich mehrmals beflissen. Lechner schenkte ihm weiter keine Beachtung, denn der nächste Spitzel übergab ihm bereits seine Notizen. Lechner schaute überrascht auf: »Ist die Quelle glaubwürdig, Pospiszil?« Der Spitzel nickte. »Behalten S' die Herren von der Friedensliga im Auge, net wahr!« Lechner hatte sich die Ausdrucksweise von seinem Vorgesetzten abgehört und benutzte sie, wenn der nicht anwesend war. »Sie bekommen ab jetzt Spesen, wenn Sie reisen müssen«, sagte er mit Gönnermiene. Pospiszil verneigte sich und verließ wie sein Vorgänger rückwärts, den Hut in der Hand, das Büro. Fast wäre er mit dem Zentralinspektor zusammengestoßen, der sich bereits im Mantel für diesen Tag und das alte Jahr von seinem zuverlässigsten Mitarbeiter verabschieden wollte.

»Machen S' nicht mehr gar zu lang, Lechner, net wahr!«

»Ach was! Hab ich im neuen Jahr einen geputzten Schreibtisch«, erwiderte Lechner sehr zufrieden mit sich und dem Bild, das er abgab.
»Aber feiern tun S' auch a bisserl? Net wahr.«
»Ich geh nachher auf ein Bier in die *Fünf Kreuzer*.«
Die *Fünf Kreuzer* waren ein Stammlokal der Deutschnationalen. Der Besuch dort war Lechner stets ein Höhepunkt im Alltag. Er ging selten unter Menschen und gab ungern sein Geld in einem Gasthaus aus. Am liebsten blieb er so lange an seinem Schreibtisch sitzen, bis er nur noch nach Hause gehen musste, um dort ein paar Stunden zu schlafen.
»Na, dann, Lechner, wünsch Ihnen was für das neue Jahr.«
Lechner knallte die Hacken zusammen und verbeugte sich. »Danke, Herr Zentralinspektor. Auch Ihnen ein gutes neues Jahr und ebenso für die gnädige Frau Gemahlin.«

Endlich war Lechner allein. Er streckte sich zufrieden in seinem Schreibtischstuhl und schaute sich in dem großen Raum um. Hier war er vom Katzentisch in der hintersten Ecke zum Tisch des ersten Inspektors vorgerückt. Jahr um Jahr hatte er sein Ansehen gestärkt, und man hatte es ihm mit Beförderung gedankt. Lechner nahm ein Paket aus seinem Schreibtisch, öffnete es und hielt den Jahreskalender 1900 in der Hand. An der Wand gegenüber fand sich ein geeigneter Haken, an dem er den Kalender befestigte. Er holte eine Flasche und ein Glas aus dem Aktenschrank und goss sich ein. Als er sich zuprostete, knallte er die Hacken zusammen. Lechner gab sich selbst die Ehre und trank auf das neue Jahrhundert.

Im Restaurant hingen die silbernen Ziffern nun akkurat. Die Patronin sah es zufrieden. Mayr lächelte still und dankbar.

Anna Sacher trat neben Georg. Wagner servierte ihnen zwei Gläser Champagner. Sie stießen an und waren unter vier Augen.

»Ich hoffe, Sie sind mit allem zufrieden?«

»Wie immer ein gelungenes Fest, verehrte gnädige Frau.«

Anna Sacher richtete ihren Blick auf Vincent Zacharias, der mit Marie Stadler in einem regen Gedankenaustausch zusammensaß. »Dr. Zacharias hat es dank Ihrer Unterstützung weit gebracht, Durchlaucht«, begann Anna ihre Rede.

Georg nickte zustimmend. »Er ist ein kluger und vor allem loyaler Mann.« Ihre Freundschaft überwog die politischen Differenzen.

Anna kam zu ihrem Anliegen. »Man sollte eine Ehe für ihn arrangieren, meinen S' nicht auch?«

Georg schwieg irritiert. Wollte die Patronin ihm die Verbindung von Marie und Vincent empfehlen? Der Gedanke behagte ihm nicht. Er hatte die vertrauter werdende Beziehung der beiden auf Gut Traunstein bemerkt, aber dankbar zur Kenntnis genommen, dass Zacharias ihm keine Andeutungen über mögliche Pläne machte.

»Eine Ehe, die dem jungen Mann den Rücken stärkt«, verfeinerte Anna ihre Absicht. Sie spürte Traunsteins Anspannung und vollendete mutig ihren Gedanken. »Und ihn in eine noch verantwortungsvollere Position bringt.«

Georg wünschte Marie alles Glück dieser Welt. Aber eine Liebesheirat, die Zacharias jede Zukunft am Hofe genommen hätte, entsprach nicht Georgs Plänen und entzog sich seiner Vorstellung. Eine Ehe war eine Verbindung, die dem Wachstum der Persönlichkeit und einer künftigen Familie diente. Sie schaffte die Basis für persönlichen Wohlstand und für Macht innerhalb der Gesellschaft. Im besten Falle sollte diese Macht zum Wohle der Allgemeinheit benutzt werden.

Als spüre Vincent die Unterredung, drehte er sich nach Anna Sacher und Georg um. Sein Blick spiegelte Hoffnung, dass die beiden Menschen seinen Wunsch unterstützen würden. So hob er sein Glas und stieß mit Marie auf die Zukunft an. »Auf alles, was vor uns liegt!« Marie erhob ebenfalls ihr Glas: »Liegt denn etwas vor uns?«, fragte sie verschmitzt. Vincents Blick war beredt. Die Gläser klangen aneinander.

Anna Sacher seufzte. »Ach, die Liebe, die kann zwei Menschen auch ruinieren.«

»Ich werde mit dem Oberhofmeister über eine geeignete Verbindung sprechen.« Georg war der Patronin dankbar, dass sie ihn mit der Nase auf die Möglichkeit gestoßen hatte, die Zukunft seines Freundes nicht dem Zufall zu überlassen.

»Was für eine Hitze.« Konstanze ging zum Wasserhahn und ließ sich kaltes Wasser über die Handgelenke laufen. Sie war Martha in den Waschraum gefolgt.

Sie hatten gegessen, getrunken, gelacht und erzählt, doch noch immer hatte Konstanze nicht das Gefühl, dass Martha ihr verzieh. Bis Mitternacht war nur noch kurze Zeit. Die beiden Frauen sahen sich über den Spiegel an. »Ein schönes Fest.« Martha lächelte. Im Ballsaal wurde ein Walzer gespielt. Hier drinnen war die Musik nur leise zu hören.

»Martha, ich möcht was tun, dass du mir wieder gut bist.« Konstanze trat an Martha heran. »Bitte!«

»Versuch doch einfach mal, nichts zu tun, Konstanze.« Marthas Stimme hatte ihren alten verbindlichen Klang.

»Das kann ich nicht. Das kann ich nicht«, sang Konstanze glücklich. Martha schüttelte schmunzelnd den Kopf. Konstanze war und blieb ein Kind. Befreit legte Konstanze ihre Arme um die Freundin und wiegte sich mit ihr im Rhythmus der Musik.

»Ich liebe dich, Martha«, jubelte Konstanze überschwänglich. Ihre Stimme wurde verhalten. »Ich liebe dich, wie man nur einen Menschen lieben kann.« Es war Konstanze ernst damit. Gerade wollte sie es Martha noch einmal nachdrücklicher sagen, da drängten drei junge Frauen herein. Sie begannen, sich als Dominos zu verkleiden. Konstanze fasste Martha bei der Hand und ging mit ihr hinaus.

Sie liefen Maximilian in die Arme, der sich auf die Suche nach Martha gemacht hatte. Eigentlich wollte er das Fest verlassen. Nun hakte ihn Konstanze beglückt ein. Martha nahm Maximilian an der anderen Seite. Sie zogen ihn in den Saal, wo die Musik verstummte, um den letzten Sekunden des Jahres die Spannung zu geben. »Zehn, neun, acht«, setzte prompt der Chor der Gäste ein und zählte hinein in die Mitternacht und den Beginn des neuen Jahrhunderts.

Gläser klangen. Glückwünsche in vielerlei Sprachen. Umarmungen. Man küsste, links und rechts, mit unterschiedlichsten Intentionen, ehrlich, verliebt, freundschaftlich, notgedrungen, man stahl sich einen Kuss oder drängte ihn auf. Der eine oder andere nutzte die Situation, um zu bekommen, was unter normalen Umständen ausgeschlossen war.

Auch das Personal war ins Restaurant gekommen, die Köche, Kellner, Zimmermädchen, ja sogar der Heizer war da, um den festlichen Augenblick zu feiern.

Mayr und Wagner maßen sich mit einem Blick – sympathische Rivalität – und ließen ihre Gläser klingen.

Anna Sacher ging durch die Reihen und machte in dieser Stunde keinen Unterschied zwischen Gästen und Personal.

Georg küsste Konstanze. Maximilian küsste Martha. Die Paare wünschten sich Glück. Konstanzes Blick war nun wieder offen, auch für Maximilian. Die Musik setzte mit dem Kaiserwalzer ein. Die Paare drängten in Hochstimmung aufs Parkett. Ein Domino holte Maximilian zum Tanz. Er ließ sich übermütig darauf ein. Einer von Georgs

Freunden bat Konstanze auf die Tanzfläche. Der Zentralinspektor tanzte mit seiner Gattin an Vincent und Marie vorbei. Er erkannte die elegante junge Dame nicht.

Zum ersten Mal an diesem Abend waren Martha und Georg allein. »Sie haben Marie Stadler also zu sich genommen«, bemerkte Martha mit Blick auf das tanzende Paar.

»Es ist durchaus nicht leicht mit ihr. Ich weiß nicht recht, was ich für sie tun kann.« Aus seinem Blickwinkel war das ehrlich gemeint.

Martha, die keine Ahnung hatte von der Nähe, die sich bereits zwischen Marie und Vincent entwickelt hatte, erwiderte herzlich: »Schenken Sie ihr die Unabhängigkeit.«

Marthas Gedanke verblüffte Georg.

»Vielleicht will sie einen Beruf lernen? Oder studieren? Bei Ihnen in Wien kann man das ja nun auch als Frau«, fuhr Martha fort.

»Ja, wir haben einiges erreicht in diesem Jahrhundert«, nahm Georg ihre Energie auf. Plötzlich riss ihn Freude mit. Vielleicht begann nun seine Zeit – dass dies Ringen mit den Alten, die die Jungen mit aller Macht zurückhalten wollten, dies Ringen mit den Gleichgesinnten, die vielfach andere Formulierungen und andere Aspekte in den Vordergrund nahmen, dies Ringen mit den Arbeitern, die nicht verstanden, dass auch sie sich verändern mussten, denn nur gemeinsam konnten sie wachsen – dass all dies Früchte tragen würde und dem Neuen Platz machte. Ja, er würde Marie die Möglichkeit geben, selbstständig zu leben. »Merkwürdig, dass es mir bei meinen anderen Töchtern nicht so leichtfallen würde«, bemerkte Georg. »Aber sie sind ja gottlob noch klein.« Auch er würde weiterwachsen, dachte er vergnügt. Und wer weiß, was noch alles möglich war.

Auf der Tanzfläche tauschten die Paare. Maximilian reichte Konstanze die Hand. Martha sah es und sagte mutig zu Georg: »Tanzen Sie mit mir?«

»Es ist mir ein Vergnügen.« Er führte sie zur Tanzfläche.

»Denkst du auch manchmal an uns?«, fragte Maximilian Konstanze voller Begehren.

»Natürlich. Und ich bin so froh, dass Georg nichts bemerkt hat und Martha uns verzeiht. Es hätte ein schreckliches Ende nehmen können.«

»Wie schrecklich? Dass man uns köpft?« Maximilian hätte alles dafür gegeben, mit Konstanze den Raum zu verlassen und sich auszusprechen. Doch die Choreografie des Tanzes verlangte, dass sich die Paare nun wieder voneinander lösten. Maximilian glitt zu Martha.

Konstanze glitt zu Georg. Der war noch ganz beseelt von dem Gespräch mit Martha. »Was hältst du davon, wenn wir Marie eine Wohnung in Wien mieten?« Georg drehte Konstanze schwungvoll zum Dreivierteltakt. »Das Mädel wird verwahrlosen«, sagte sie leichthin. »Aber warum eigentlich nicht.« Es würde wieder Ruhe ins Haus einziehen, und den Einfluss, den Marie auf die drei Töchter und die Dienerschaft ausübte, beenden. Sie tanzten an Martha und Maximilian vorbei. Konstanze lächelte Martha zu. Maximilian sah den Blick. Er war nicht gemeint. Das verletzte ihn. In solchen Momenten durchrauschte ihn stets das Bedürfnis, schöpferisch zu sein, dieses Verlorensein im falschen Leben nicht mehr spüren zu müssen. »Ich will nach Hause, Martha. Ich will schreiben, viel schreiben. Ich will …«

»Alles!«, vollendete Martha den Satz. Sie kannte ihren Mann gut, vielleicht besser als er sich selbst. In Gedanken reisten beide schon zurück nach Berlin.

Der Januar 1900 war schon bald eine Stunde alt, als sich Anna endlich Zeit nehmen wollte, mit ihren Kindern auf die Zukunft anzustoßen. Wagner folgte der Patronin mit dem Champagner. Doch der Anblick der jungen Menschen am Rande des Festes schockierte beide. Annie war auf dem Sofa eingeschlafen. Schuster junior aß gierig von der Cremetorte, die um Mitternacht gereicht worden war. Zwei Bullys beobachteten ihn dabei und warteten, dass ihm ein Stück von der Gabel fiel. Dann stürzten sie sich knurrend auf den süßen Happen, um ihn vom Teppich, vom Hosenbein oder Schuh zu schlabbern. Eduard hing betrunken an einem der Tische und führte Selbstgespräche. Dabei zerbiss ihm Annas Liebling, der kleine Lumpi, den Saum seiner Hose.

Anna streichelte die Tochter. »Annie, mein Schatz, soll ich ein Bett für dich richten lassen?« Doch Annie drehte sich weg und wollte nicht aufwachen. Betreten schaute die Patronin zu Wagner, der das Tablett mit dem Champagner hielt. Da kam Julius Schuster. Schneeflocken tauten auf seinem Mantel. Er grüßte höflich Bekannte, schüttelte Hände und sprach gute Wünsche zum neuen Jahr aus. Ein Page nahm ihm den Mantel ab. Anna griff sich zwei Gläser von Wagners Tablett. Schuster ging ihr mit strahlendem Lächeln entgegen.

»Hast dich losmachen können?«, flirtete Anna.

»Ich wollt' doch den Kindern ein gutes neues Jahr wünschen.« Sie stießen an. Die Kinder interessierten sie nicht mehr. Die hatten ihr eigenes Leben.

Der Tod hatte sich auf eine Bank an der Donau gesetzt und schaute auf die Wellen, die das alte Jahrhundert davontrugen. Die Nacht war noch lang, und er hatte Zeit, sich ein wenig mit dem Bevorstehenden zu beschäftigen. Es würde reichlich zu tun geben. Der Tod sah verirrte Seelen über zerstörte Landschaften ziehen. Er würde sie nicht alle heimholen können. Es würden zu viele sein. So genoss er, dass dies alles noch in ferner Zukunft lag.

In ferner Zukunft, dachte die Liebe … Nur noch vierzehn Jahre Frieden.

Buch 3
»DIE LIEBE«

39

Vierzehn Jahre waren vergangen.

»Die Sachertorte gehört in mein Haus!«, erklärte Anna schon beim Eintritt in ihr Büro. Dort wartete Schuster senior mit dem Anwalt der Familie. Sie ließ sich von beiden Herren die Hand küssen und setzte sich an ihren Schreibtisch. »Ohne mir auch nur ein Wort zu sagen, macht der Eduard ein Kaffeehaus auf, gerad' ein paar Hundert Meter weiter von hier, und nimmt der Torte ihre Exklusivität.«

»Es ist nichts Unrechtes, was dein Sohn tut, Anna«, versuchte Schuster sie zu beruhigen.

»Dann sorgt s' dafür, dass es für Unrecht erklärt wird. Die Sachertorte wird nur bei mir verkauft.« Anna blickte auffordernd zum Anwalt.

Der räusperte sich. »Vielleicht könnt' man zuerst über eine Schlichtung der Lage nachdenken. Eine Einigung im Familienkreis, bei der ich mich selbstverständlich gern hilfreich an Ihre Seite stelle, gnädige Frau.« Der Anwalt schaute zu Schuster. Der versuchte Anna weicher zu stimmen. »Schau, es wird viel Aufsehen erregen, wenn du einen Prozess gegen deinen Sohn anstrengst, Anna.« Schuster gab ihr Feuer. »Niemand in der Stadt wird das Kaffeehaus vom Eduard deinem Sacher vorziehen.«

»Ja, schlimm genug. Dann bleiben ihm die Gäste aus.« Anna rauchte die ersten Züge ihrer Zigarre. »Es geht ums Prinzip, Julius. Der Eduard hat immer opponiert. Und jetzt versucht er, mich an dieser Stelle zu treffen.« Sie war fest entschlossen, gegen ihren Sohn zu klagen, und ließ sich an diesem Nachmittag auch nicht davon abbringen.

»Ich verlass mich auf Sie«, verabschiedete sie den Anwalt unnachgiebig. Der warf beim Hinausgehen Schuster einen letzten flehenden Blick zu, Anna Sacher zur Vernunft zu bringen. Dann fiel die Tür hinter ihm ins Schloss. Anna wandte sich Schuster zu.

»Meine Annie hätt' so was nicht gemacht. Weißt, was sie mal gesagt hat. Ein Kind ist sie da noch gewesen. ›Mama, ich möcht immer bei dir bleiben.‹«

Anna Sacher betrachtete gerührt das Foto ihrer Tochter. »Und nun ist sie schon über zwölf Jahr tot … hat den Tod gewählt statt das Leben … wie ihr Vater.« Anna polierte mit ihrem Spitzentaschentuch einen Fingerabdruck vom Bilderrahmen. »Hast Nachricht von unseren Enkeln in Schlesien? Seit deine Frau tot ist, erfahren wir beide ja nur noch wenig von deinem Junior.«

»Die Älteste hat heuer Firmung«, erwiderte Schuster.

»Ach, was du nicht sagst?« Anna stand auf, ging zu einer Anrichte und goss Sherry in zwei Gläser.

Sie prosteten sich zu.

»Zu mir dürfen die Enkel ja nicht kommen. Die Annie hat wohl gar zu schlecht übers Sacher geredet. Und der neuen Mutter scheint's auch nicht zu passen«, beklagte Anna.

»Wirst denn bei der Firmung dabei sein wollen?«

»Aber geh, Julius, ich kann doch hier nicht weg. G'rad jetzt, wo der Eduard …« Sie sprach nicht zu Ende.

»Am liebsten würd' ich mir deinen Sohn zur Brust nehmen. Soll er sich doch hier im Haus nützlich machen. Irgendwann wirst einen Nachfolger brauchen, Anna. Da könnt' er sich jetzt schon beweisen.«

»Doch nicht den Eduard!« Anna war entsetzt über diese Idee.

Schuster seufzte. In regelmäßigen Abständen versuchte er, die Konfrontation zwischen Mutter und Sohn zu entspannen. Und in genauso regelmäßigen Abständen bekam er einen Korb.

Anna stand auf und strich das Kleid glatt. Schuster erhob sich ebenfalls. Sie waren nun schon über zwanzig Jahre ein Paar, und er wusste, dass sie zurück an die Arbeit wollte. Er küsste ihre Hände. »Denkst an unseren Tag?« Sie lächelte. »Wie könnt' ich den vergessen!«

Vincent Zacharias saß in der Halle und las die Zeitung. Als er die Patronin kommen sah, stand er auf, um sie zu begrüßen.

Sie betrachtete ihn voller Wohlwollen. »Baron von Zacharias, der Gattin und den Kindern geht es gut?«

»Vielen Dank! Wir können uns nicht beklagen.«

»Ich bin immer froh, wenn einer meiner Schützlinge gut versorgt ist«, sagte sie zufrieden. Vincent verbeugte sich höflich. Ihre Beziehung hatte sich in den Jahren abgekühlt.

Er war nun über ein Jahrzehnt gut verheiratet, Vater eines Sohnes und zweier Töchter. Die Geldsorgen der ersten Jahre seines Wiener Aufenthaltes kannte er nicht mehr.

Georg von Traunstein kam. Johann, inzwischen ein Mann von vierzig Jahren, erste graue Strähnen im Haar, folgte mit der Reisetasche.

Georg reichte Anna Sacher die Hand. »Ich freue mich, Sie zu sehen, gnädige Frau.«

»Die Freude ist ganz meinerseits, Durchlaucht.«

Georg gab Johann ein großzügiges Trinkgeld. »Lassen Sie bitte unser Gepäck zum Bahnhof bringen. Wir nehmen den späten Zug nach Berlin.« Dann wandte er sich an Vincent. »Ich habe noch familiäre Verpflichtungen, wollen Sie mich begleiten? Wir fahren dann direkt zum Bahnhof.«

Beide Männer verabschiedeten sich. Anna Sacher wünschte: »Gute Reise!«, und hielt Vincents Hand fest. »Kommen S' doch recht bald mal wieder mit Ihrer Familie zum Essen.«

Vincent neigte seinen Kopf. In der Art, wie er es tat, war jedoch zu bemerken, dass er ihre Einladung nicht annehmen würde.

Anna schaute den beiden nach. Wehmut mischte sich in ihren Blick. Sie war doch stets bestrebt, das Beste für die Menschen zu tun, die sich ihr anvertrauten, zu helfen und zu unterstützen.

40

Die Besucher saßen in loser Anordnung auf Sesseln und Stühlen im unkonventionellen Ambiente zweier durch eine Schiebetür getrennter Räume. Die Ansammlung der Möbel, Figuren, Nippes, Bilder und Gardinenstoffe zeigte eher Sammelleidenschaft als echten Geschmack. Kaffee und Punsch wurden gereicht. Die Gäste rauchten wichtig. Der Salon war an diesem Nachmittag wieder gut besucht.

Marie Stadler, inzwischen etwas über dreißig, war das Zentrum der Gruppe. Sie trug ein leichtes Reformkleid. Das Mädchen neben ihr war ähnlich gekleidet. Die beiden waren unverkennbar Schwestern, nicht nur äußerlich, vor allem auch in der Art, wie sie sich bewegten und sprachen.

Die Vortragende, eine Dame um die fünfzig im hochgeschlossenen schwarzen Kostüm, ging salbungsvoll ins Finale. »… spürt man noch immer den Widerhall jener vergangenen Weisheit, die dem Land seinen Ruhm gab; man hört das endlose Echo des Verlangens im Menschen, sich selbst zu übertreffen. Vielleicht gelingt es uns, durch unser wachsendes Bewusstsein, der allen Formen unseres Denkens inhärenten Gemeinsamkeit und gegenseitigen Abhängigkeit, diese Weisheit wiederzufinden.«

Sie hielt noch einen Augenblick die Spannung. Dann klappte sie das Buch der Blavatsky zu.

Die Gäste applaudierten begeistert. Die Bücher der russischen Theosophin und ihre Gedanken über die menschliche Seele bildeten häufig die Grundlage für Diskurse in Stadlers Salon. Man debattierte über emotionale Befindlichkeiten und glaubte an eine untergehende Zeit, aus deren Trümmern sich eine neue glorreiche Welt erheben werde. Genauso wie die Einrichtung der Wohnung kamen auch die Hypothesen, die hier erörtert wurden, aus den unterschiedlichsten Richtungen.

Marie genoss es, die Gedanken ihrer Gäste zu dirigieren. Sie selbst legte sich nicht fest. Sie trug den goldenen Schlüssel. Ob und wie sie ihn einsetzte, würde sich erweisen.

Lechner, wie immer im abgetragenen Anzug, saß abseits und beobachtete das Geschehen durchaus amüsiert. Er wollte als Außenseiter der Versammlung wahrgenommen werden und klatschte gegen den Rhythmus.

Eine Harfenistin begann mit der Improvisation eines sphärischen Musikstückes. Aus dem Nebenraum schwebte barfuß eine junge Tänzerin herein. Ihre Blöße wurde nur durch ein weißes Tuch und ihr hüftlanges dunkles Haar bedeckt. Auf ihrer Schulter glänzte das indische Sonnenrad als Tätowierung.

Lechner beugte sich zu dem Mädchen neben Marie. »Ihre Eltern haben nichts dagegen, dass Sie sich hier aufhalten und über Politik diskutieren, Fräulein von Traunstein?«

»Lassen Sie Irma in Ruhe, Lechner«, kam Marie ihrer Schwester zu Hilfe. »Beachte ihn gar nicht, Schwesterherz.«

»Der Inspektor kann doch fragen, Marie. Ich muss ihm ja nicht antworten«, erwiderte Irma.

Lechner zündete sich vergnügt eine Zigarette an.

»Im Übrigen handelt es sich um Theosophie«, dozierte sie.

»Eltern können sich doch glücklich schätzen, wenn sich ihre Kinder mit etwas Großem beschäftigen, oder?«

»Wenn ihnen die Kinder dabei nicht über den Kopf wachsen.« Lechner zeigte auf die beiden Besucher, die vom Dienstmädchen hereingeführt wurden.

Irma blieb trotzig im Sessel sitzen.

»Einen guten Abend«, wünschte Georg betont aufgeräumt in die Runde.

»Grüß Gott, Marie«, sagte Vincent. Sie hatten sich seit sehr langer Zeit nicht mehr gesehen. Er war überrascht, wie souverän und gewandt sie geworden war.

»Wir ziehen es hier vor, uns einfach einen guten Abend zu wünschen«, erwiderte Marie kühl. Sie sprach inzwischen hochdeutsch, und nichts erinnerte mehr an das Mädchen aus der Gruft. »Setzen Sie sich doch. Wir sind heute in die Frage vertieft, ob ein Krieg, der sich in einer radikalen Veränderung des Bestehenden zum Besseren hin begründet, nicht nur gerechtfertigt, sondern sogar notwendig ist«, fasste sie das Thema des Nachmittags zusammen.

»Einen solchen Krieg gibt es nicht«, erwiderte Georg. Er und Vincent blieben stehen.

»Glauben Sie, dass sich die Entstehung des Kosmos, die Evolution, gewaltlos Bahn bricht?«, provozierte Marie.

»Wir leben nicht in der Hölle des Kosmos, sondern im Paradies, genannt Erde. Und da sollte das Alte neben dem Neuen bestehen können und umgekehrt. Wir haben leider nicht viel Zeit, um das Gespräch zu vertiefen. Irma, kommst du?«

Irma verschränkte ihre Arme. »Ist gerad' so interessant.«

Lechner holte sein Notizbuch aus der Innentasche seiner Jacke und blätterte. »Sie sollten Ihrem Vater folgen, Prinzessin. Er hat es eilig. Wahrscheinlich will er den späten Zug nach Berlin nehmen.«

Georg ließ sich nicht aus der Ruhe bringen und blieb mit seinem Blick bei Irma. Die kommentierte widerborstig: »Herr Lechner, Sie als Geheimer müssten doch wissen, dass ich die Welt komplett anders sehe als meine Familie. Außerdem hat es mein Vater immer eilig.« Marie reichte ihrer Schwester die Hand und zog sie aus dem Sessel. »Sei ein braves Mädchen, Irma.«

Georg lächelte Marie dankbar an. Irma folgte ihrem Vater widerwillig.

Marie und Vincent standen sich gegenüber.

Lechner verfolgte die Begegnung der beiden aufmerksam, tat aber so, als wenn er in sein Notizbuch vertieft wäre.

»Man hört manches über deinen Salon«, sagte Vincent verhalten.

»Die Leute interessieren sich bei einer Frau zuerst für ihr Geheimnis und dann für ihre Gedanken.« Marie lachte.

»Ich bin nicht die Leute«, erwiderte Vincent. »Und ich bedaure, dass ich beides nie kennenlernen werde.« Er wünschte sich einen Blick, eine Geste, die ihm zeigte, dass Marie Verständnis für seine Entscheidung von damals aufbrachte.

Damals – kurz nach Silvester hatte Vincent Marie ein letztes Mal auf Gut Traunstein besucht. Sie hatte angenommen, dass er um ihre Hand anhalten würde. Stattdessen nahm er Abschied und gab ihr Erklärungen: dass er seine Zukunft vor allem in der Unabhängigkeit des böhmischen Volkes sähe, dass dies der Kampf sei, den er zu führen habe, dass dies sein innerer Auftrag sei, mit dem er aus Prag nach Wien gegangen war. Während er sprach, betrachtete ihn Marie nachdenklich. Von Satz zu Satz schämte er sich mehr und fühlte sich wie ein Verräter. Am Ende seines langen Monologes stand Marie auf, ging zum Flügel und suchte unter den Noten ein Blatt, das sie ihm reichte: »Leben Sie wohl, Herr Zacharias«, sagte sie sachlich, »dies Lied mit einem Text von Goethe habe ich gern gesungen. Dabei habe ich stets gefühlt, dass es in meinem Leben keine Ruhe geben wird, dass ich

nicht geboren bin, gewöhnliches Glück zu genießen. Sie haben einen Auftrag, wie Sie sagen. Das bestärkt mich, nach meinem zu suchen.«
Marie schaute ihn still an und wartete, dass er ging.

So tat sie es auch jetzt. Ihr Lächeln gefror zu einer unverbindlichen Maske.

Lechner wandte sich an Vincent. »Nach Berlin sind Sie also unterwegs. In den Grunewald?«

»Guten Abend, Herr Lechner.« Vincent schaute ihn kühl an. Lechner gab ihm die Möglichkeit, seine Gefühle wieder unter Kontrolle zu bringen.

»Treffen Sie sich dort mit den Liberalen, die bei uns unter besonderer Beobachtung stehen?« Auch Lechner bediente sich inzwischen so weit wie möglich des Hochdeutschen.

Marie ermahnte ihn streng. »Fritz!«

Lechner gab nach. »Sehr wohl, gnädige Frau.«

Vincent verabschiedete sich mit einer knappen Verbeugung und folgte Georg und Irma.

»Was für gute Menschen«, kommentierte Lechner. »Und der hat dir eine andere vorgezogen. Jud'!«

Marie gab ihm einen Schlag mit dem Fächer und fragte amüsiert: »Wollen Sie mich etwa rächen, Herr Inspektor?«

»Gewiss doch, Marie. Schließlich habe ich dich auch vom Würtner gerettet.«

Marie widersprach ihm nicht. Sie wusste, dass sie sich auf ihn verlassen konnte.

Auf der Fahrt nach Berlin sprachen Georg und Vincent nur wenig miteinander. Jeder hing seinen Gedanken nach.

Georg hatte bemerkt, wie sehr sein Freund von der Begegnung mit Marie berührt war. Aus seiner Sicht waren beide mit allem versorgt, was ihr Leben sinnvoll und beständig machte. Sicher teilte er die Anschauungen seiner ältesten Tochter in vielerlei Hinsicht nicht. Aber das musste er auch nicht. Eher beschäftigte ihn, dass die Beziehung zu Vincent schwieriger geworden war. Ihre Standpunkte, wie mit der aktuellen Situation im Land, in Europa umzugehen sei, verschoben sich mehr und mehr. Nur noch selten stellte sich das alte Gefühl eines kraftvollen Miteinanders ein.

Vincent hing tatsächlich der kurzen Begegnung mit Marie nach.

Erst bei der Ankunft vor ihrer Haustür hatte er erfahren, dass er sie treffen würde. Er hätte im Wagen warten sollen. Doch die Neugier war größer gewesen als die Vorsicht, dass alte Gefühle aufbrechen könnten.

41

Der alte Fürst von Traunstein war gebrechlich geworden. Seine Hand zitterte, als er eine Zigarre nahm, die ihm Wagner in einer Holzkiste anbot.

Erdmannsdorf, der Zentralinspektor, der Polizeipräsident und Traunstein hatten sich im Sacher zum Essen getroffen. Die Herren waren schon beim Mocca.

»Ich hörte, dass sich Ihr Herr Sohn in Berlin mit Leuten trifft, die der Friedensliga anhängen«, ging Erdmannsdorf nun zum eigentlichen Thema über und schmauchte die ersten Züge.

»Georg ist vernarrt in die europäische Idee«, ächzte der alte Fürst. Er verständigte sich mit seinem Freund Erdmannsdorf durch einen Blick und stand schwerfällig auf. »Sie entschuldigen mich, meine Herren.«

Der Alte griff nach seinem Stock, der über der Lehne des Stuhles hing, und verließ den Raum. Er würde für alles, was nun besprochen wurde, keine Verantwortung tragen. In Familiendingen sollte ein Mann sauber bleiben.

»Uns machen die politischen Ambitionen des jungen Prinzen von Traunstein Sorgen. Gleiche Rechte für die Völker im Kronland. Europäischer Völkerbund. Frieden um jeden Preis«, kam Erdmannsdorf sofort zur Sache.

240

»Eine Politik, die den Sozis nach dem Munde redet«, ereiferte sich der Zentralinspektor.

Erdmannsdorf wiegte bedenklich den Kopf. »Sie verstehen, dass ich ein direktes Vorgehen gegen den Prinzen nicht goutieren kann.«

»Selbstverständlich«, gab ihm der Zentralinspektor sofort recht. Sie schwiegen beredt.

»Man könnte sich jemanden aus der Gruppe um Traunstein herausgreifen«, nahm sich der Polizeipräsident der Sache an, »der … sagen wir … nicht explizit im Blickfeld des Kaisers ist … aber durch radikale politische Ideen auffällt.« Er redete so bedächtig, als philosophiere er zu einer Angelegenheit, die keinerlei praktische Relevanz hatte.

Erdmannsdorf hüllte sich in den Rauch seiner Zigarre, als könne er sich und das Gespräch unsichtbar machen.

»Der Verdacht auf eine jüdisch-freimaurerische Verschwörung?«, nahm der Zentralinspektor die Gedanken seines Vorgesetzten auf.

Der Polizeipräsident schaute ihn über so viel Kreativität überrascht an. Der Zentralinspektor missverstand den Blick und erklärte eilig. »Bittschön, den Verdacht wird man haben dürfen. Namen sind uns jedenfalls bekannt.«

Man schwieg und ließ das Gesagte auf sich wirken. Alle Anwesenden hatten ein gemeinsames Interesse: Veränderungen verhindern. Die bestehenden Verhältnisse erhalten.

Josef von Traunstein kehrte zurück.

»Nun, verehrter Fürst, ein Vater hat in diesen Zeiten einiges zu leisten«, empfing ihn der Zentralinspektor laut und jovial.

»Soweit ich weiß, haben Sie nur Töchter«, erwiderte Traunstein bissig und setzte sich.

»Glauben S' mir, die Weibsbilder sind ja schon ganz närrisch geworden, seit diesem Schnitzler in seinen Theaterstücken alles erlaubt wird.«

»Übrigens auch ein Jud'«, setzte Erdmannsdorf verächtlich nach.

»Die Menschen zerstören den Boden, auf dem sie sicher sein könnten.« Der alte Fürst sah verbittert ins Leere und dort aus seiner greisen Perspektive den Untergang der Welt.

Wagner kam mit dem Whisky. Sie tranken auf das Wohl des Kaisers und den Bestand des Reiches.

Der Zentralinspektor suchte Lechner noch zu später Stunde in dessen Büro auf. Inspektor Lechner hatte inzwischen einen eigenen Raum.

Der Zentralinspektor blätterte die Akten durch, die ihm Lechner gereicht hatte. »Zacharias. Ein böhmischer Nationalist?«

»Und Spionage. Ich hab wiederholt berichtet, dass er sich mit verdächtigen Subjekten trifft.« Lechner unterdrückte den Impuls, sich zu verbeugen, blieb aufrecht. »Der Baron ist allerdings ein Protegé vom jungen Traunstein.«

Der Zentralinspektor schlug die Akten zu und erhob sich. »Darauf brauchen wir keine Rücksicht mehr zu nehmen.«

Lechner verbeugte sich nun doch. Die Stunde, auf die er unermüdlich zugearbeitet hatte, war da.

42

»Ich werde einen guten Preis für Vaters Haus aushandeln. Ende der Woche lasse ich mich dann von seinem Bankier beraten, wie wir das Geld anlegen.« Martha nahm die Manuskripte, die sie sich als Reiselektüre zurechtgelegt hatte, und steckte sie in ihre Tasche.

Maximilian half ihr in den Mantel. »Ich werde keinen Pfennig vom Erbe deines Vaters anrühren.«

»Das muss dich gar nicht kümmern, Max, ich verwalte das Geld, und du wirst nicht merken, aus welchem Topf wir wirtschaften.« Martha war nicht länger bereit, Maximilians kindisches Verhalten in der Ablehnung ihres Vaters zu dulden.

Nach seinem Seitensprung mit Konstanze hatte das feine Glas ihrer Beziehung einen Sprung bekommen. In den ersten Jahren konnten sie den Missklang noch überhören. Mit der Zeit legte sich der Vertrauensbruch jedoch wie ein Fremdkörper auf die Saiten ihres gemeinsamen Lebens. Das Glas ihrer Liebe klang nicht mehr.

»Ich telegrafiere dir, wenn ich in Bremen alles erledigt habe.« Sie küsste ihn zum Abschied auf die Wange, griff ihre Reisetasche und ging durch die Druckerei zum Ausgang. »Wiedersehen, Menning«, grüßte sie die gute Seele des Verlages.

»Jute Reise, Frau Aderhold!«

Maximilian atmete durch. »Menning! Ich will jetzt nicht gestört werden, ich lese das neue Manuskript von Frau Stein.«

Menning war verwundert. »Isses denn da? Ihre Frau hat mich schon danach jefragt.«

»Die Post ist bei mir gelandet.« Maximilian überspielte sein schlechtes Gewissen mit einem charmanten Lächeln, das Menning einnehmen sollte. Menning nickte. Die Beziehung des Paares war nicht seine Sache.

Maximilian schloss die Tür, setzte sich an seinen Schreibtisch, nahm einen dicken Umschlag aus seinem Schubfach und öffnete ihn behutsam. Zuerst rutschte ein Brief heraus, dann folgte das Manuskript.

»*Liebe Martha, lieber Maximilian, ich hoffe sehr, dass es Euch gut geht. Immer noch gilt unsere Einladung nach Gut Traunstein. Hier ist alles wie immer, die Tage gehen und ich bin nur froh, dass ich meine Arbeit hab, die ja eigentlich keine Arbeit ist.*«

»Du Glückliche!« Wieder war Konstanze etwas gelungen, was Maximilian unmöglich schien. Nach so langer Zeit hatte sie die Kraft besessen, den Roman *Frau auf dem Weg* zu beenden. Er legte sich gemütlich auf das Sofa, zündete sich eine Zigarette an und begann mit dem Lesen.

Konstanze erzählte eine Liebesgeschichte. Die weibliche Hauptfigur lernte einen Ingenieur kennen und verliebte sich. Sie gab ihre Familie und ihren Titel auf und ging mit ihm nach San Francisco, wo er am Bau einer Brücke beteiligt war. In der Fremde, im selbst gewählten Exil, sehnte sie sich nach der Heimat. Doch eine Rückkehr blieb ihr verwehrt. Es gab keinen Ort mehr, an dem sie aufgenommen würde, keine Familie, die für ihre Entscheidung Verständnis hätte. Während der Bauarbeiten stürzte ihr Gefährte zu Tode. Sie blieb mit der gemeinsamen Tochter verarmt und einsam in der fremden Stadt zurück.

Über die Lektüre war es Nacht geworden. Menning und seine Gehilfen waren längst gegangen. Berührt las Maximilian die letzten Zeilen. *»… Sie schaute aus dem Fenster auf die Lichter ihrer Straße. Sie hörte die anzüglichen Rufe der Jungen und das Lachen der Mädchen. Zum ersten Mal spürte sie, dass alles Leben war, auch Schmerz war Leben und Sehnsucht.«*

Der Held in Konstanzes Geschichte fand den Tod, den Maximilian sich für seine Hauptfigur in *Gebete eines Nutzlosen* gewünscht hatte. Fast erschien es ihm, als habe Konstanze die Fortsetzung seines Buches geschrieben. Maximilian fühlte sich verstanden und er fühlte sich durch ihren Text gewürdigt. Er behielt das Manuskript im Arm.

Je länger die Tage mit ihr zurücklagen, desto mehr sehnte er sich danach zurück. Er fragte sich, warum er damals nicht um seine Liebe gekämpft hatte. Er war abgereist, hatte sich mit Martha versöhnt und war dem Leben gefolgt, das er gemeinsam mit ihr geplant hatte. Warum, in Gottes Namen, hatte er nicht innegehalten und sich selbst und seine Wünsche befragt?

Martha ging es kaum anders. Sie hatte ihren Mann und ihre Freundin verloren. Und – es gab auch die naive Freude an der gemeinsamen Arbeit nicht mehr. Sie verbot sich, darüber nachzudenken. Denn schließlich gelang, was sie sich vorgenommen hatten: Sie führten einen gut gehenden Verlag. Sie reiste viel, oft allein, manchmal mit Maximilian. Die Schriftsteller, Leser und Kritiker zeigten dem Verlag Aderhold Respekt und Treue. Das war viel.

Doch wenn Martha in die Zukunft schaute, so wollte sich nur selten Freude einstellen. Was sollte denn noch kommen? Mehr erfolgreiche Bücher, mehr Gewinne, Anerkennungen, vielleicht würde irgendwann einmal einer ihrer Schriftsteller eine hohe literarische Auszeichnung bekommen.

Eine Erinnerung gab es, die Martha mit einer stillen Freude erfüllte, die Erinnerung an die kurze Begegnung mit Georg im Sacher. Sie hatten geplaudert, waren einander nahegekommen, ohne zu ahnen, dass ihre Gatten bereits Tatsachen geschaffen hatten. Georg hatte sie und Maximilian zum Abendessen eingeladen. Martha war aufgestanden, in den Fahrstuhl gestiegen, den Hotelflur entlanggegangen – und mit jedem Schritt war sie ihrer Enttäuschung näher gekommen. Es waren die letzten Minuten von Marthas Unschuld gewesen.

Georg war heute noch unschuldig. Konstanzes Seitensprung war von ihm unentdeckt geblieben.

Martha sehnte sich nach Georg, so als könnte sie in seiner Gegenwart auch wieder unschuldig sein. Unschuldig und glücklich.

»Ich verbiete dir den Umgang mit Marie Stadler.« Zum wiederholten Male in den letzten Monaten hielt Konstanze Irma eine Standpauke. »Eine unmögliche Person. Sie hätt' jede Möglichkeit gehabt, etwas aus ihrem Leben zu machen. Stattdessen gründet sie diesen obskuren Salon.« Konstanze war unerbittlich, wenn es um die Erziehung ihrer Töchter ging. Keinen Augenblick kam ihr der Gedanke, die Freiheiten, die sie sich in ihrem Doppelleben als Lina Stein nahm, auch ihren Töchtern zu ermöglichen. Die Mädchen sollten die Konventionen ihres Standes fortführen.

Gerade wurde Rosas Hochzeit vorbereitet. Ein Arrangement mit einer Familie aus Georgs Freundeskreis. Rosa hatte den Sohn des Hauses auf dem Wiener Opernball kennengelernt, und man hatte es so einzurichten gewusst, dass sich die beiden regelmäßig trafen, Sympathie füreinander empfanden oder besser, Sympathie für die Absicht ihrer Familien.

Seit die Hochzeitsvorbereitungen liefen, gab sich Rosa sehr erwachsen. Sie achtete auf ihre Garderobe und saß nun, während der

Auseinandersetzung zwischen Irma und der Mutter, in einem Sessel und las. Rosa, das Kind, das Konstanze und Martha gemeinsam auf die Welt gebracht hatten, war eine begeisterte Vertreterin ihres Standes, anders als die Rebellin Irma, die jede freie Minute bei Marie in Wien verbrachte.

Längst war den Mädchen bekannt, dass es sich bei Marie Stadler, *dem armen Mädel aus der Gefangenschaft,* um ihre Halbschwester handelte. Irma hatte sich heimlich mit Marie getroffen und die Nachricht mit nach Hause gebracht. Seitdem bestand sie auf regelmäßigen Kontakt mit ihr. Und – es war Irma sogar gelungen, sich der Unterstützung des Vaters zu versichern.

»Marie will eben nicht von euch abhängig sein«, verteidigte Irma ihre Schwester.

»Mit unserem Geld kann man gut unabhängig sein«, sagte Konstanze nüchtern. Als Irma darauf etwas entgegnen wollte, schnitt sie der Tochter mit einer Handbewegung das Wort ab. »Als Prinzessin von Traunstein hast du Verpflichtungen gegenüber deiner Familie. Wenn bekannt wird, wo du dich herumtreibst, wird sich kein Mann mehr für dich interessieren.«

Irma schaute zuerst ihre Schwester, dann ihre Mutter an. »Ich werde frei bleiben«, triumphierte sie, »und mein eigenes Geld verdienen.«

Konstanze winkte gereizt ab.

Draußen begann das Telefon zu klingeln.

»Mein Leben wird famos sein«, setzte Irma fort. Rosa mischte sich nun doch ein. »Eine alte Jungfrau wirst, vom Almosen deiner Familie abhängig.« Irma knuffte ihre ältere Schwester in die Seite. »Arme Rosa, du kommst jetzt unter die Haube«, frohlockte sie, »dann kannst nicht mehr machen, was du willst.« Rosa verlor jede Attitüde, sprang auf und jagte hinter ihrer Schwester her. »Dann musst du alles machen, was er sagt.« Irma schob einen Sessel zwischen sich und die Schwester.

»Schluss!« Konstanze war auf dem Weg ins Arbeitszimmer, wo der Hausdiener bereits den Anruf entgegennahm.

»Womit ist Schluss?« Mathilde kam mit den Hunden aus dem Park. Sie war erhitzt vom Spaziergang. Mantel und Schuhe waren voller Schnee. Ein Diener eilte herbei, um ihr die nassen Sachen abzunehmen.

»Mit Rosas Freiheit«, jubelte Irma. Die Hunde schlossen sich den tobenden Schwestern an. Mathilde ging zum Klavier und begann, eine Polka auf die Tasten zu hämmern. Die Jüngste genoss die nur noch seltenen Momente des ungezwungenen Beisammenseins mit den Schwestern.

Konstanze betrat das Arbeitszimmer. Der Hausdiener reichte ihr den Hörer. »Herr Aderhold aus Berlin, Durchlaucht.«

Konstanze bewahrte die Haltung. War Maximilian denn vollkommen verrückt geworden, hier anzurufen? Dieses Privileg war einzig Martha vorbehalten. Denn immer noch wusste außer Flora niemand auf Gut Traunstein, dass sie schrieb und im Verlag Aderhold veröffentlichte.

Er hörte zuerst ihren Atem und dann ein kühles »Ja?«.

»Ich habe gerade deinen Roman gelesen«, sagte Maximilian. Er hatte sie für sich allein, wenn auch nur am Telefon.

Konstanze schaute sich um. Im Salon tobten die Töchter. Trotzdem sprach sie leise und beherrscht. »Martha hat mich schon angerufen, weil sie gedacht hat, dass die Post verloren gegangen ist.«

»Ich wollte es als Erster lesen.«

Konstanze war enttäuscht. Martha gehörte das Buch zuerst.

»Ich war aufgeregt, wie du es angehst, nach so langer Zeit«, sagte Maximilian. Es gelang ihm nur selten, seine Gefühle zu zeigen. Bei ihr und mit ihr konnte er es.

Konstanze lächelte. Der Klang seiner Stimme weckte Lina Stein. »Na, sag schon, gefällt's dir?«, sprudelte sie los. Jetzt war jede Vorsicht vergessen. »Ich bin noch unsicher, vor allem wegen des Geliebten …

Hast du ihn verstanden?« Doch Konstanze wartete keine Antwort ab. »Die Frau und der Mann sind ganz unterschiedlich in der Liebe. Er hat schon alles erfahren, ist müde und ohne Illusion. Und sie ist unschuldig, träumt …«

»Du weißt, dass ein Mann niemals alles erfahren hat. Dass er genauso unschuldig ist.« Maximilian dachte an die kurze Zeit, die sie gemeinsam verbracht hatten.

»Aber das Buch gefällt dir? Ja? Auf alle Fälle?«

»Ich liebe deine Geschichten. Das weißt du.« Seine Stimme klang sanft. Tatsächlich hatte er sich auf jede ihrer Kurzgeschichten gefreut, die sie in den Jahren geschrieben hatte, und sie alle mehrmals gelesen.

Plötzlich schwiegen sie. In der Stille hörten sie einander besser als im Reden. Konstanze hörte Maximilians Sehnsucht. Und er ihre Einsamkeit.

»Martha ist in Bremen.«

»Dann wird sie wohl nicht so bald dazukommen, es zu lesen?«

»Ihr Vater ist gestorben.«

»Oh, das tut mir leid«, erwiderte Konstanze berührt.

»Soll ich dir meine Gedanken zu deiner Geschichte aufschreiben? Oder …«

»Schreiben … ja …«, zögerte sie.

Er hatte aus einem Impuls zum Telefonhörer gegriffen und nichts geplant. »Oder wollen wir uns treffen?«

Konstanze erwiderte nichts.

Maximilian erfand schnell: »Ich werde ohnehin geschäftlich in Wien sein müssen.«

Nebenan alberten Konstanzes Töchter.

»Ich müsst eigentlich auch … zu meiner Schneiderin«, erfand Konstanze nun ihrerseits. Sie könnte ihre Reise damit begründen, dass sie sich um Rosas Garderobe für die Hochzeitsreise kümmern wolle.

»Ich würd' mich so freuen, dich wiederzusehen.«

»Ich kann dir nichts versprechen«, erwiderte sie unsicher.

»Gut. Ich fahre morgen«, entschied Maximilian kühn.

»Servus, Maximilian«, verabschiedete sich Konstanze ohne eine Entscheidung. Sie legte den Hörer auf und ging zurück in den Salon, wo Rosa und Mathilde inzwischen vierhändig einen Walzer spielten. Irma tanzte lasziv, wie sie es in Maries Salon gesehen hatte.

Maximilian stand am Telefon und überlegte, ob er noch einmal anrufen sollte, um ihr zu sagen, wie ernst es ihm war.

Konstanze hatte sich in einen Sessel gesetzt und sah durch das Spiel ihrer Töchter hindurch. Nach dem Tod der Kaiserin war sie nur noch selten in Wien. Um regelmäßigen Kontakt zu Martha halten zu können, hatte sie mit dem Schreiben von Kurzgeschichten begonnen. Konstanze und Martha trafen sich ein, zwei Mal im Jahr im Sacher. Doch die Herzlichkeit der ersten Jahre gab es nicht mehr.

»Dein Gehampel passt überhaupt nicht zu unserer Musik«, protestierte Mathilde.

»Dann spielt doch so, wie ich tanze.« Irma ließ sich nicht aus der Ruhe bringen und machte weiter.

Konstanze konnte sich nicht vorstellen, dass sie ihre Pläne von einer Minute zur anderen ändern und nach Wien reisen würde. Aber welche Pläne eigentlich? Der Roman war fertig und etwas anderes hielt sie nicht.

43

Das Vorspiel zu *Figaros Hochzeit* lief bereits, als Anna verspätet und ein wenig atemlos die Loge betrat. Schuster erhob sich erfreut, küsste ihre Hand. Er spürte ihre Wärme. Sie war ihm Ausdruck der Energie, mit der sie ihr Leben meisterte.

»Heute vor zwanzig Jahren hast du das erste Mal mit mir hier gesessen«, flüsterte er zärtlich und half ihr, Platz zu nehmen.

Sie lächelte still und erinnerte sich an die erste Zeit als Witwe, an seine Unterstützung vor allem auch in finanzieller Hinsicht, an die verschwiegenen Treffen und wie sie nach Jahren der Diskretion zuerst in die Oper und dann nach Karlsbad ausgebrochen waren. Nach der Hochzeit der Kinder hatten sie als Schwiegereltern-Paar häufiger öffentliche Orte gemeinsam aufsuchen können.

Auf der Bühne begann Figaro, seine Ehe mit der Kammerzofe Susanna zu planen. Schuster griff in seine Tasche. Vor Annas Augen glitzerte ein Diamantring. Er steckte ihr den Ring an den Finger, nahm ihre Hand und küsste sie inniglich.

Sie wollte etwas sagen. Er schüttelte den Kopf. Später beim Essen würden sie über alles reden.

Sie knüpften genau dort an, wo sie vor sechzehn Jahren auseinandergerissen worden waren. Maximilian streichelte ihren Hals, küsste ihr Dekolleté, griff in ihr langes Haar. Sie nahm seine Hand, führte sie an ihre Brüste. Niemals hätte Konstanze sich diese Leidenschaft bei Georg gewagt. Nur ein einziges Mal in ihrem Leben hatte sie sich als sinnliche Frau erfahren – und das war in Maximilians Armen.

Nur ein einziges Mal in seinem Leben hatte Maximilian gefühlt, dass körperliche Liebe und der Urklang der Seele in einem Raum geboren werden – und das war in Konstanzes Armen.

Sie verbaten sich, an später zu denken, folgten nur dem Augenblick, dem Spiel ihrer Körper, der Leidenschaft ihrer Sinne – und dem Abenteuer, zu dem beide den Mut aufgebracht hatten.

Flora lag im Bett und las eine Erzählung von Ferdinand von Saar. Es klopfte. Sie zog sich schnell den Morgenmantel über und öffnete. Johann schlüpfte in die Dienstbotenkammer. Sie sah sofort, dass er angespannt war. Als habe er an einer Last zu tragen. Beide hatten sich fast ein halbes Jahr nicht gesehen, so lange war Ihre Durchlaucht nicht mehr in Wien gewesen.

»Trinkst ein Glasl mit mir?«, fragte er. Er hatte eine halbe Flasche Wein und zwei Gläser dabei. Sie nickte, als wenn das eine Frage wäre. Es war doch längst ein Ritual zwischen ihnen.

Johann füllte die Gläser. »Meine Tante ist gestorben. Achttausend Gulden hat sie mir hinterlassen!« Sie schüttelte ungläubig den Kopf. Er nickte. Sie stießen an.

Flora zog ihn aufs Bett und nahm ihn in den Arm. »Jetzt bist frei.«

Johann löste sich, hielt sein Glas mit beiden Händen fest. »Vielleicht leg ich das Geld in Kriegsanleihen an.«

»Ein Krieg nützt niemandem was, sagen sie bei den Traunsteins.« Sie sah ihn aufmerksam an. »Was ist denn? Du freust dich ja gar net.«

Es ist wegen diesem Gerede vom Krieg, dachte sie, es liegt was Dunkles über allem.

»Ich bin nicht mehr allein, Flora«, sagte Johann plötzlich. »Sie ist jünger als wir. Sie möcht' Kinder … Ich hab so lang gewartet, dass sich alles fügt.« Er konnte sie nicht anschauen und goss noch einmal nach.

Es nahm ihr den Boden unter den Füßen. Sie waren über zwanzig Jahre ein Paar. Sie waren miteinander älter geworden. Er war doch nie allein gewesen. Oder hatte sie ihre Trennungen unterschätzt? Mit einer Jüngeren kann Johann alles leben, was er sich immer mit mir gewünscht hat, dachte Flora.

»Aber ich weiß nicht, ob ich das schaffe.« Er wollte ihr eine Tür öffnen, dass sie um ihn kämpfte, dass sie ihm sagte, was sie fühlte. Doch Flora wollte ihm auf keinen Fall im Wege sein. Im Gegensatz zu ihr hatte er noch jede Möglichkeit, eine Familie zu gründen. Sie griff seine Hand. »Beeng dich nicht, Johann.«

Er sah, dass sie aufmunternd lächelte, und wunderte sich, wie leicht sie Abschied zu nehmen schien. Denn ein Abschied war es wohl. Das wurde ihm jetzt bewusst. Er hatte verdrängt, dass er Flora verlor, wenn er sich mit Margarete zusammentat.

Er hatte Margarete Ebner an einem Sonntagnachmittag an der Donau kennengelernt. Sie hatten den Spaziergang gemeinsam fortgesetzt und waren später in eine Meierei eingekehrt. Als sie sich nach Stunden trennten, kannten sie ihre Lebensgeschichten.

Margarete verdiente ihr Geld als Telefonistin in der Wiener Telegrafen Centrale, war unabhängig und bewohnte ein Zimmer im Stadtteil Grinzing.

Von da an trafen sie sich regelmäßig, wenn Johann frei hatte.

Margarete ermunterte ihn, mit dem Erbe seinem Traum zu folgen und eine Wirtschaft zu eröffnen. Er habe doch viel im Sacher gelernt, was er in Anwendung bringen könnte. Sobald ein Kind auf der Welt war, würde sie ihre Anstellung als Telefonistin aufgeben und ihm in der Gastwirtschaft zur Seite sein. Margarete sprach klar und entschlossen. Sie war eine Frau, die die Dinge anpackte. Das gefiel ihm nach der langen Zeit des Wartens.

Johann sah Flora an. Sie war immer noch zart, zerbrechlich und wunderschön. Er füllte die Gläser ein letztes Mal.

Der Tod strich durch das Zimmer. Er hielt sich gern in der Nähe von Menschen auf, die sich trennten. Eine Marotte von ihm. Er wollte ihnen Trost sein.

Die Liebe schüttelte betrübt den Kopf. Wenn die Menschen glaubten, dass ihre Liebe starb, dann war das die reine Illusion. Sterben konnte lediglich ihre Vorstellung von der Liebe.

Sie nimmt es immer so genau, dachte der Tod milde über die Liebe.

»Was meinst, Julius, ob ich mein Geld in Kriegsanleihen anlege?« Sie kamen aus der Oper. In Annas privaten Räumen war für ein Abendessen gedeckt. Julius half ihr aus dem Mantel.

»Gibt keinen Krieg.« Er küsste ihren Nacken und ging zum Tisch, um die Gläser zu füllen.

»Wird aber viel über Krieg geredet an meinen Tischen.« Anna schaute auf den Ring an ihrer Hand.

Schuster kam mit den Gläsern. Sie stießen an.

»Das ist ein schöner Abend, Julius.«

»Du kommst doch viel zu selten vor deine Tür. Hast bemerkt, wie dich die Leute angeschaut haben? Du bist eine Institution, Anna.«

Sie lächelte über seine Worte und die Art, wie er sie sagte. Sie setzten sich zu Tisch. Anna schob ihm die Platte mit dem kalten Braten zu. Er tat sich eine Portion auf den Teller, reichlich Kren dazu. Sie sah, wie er mit Appetit aß.

Er bemerkte ihren Blick und sah auf. Sie hatte ihre Hände ineinander verschränkt. Der Ring glänzte.

»Schau, meine Unternehmung kann nur eine Person führen, die über jedes menschliche Geplänkel erhaben ist. Daran hab ich über zwanzig Jahr' gearbeitet.« Sie stand auf, holte die Schachtel für den Ring aus ihrer Handtasche und zog ihn sich mit Bedacht vom Finger. »Ich kann keine Ehefrau sein, Julius. Meinen Gästen bin ich die Frau Sacher, eine Institution, wie du ja selbst sagst.«

Er trat zu ihr und schob ihr den Ring dahin zurück, wo er seiner Meinung nach hingehörte. »Ich weiß, Anna. Aber ich wollt's gesagt haben, dass wir uns nicht mal in die Augen schauen und was verpasst haben.« Er küsste sie. »Mach mir die Freude und trag den Ring trotzdem.«

Sie setzten die Mahlzeit fort, und Anna sagte nebenbei: »Ich denk, ist wohl das Beste, wenn ich dem Eduard jeden Monat was dazugeb. Wenn ein Sacher ein eigenes Geschäft hat, dann sollt's auch erfolgreich sein. Der Anwalt hätt' mich ohnehin Geld gekost'. So bleibt's wenigstens in der Familie.«

Schuster lächelte.

»Warum hast du nie auf meine Briefe geantwortet?« Maximilian blies den Rauch seiner Zigarette aus und reichte sie an Konstanze weiter. Die beiden lagen nackt zwischen den Laken.

»Wohin hätt' das geführt?« Konstanze hatte noch nie geraucht. Sie zog den Rauch ein und gab ihm die Zigarette zurück.

»Hast du andere Männer gehabt?« Er drehte sich um, wollte ihr in die Augen sehen.

»Nein.« Ihre Stimme war klar. Sie hatte ihre Geschichten, in denen sie lebte. »Hast du andere Frauen gehabt?«, gab sie die Frage an ihn zurück.

»Ich habe immer wieder versucht, dich zu vergessen.«

Sie lachte glockenhell, nahm ihm die Zigarette aus der Hand. »Und Martha?«, fragte sie nach einer Zeit mit Vorwurf in der Stimme. Dass sie hier lagen, war schlimm genug, aber letztlich ihrer schicksalhaften Verbindung geschuldet. Dass er die Freundin mit anderen Frauen betrog, traf sie.

»Sie ist wirklich ein guter Mensch.« Maximilians Stimme klang bitter.

»Georg auch.« Konstanze seufzte.

Sie dachten an die beiden anderen.

Maximilian wechselte das Thema. »Hast du schon eine Idee für deinen nächsten Roman?«

»Der Herr Verleger plant«, erwiderte Konstanze belustigt.

»Ich frage dich als verliebter Leser.« Maximilian beugte sich über sie. »Außerdem will ich nicht noch mal vierzehn Jahre auf ein Buch von dir warten.«

»Ich habe so viele Geschichten für euch geschrieben.«

»Kurzgeschichten sind kurz … «, er küsste sie, » … viel zu kurz.«

Sie räkelte sich. »Ich weiß nicht. In der letzten Zeit werden meine Gefühle träge.«

Er betrachtete sie. »Oder wir lassen alles hinter uns … Portugal. Neuseeland. Kanada. Frei sein.« Maximilian ließ sich aufs Bett fallen. Wie sehr wünschte er sich das.

»Frei sein. Darüber schwadroniert meine Tochter Irma bei jeder Gelegenheit. Sie denkt, dass sie ihrer altmodischen Mama sagen muss, was das Leben noch alles zu bieten hat.« Konstanze lachte traurig.

Maximilian angelte nach einer Schachtel im Schubfach seines Nachttisches und reichte sie Konstanze. Sie öffnete das Geschenk. Auf blauem Samt lag ein Füllfederhalter.

»Ich weiß doch, dass du keine Schreibmaschine benutzen willst.«

Er hatte lange überlegt, was er ihr mitbringen sollte, und dann am Wittenbergplatz im Kaufhaus des Westens dieses Stück entdeckt. Auf eine Gravur hatte er verzichtet. Jetzt bereute er es. Denn diesmal würde er sich zu ihr bekennen. Das stand fest.

Sie dankte ihm das Geschenk mit einem zärtlichen Kuss, legte sich in seinen Arm und betrachtete den Federhalter versonnen. »Ist dir schon mal aufgefallen, dass Verführung und Entführung ganz dicht beieinander sind?«

»Interessant«, sagte er und dachte über den Sinn der Worte nach, dann fiel ihm ein, was ihn vor längerer Zeit beschäftigt hatte. »Wunder und Wunde übrigens auch.«

»Wunde …«, wiederholte sie überrascht. »Nur ein Buchstabe mehr und aus Schmerz wird ein Mysterium.«

Sie schwiegen beeindruckt von den unsichtbaren Zusammenhängen.

»Ich könnt' mir vorstellen, die Geschichte der Marie Stadler zu schreiben«, setzte Konstanze ihren Gedanken fort.

»Du willst dich an deinem Mann rächen?«, konstatierte Maximilian verblüfft.

»Aber geh, Maximilian. Mich interessiert die Marie und wie sie sich gerettet hat.«

»Der Entführer ist ermordet worden, und ihr Retter ist zugrunde gegangen. Das ist die Geschichte«, rekapitulierte Maximilian sachlich.

»Nicht doch. Erst war alles für sie verloren. Und dann taucht sie wieder auf, wie Phönix aus der Asche.«

»Merk schon, es beherrscht dich.« Maximilian richtete sich auf.

»Ach was!«

»Aber ja! Deine Augen glühen und dein Herz pocht.« Er zog sie zu sich heran. »Der Autor muss seinen Stoff beherrschen und nicht umgekehrt.«

»Wie schlau du doch bist.« Sie genoss seine Liebkosungen.

»Mach dich nur lustig«, sagte Maximilian unter Küssen.

Sie lachte und griff unter die Bettdecke. »Das ist lustig.«

Johann lag in seiner Kammer und hörte das Schnarchen seines Zimmernachbarn. Flora stand am Fenster ihrer Dienstbotenkammer und schaute, wie der Mond mit einer Wolke verschmolz und verschwand. Niemals mehr würde sie sich auf die Reise nach Wien freuen können.

Anna lag in Julius' Armen. Um nichts in der Welt würde sie ihre Freiheit aufgeben. Sie hatte sich die Welt nach ihren Regeln eingerichtet, und alles passte zueinander wie die Steinchen in den Puzzlespielen, denen sich ihre Freundin Kathi Schratt neuerdings widmete, seitdem sie nicht mehr Theater spielte. Anna Sacher war die Kaiserin in ihrem Reich. Und wenn sie es recht bedachte, so hatte sie mehr Macht und mehr Möglichkeiten, als Elisabeth je gehabt hatte. Mit diesem Gedanken schlief Anna ein.

44

Das Erste, was Georg auffiel, als er den Gewerbehof betrat, war die große Kastanie, die ihre Äste bereits über das vierte Stockwerk hinausstreckte und bald den freien Himmel erreicht haben würde. Immer wieder beeindruckte es ihn, dass Bäume auf kleinstem Raum überleben konnten und sogar wuchsen.

Der Verlag, der inzwischen die gesamte untere Etage des Seitenflügels einnahm, hatte ein Ladenbüro auf den Hof hinaus. Vor dem Schaufenster fiel Georgs Blick auf *Gebete eines Nutzlosen,* das zwischen anderen Büchern lag. Er betrat die Druckerei.

Menning kam ihm im Lärm der Druckmaschinen entgegen und erklärte bedauernd, dass die Verleger auf Reisen wären. Georg war enttäuscht. Um nicht gleich wieder gehen zu müssen, erbat er sich Maximilians Buch, um es zu kaufen. »Vom Verleger persönlich. Gute Wahl«, sagte Menning, während er das Buch holte. Jetzt erst bemerkte Georg, dass er kaum an Maximilian gedacht hatte und an die Möglichkeit einer Begegnung zu dritt.

Martha war Georg in den Jahren nicht aus dem Kopf gegangen. Durch Konstanze hatte er von den Erfolgen des Verlages erfahren und auch, dass die Ehe des Paares kinderlos blieb. Doch die Freundschaft der

Frauen schien sich abgekühlt zu haben. Georg schob das auf die Entfernung, auf die Arbeit, die Martha zu leisten hatte, und nicht zuletzt war er überzeugt, dass die beiden für eine dauerhafte Verbindung viel zu unterschiedlich wären. Mit keinem einzigen Gedanken kam er der Wahrheit nahe.

»Geben Sie her, Menning«, sagte plötzlich eine Stimme hinter Georg. »Ich mache das für den Herrn fertig.«

Er drehte sich um. Da stand Martha.

Sie hatte ihn bereits vom Hof aus durch die Fenster der Druckerei gesehen.

»Martha!«, sagte er freudig.

»Ich komme gerade aus Bremen. Eigentlich wollte ich den Nachtzug nehmen. Aber dann war ich doch früher fertig, und …«

… Um Haaresbreite hätten wir uns verpasst, dachten beide.

Menning gab ihr das Buch. »Herr Aderhold hat sich übrigens kurzfristig entschlossen, nach Wien zu fahren, und wird auf dem Rückweg noch Station in Leipzig machen.«

Martha nickte verwundert.

»Er will Ihnen von unterwegs telegrafieren«, fügte Menning an und ließ die beiden allein.

Die Freude über Georgs Besuch überwog das Gefühl, dass Max ohne Absprache nach Wien gefahren war. Sie packte Georg das Buch ein. Diese Begegnung würde also ihnen allein gehören.

Martha führte Georg durch den Verlag und erzählte, wie sie in den Jahren zu Erfolg gekommen waren. An einem Regal, wo die Bücher nach dem Alphabet der Verfasser geordnet waren, blieb Georg stehen und zog ein Buch von Lina Stein heraus. »Das geht bei uns unter den Stubenmädeln von Hand zu Hand. Eigentlich hielt ich es für sehr einfache Literatur«, sagte er. »Aber womöglich habe ich die Schriftstellerin unterschätzt.« Er stellte das Buch zurück. »Ich kann mir nicht vorstellen, dass Sie etwas verlegen, Martha, das ohne Inhalt wäre.«

Martha lächelte und schwieg dazu. Flüchtig dachte sie an das neue Manuskript von Konstanze und dass sie Menning fragen wollte, ob es in der Zwischenzeit angekommen war.

Georg stand hemdsärmelig, ein Handtuch als Schürze umgebunden, in Marthas Küche und schälte Kartoffeln. Martha hatte ihn zum Essen eingeladen. Glücklich über diese Begegnung, hatten die beiden beschlossen, gemeinsam zu kochen. Nun werkelten sie an einer Berliner Kartoffelsuppe nach einem Rezept von Marthas Mutter.

»Wir haben heftig diskutiert«, berichtete Georg vom Treffen der Friedensliga. »Ein Teil von uns hat die Meinung geändert und glaubt an einen Krieg, der Europa neu strukturiert.«

Martha rührte Vanillesauce und hörte ihm aufmerksam zu. Georg war empört über die Ignoranz seiner politischen Gesinnungsgenossen. »Kein Problem hat sich je durch einen Krieg gelöst! Und die europäischen Staaten stehen sich wie Raubtiere gegenüber. Himmelherrgott! Als hätte es den Wiener Kongress nicht gegeben.« Vor Aufregung hatte er sich in den Finger geschnitten und spülte das Blut unter dem Wasserhahn ab. Dabei sprach er weiter. »Es ist wie bei einem Familientreffen. Die Stimmung ist miserabel. Und ein falsches Wort könnte eine Schlägerei auslösen.«

Martha reichte ihm ein Stück Verbandsstoff. »Bei uns gehen viele Manuskripte ein, in denen das menschliche Leben gewalttätig und feindselig beschrieben wird. Scheinbar ist Zerschlagung des Alten ein Aufbruch ins Neue.«

»Zerstörung und Vernichtung haben leider immer wieder eine verführerische Anziehungskraft«, bestätigte Georg. »Dabei sollte sich das Neue doch aus der Anerkennung des Bestehenden entwickeln, oder?« Georg fuhr mit dem Kartoffelschälen fort.

Martha zerließ Butter in der Pfanne und sagte nüchtern: »Der Frieden scheint niemanden zu interessieren, wenn Frieden ist.«

Georg war verblüfft. In diesem klaren und einfachen Gedanken steckte die Wahrheit jahrhundertelanger menschlicher Entwicklung. Alle sehnten sich nach Ruhe, wollten ihre Kinder in Frieden und Wohlstand aufwachsen sehen, wollten essen und trinken, wohnen und lieben. Doch sie konnten keine Ruhe geben, keinen Frieden halten, nicht im Privaten und nicht im Politischen.

Georg beobachtete, wie Martha mit anmutigen Bewegungen das Essen zubereitete. Nach den ernüchternden Tagen mit den Friedensaktivisten kam seine Zuversicht wieder. Er durfte nicht aufgeben und musste die anderen ermutigen. Das hatte er doch von jeher als seinen Auftrag empfunden, an das Edelste im Menschen zu erinnern und zu appellieren.

Martha sah sein Lächeln. Er bemerkte es. Sie waren überrascht, wie gut es tat, dass sie hier standen, kochten und über die Welt nachdachten.

Georg räusperte sich verlegen und wechselte das Thema. »Als Bub habe ich gern in der Küche gesessen und dem Personal zugeschaut.«

»Meine Mutter hat stets selbst gekocht. Es hätte ihr niemand recht machen können.« Martha reichte Georg einen Löffel mit Vanillesauce zum Kosten. »Ein Rezept von ihr, viel Vanilleschote und eine Mischung aus Zimt und Kognak.«

Er kostete. »Frau Sacher würd' vor Neid erblassen.«

»Das dürfte sie jetzt nicht hören.« Martha löste sich lachend aus seiner Nähe und ging zurück zum Herd.

Er folgte und schaute über ihre Schulter. »Berliner Kartoffelsuppe. Wer hätte das gedacht!«

Sie spürte ihn am Rücken und nahm allen Mut zusammen. »Wollen Sie nicht noch einen Tag in Berlin bleiben? Wir könnten im Adlon einen Kaffee trinken und ins Kabarett gehen … Aber Sie werden sicher erwartet«, sagte sie schnell.

Georg hatte auch schon mit dem Gedanken gespielt. »Nichts, was sich nicht verschieben lässt«, erwiderte er freudig. »Ich müsste allerdings …«

»Bitte, fühlen Sie sich frei, das Telefon zu benutzen … die Schreibmaschine … das Postamt ist zwei Querstraßen weiter.«

Georg schaute sie froh an und ging in den Flur, um Zacharias anzurufen. Sie hatten für die kommenden Tage Gespräche mit politischen Mitstreitern geplant, um ihre Positionen zur Aufrüstung der Großmächte noch einmal zu erörtern. Doch in diesem Augenblick war ihm Martha alles.

Martha stellte Geschirr zusammen und dachte an Max, wie er es aufnehmen würde, wenn sie Georg das Gästezimmer anbot? Es handelte sich ja nicht um einen Fremden. Dennoch war ihr unbehaglich zumute. Aber schließlich war ihr Mann nach Wien gefahren, ohne sie zu informieren. Er hätte sie sehr gut in Bremen telefonisch erreichen können. Was wollte er eigentlich in Wien?

Georg kam zurück in die Küche. Er war blass. »Vincent Zacharias … Sie kennen ihn … ist verhaftet worden. Man wirft ihm Spionage vor.« Ihre Vorfreude auf die gemeinsame Zeit fiel wie ein Kartenhaus in sich zusammen. Georg stand unschlüssig da. Martha entschied. »Ich komme mit nach Wien. Mein Mann ist schließlich auch dort.«

»Weißt du noch, die Nacht, als wir in der Oper waren … ganz in unserer Nähe haben Marie und dieser Würtner gelebt«, erinnerte sich Maximilian an ihren Spaziergang ins Sacher.

Konstanze schüttelte sich. »Schaurige Vorstellung.«

»Ein anderes Leben, nur durch einen Vorhang von uns getrennt«, überlegte er weiter.

Sie lagen nackt im Bett und hatten begonnen, an der Geschichte über Marie Stadler zu arbeiten. Konstanze hatte Maximilian alles erzählt, was sie wusste. Beider Fantasie war geweckt. Ein Mann hatte sein Schicksal in die Hände eines Mädchens gelegt.

»Du musst sie gleichwertig erzählen«, schlug Maximilian vor. »Vor allem das Mädel nicht als Würtners Opfer darstellen.«

Konstanze nickte. Sie schrieb schon die ersten Sätze ihrer Geschichte mit dem neuen Federhalter auf Briefpapier aus dem Sacher.

Maximilian betrachtete sie von der Seite, wie sie dalag, so sinnlich und vertieft in ihre Arbeit. Konstanze spürte seinen Blick und bemerkte, wie sehr sie sich all die Jahre versteckt hatte. Sie hatte sich unsichtbar gemacht, um ihre Leidenschaft leben zu können. Es tat gut, sichtbar zu sein.

Sie wacht auf, dachte die Liebe. Endlich wacht sie auf! Dieses Aufwachen würde sich fortsetzen, und am Schluss würden sie alle – Georg, Martha, Maximilian, Konstanze – begreifen, dass sie sich nur die Hand reichen und mit dem jeweils anderen Menschen an ihrer Seite die Erfahrungen ihres Lebens fortsetzen konnten.

45

»Mach dir keine Vorwürfe!« Die Schratt saß bei Anna im Büro und fütterte die Lieblingshunde ihrer Freundin mit Konfitüre.

Die Patronin des Sacher stickte auf einem großen Tischtuch Unterschriften ihrer berühmten Gäste nach. »Hätt' ich den Zacharias nicht protegiert, wär er jetzt nur Assistent bei Gericht, aber dafür ohne Schwierigkeiten.«

»Ich hab den Franz schon bemüht, dass er was tut. Aber du weißt ja, der Kaiser macht halt alles andere lieber als die Politik … Manchmal, wenn er so dasitzt … Also, wenn er nicht die Augen offen hätt', könnt' man denken, dass er gar nicht mehr …« Sie brach ab. Es war alles gesagt.

»Seit die Annie tot ist, glaub i', dass i' allen, die i' lieb hab, nur Unglück bringe«, erging sich Anna weiter im Selbstmitleid.

»Aber geh, Anna, dein Schuster ist gesund. Das Kaffeehaus vom Eduard wird laufen, wenn du ihm jetzt unter die Arme greifst. Und schau, wer schon bei dir gewessen ist.« Die Schratt zeigte auf die Tischdecke. »Alle, die Rang und Namen haben.«

Tatsächlich befanden sich auf dem Tischtuch die Unterschriften der besten Gesellschaft: Könige, Erzherzöge, Barone, Prinzessinnen, berühmte Künstlerpersönlichkeiten, Wirtschaftsmagnaten und selbstverständlich auch Minister und Staatsdiener aus aller Welt. Die erste Unterschrift hatte in fröhlicher Unbeschwertheit der *schöne Otto* gegeben. Dem Erzherzog waren dann alle anderen gefolgt. Nun hatte sich Anna in den Kopf gesetzt, dies Heiligtum für die Ewigkeit zu konservieren.

Mayr kam und meldete: »Gnädige Frau, Seine Durchlaucht von Traunstein und Frau Aderhold reisen gerade an.«

Blitzschnell fiel alle Weinerlichkeit von Anna ab. »Melden S' den anderen Herrschaften sofort die Ankunft ihrer Ehegatten.«

Mayr ging wieder.

Anna legte eilig die Stickarbeit zusammen, nahm sich dann aber doch noch einmal die Zeit. »Der Kaiser hat noch nie bei mir gesessen!«

»Er ist nun mal kein Lebemann«, sagte die Schratt.

Anna zeigte auf die Mitte des Stoffes. »Hier hab ich frei gelassen.« Sie drückte Kathi die Tischdecke in die Hand.

»Das ist doch keine Autogrammkarte, die ich dem Franz Josef einfach rüberreich«, protestierte die Schratt.

Doch Anna verließ nun eilig, sehr eilig das Büro. Die Schratt schaute auf die Tischdecke in ihrer Hand, auf die bettelnden Augen der Hunde und auf die Konfitüre.

Georg und Martha betraten das Hotel. Sie hatten den Nachtzug genommen. Die kostbaren gemeinsamen Stunden waren von der Sorge um Zacharias überschattet gewesen.

Georg hatte Martha die Geschichte ihrer Freundschaft erzählt. Auch, dass in den letzten Jahren die Kluft zwischen ihnen tiefer geworden war. In Berlin beim Treffen der Friedensliga hatte sich Zacharias für einen radikalen Weg ausgesprochen, der notfalls mit kriegerischen Mitteln ausgetragen werden müsste.

Als der Zug in Wien einfuhr, bedauerten sie, dass die gemeinsame Fahrt nun schon zu Ende war. Sie hätten ewig weiterreisen können.

Die Fahrt im Fiaker verbrachten sie schweigend, spürten die Schulter des anderen, dessen Wärme, hätten sich am liebsten bei der Hand genommen, doch sie wagten es nicht.

»Grüß Gott, Durchlaucht. Willkommen in Wien, Frau Aderhold«, begrüßte Anna Sacher das Paar herzlich. Sie ahnte, dass dieses Mal die peinliche Situation nicht zu verheimlichen sein würde. »Wir lassen gerade Ihrer Gattin Bescheid geben, Durchlaucht.«

»Meine Frau ist in Wien?« Georg war überrascht.

Martha hatte es geahnt, seitdem Menning ihr Maximilians Grüße bestellt und sein Reiseziel genannt hatte. »Ich könnte Konstanze schon mal guten Tag sagen«, schlug sie Georg vor. »Sie haben gewiss noch einiges zu besprechen.« Ihr Blick begegnete dem von Anna Sacher. Martha wollte Georg auch diesmal verschonen.

»Sie wird sich freuen, Sie zu sehen«, sagte Georg arglos und küsste Martha die Hand zum Abschied. Sie sahen sich an, nur einen Augenblick noch. Dann ging Martha zum Fahrstuhl.

»Ich mache mir Sorgen um Baron Zacharias«, sprach Anna Sacher weiter. »Spionage! Das will mir nicht in den Kopf.«

»Wahrscheinlich ein Missverständnis.« Georg war trotz der politischen Differenzen von Vincents Loyalität überzeugt.

»Sie werden sich doch seiner annehmen?«, fragte die Patronin besorgt.

»Selbstverständlich.« Georg nickte und schaute ihr in die Augen. Da wusste auch er, dass etwas nicht stimmte.

Der Fußboden des Gästezimmers lag voll mit beschriebenem Briefpapier. Eine Flasche Champagner und zwei Gläser standen achtlos daneben wie auch die Reste eines späten Frühstücks.

Das Telefon läutete unentwegt. Maximilian angelte endlich nach dem Hörer. »Ja?«

Konstanze hörte die Aufregung in der Stimme des Anrufers und richtete sich neugierig auf.

»Dein Mann und meine Frau sind gerade angereist«, sagte Maximilian perplex und legte auf.

Konstanze sprang aus dem Bett und begann, panisch ihre Sachen zusammenzusuchen. Plötzlich hielt sie inne, als sei ihr der Inhalt der Nachricht erst jetzt bewusst geworden. »Was macht mein Mann mit Martha in Wien?«

Maximilian ging zu ihr und schlang seine Arme um ihren nackten Körper. »Ich möchte nicht noch einmal so tun, als wenn es die Gefühle zwischen uns nicht gibt.«

Konstanze wehrte ihn ab. »Keinen Skandal, Max. Bitte!«

Plötzlich sah sie Martha in der Tür stehen. Nur Augenblicke später kam Georg.

46

Martha saß am Sekretär und schrieb. Sie wirkte beherrscht.

Das Gästezimmer war akkurat aufgeräumt, von den Spuren der Nacht war nichts mehr zu sehen. Ein Stubenmädchen machte ein paar letzte Handgriffe und verließ dann leise den Raum.

Maximilian kam. Er hatte gebadet und war frisch rasiert. »Ein Anruf von dir hätte uns diese Peinlichkeit erspart«, sagte er gereizt.

Martha sah nicht einmal auf.

»Aber wahrscheinlich wolltest du es uns nicht ersparen.«

»Wir haben uns lange genug was erspart, Max.«

Ihre Ruhe traf ihn. »An wen schreibst du da eigentlich?«, fuhr er sie an.

Martha beschriftete die Umschläge und klingelte nach einem Pagen. »Da ich schon mal hier bin, werde ich unsere Schriftsteller treffen.«

Der Page kam. Martha stand auf. »Lassen Sie bitte die Post überbringen.«

»Sehr wohl!« Der Page nahm die Briefe und ging wieder. Martha zog sich ihren Mantel an. Sie konnte nicht mehr in Maximilians Nähe sein. Er stellte sich ihr in den Weg. »Der Verlag, unsere Schriftsteller, meine Bücher. Disziplin, Vorwärtskommen, Kontrolle behalten. Zeig doch ein einziges Mal, was du fühlst.«

Sie sah seine Wut. Und da konnte sie nicht anders und schlug hinein in das Gesicht, das sie geliebt hatte.

Martha hatte noch nie einen Menschen geschlagen und war auch selbst noch nie geschlagen worden. Ihre Handfläche brannte. Sie befürchtete, dass er zurückschlug, dass er seinen Hass an ihr auslassen würde. Doch nichts geschah. Sie sah ihren Handabdruck auf seinem Gesicht, rot glühend. Dann griff sie nach ihrem Hut.

»Ich bin müde. Es zerreißt mich. Dieses ganze Leben ist so sinnlos«, stieß er ihr nach. Er wollte sie treffen.

Sie drehte sich um. »Mein Leben ist nicht sinnlos.«

Dann ging sie.

Maximilian ließ sich auf einen Stuhl fallen und vergrub sein Gesicht in den Händen.

Martha konnte den Fahrstuhl nicht erreichen. Das Blut sackte ihr in die Knie. Schweiß brach aus. Sie musste sich an die Wand stützen.

Da fühlte sie Hände, die sie hielten. Der Geruch von Tabak und schwerem Duftwasser umfing sie.

Wenig später fand sie sich in den privaten Räumen der Patronin wieder. Ein Glas Wasser wurde ihr in die Hand gedrückt. Nach ein paar Schlucken kam das Leben zurück. Die Übelkeit ließ nach.

»Es tut mir leid, was passiert ist.« Anna Sacher goss Martha nach. »Mögen Sie vielleicht einen Kognak?«

Martha schüttelte den Kopf. Die Situation war ihr peinlich. Aber sie konnte noch nicht aufstehen. »Ist denn Trennung wirklich die einzige Möglichkeit?«, sprach Martha aus, was ihr seit Jahren fast täglich durch den Kopf ging. »Was kommt denn danach?«

»Das Schicksal.« Anna Sacher schnitt sich eine Zigarre zurecht und zündete sie an. »Schauen S', gnädige Frau, ich seh es hier jeden Tag. Menschen, die sich lieben. Menschen, die sich aus Liebe zerstören. Die Liebe ist leider sehr flüchtig.« Anna dachte an ihre Ehe mit

Eduard und an ihre Kinder. »Sie haben ein eigenes Geschäft. Nehmen S' die Möglichkeiten an, die Sie sich selbst geschaffen haben, aus eigener Kraft, Frau Aderhold. Mein Sacher hat mir immer Kraft und Trost gegeben. Und Bücher sind was für die Ewigkeit.«

Martha war sich nicht sicher, ob sie überhaupt noch Energie und Lust für diesen Verlag hatte. Sie sehnte sich so sehr nach Ruhe, nach einem Menschen, der sie hielt.

Anna ergriff Marthas Hände. »Jetzt gehen S' nach unten und trinken einen Kaffee mit Schlagobers und Schokoladenlikör.« Die Patronin schob sie resolut zur Tür. »Wenn's weh tut, braucht der Mensch viel Süßes. Das hat auch bei meiner seeligen Annie immer geholfen.«

Die Liebe war empört. Da war es – das existenziellste Missverständnis zwischen ihr und den Menschen. Sie war keine flüchtige Erscheinung, ganz im Gegenteil, sie war das Beständigste, was es im Universum gab. Allerdings nicht vollgepackt mit menschlichen Emotionen, sondern als freie Energie der Schöpfung. Und überhaupt – diese Empfehlung, Schmerz mit Süßigkeiten zu lindern …

Flora packte die Kleidungsstücke Ihrer Durchlaucht in die Koffer. Sie fühlte sich nach der Trennung von Johann elend. Was sollte die Zukunft denn noch bringen, außer einem Krieg? Vielleicht würde sie dabei sterben, dachte Flora und war erleichtert.

Georg hatte sich umgekleidet und wollte hinunter in die Halle, wo ihn die Anwälte für Zacharias erwarteten. Beim Verlassen des Appartements begegnete er Konstanze, die ihren Hut vor dem Spiegel richtete. Sie erwartete, dass er sie zur Rede stellte, sich aufregte, aus der Haut fuhr. Doch er sagte nur nüchtern: »Ich bleibe die nächste Zeit hier«, und ging ohne ein weiteres Wort.

Konstanze richtete weiter ihren Hut. Flora sollte nicht sehen, dass sie weinte.

Martha saß bei dem befohlenen Kaffee mit Sahne und Schokoladenlikör. Das süße Zeug löste den Schmerz. Tränen tropften aufs Tischtuch.

Georg kam und setzte sich zu ihr.

»Viel zu süß. Aber hilft ein wenig … Wie geht es Ihrem Freund?«

»Ich weiß es noch nicht.« Georg sehnte sich danach, aus seinem Dilemma auszusteigen. Fernab von dem Kriegsgerassel, den Anschuldigungen und Beschuldigungen von vorn zu beginnen. Deshalb hatte er sich doch in den Jahren um sein Gut bemüht, um wenigstens dort Frieden zu haben. Doch die Konflikte verfolgten ihn unbarmherzig.

Unter dem Tisch nahm er ihre Hand. Beide dachten an die vergangenen Stunden.

»Es ist nicht unsere Zeit, Martha«, sagte er leise.

»Ja, ich weiß.«

Um sie herum wirbelten die Kellner. Gäste gaben Bestellungen auf, kamen und gingen. Martha und Georg saßen schweigend, hielten sich an den Händen, und es war ruhig – wie im Auge eines Orkans.

47

Marie Stadler wartete gemeinsam mit Lechner im Besuchsraum vom Polizeipräsidium.

Endlich brachten zwei Uniformierte Vincent Zacharias.

»Nehmen Sie dem Mann die Fesseln ab und warten Sie vor der Tür«, befahl Lechner den Beamten und verbeugte sich vor Marie. »Habe die Ehre, gnädige Frau.« Lechner war glücklich, dass er ihr einen Gefallen erweisen konnte, und ging.

»Guten Tag, Baron von Zacharias.«

»Marie!« Seine Stimme war rau. Er bot ihr einen Platz am Besuchstisch an.

Sie wollte sich nicht setzen. »Ich mache mir den Vorteil zunutze und habe Sie für einen Augenblick allein.« Marie betrachtete ihn nachdenklich.

Auch Vincent war stehen geblieben. »Was damals, warum ich mich so entschieden habe, mich so entscheiden musste … ich würd' es Ihnen gern erklären«, sagte er hastig.

Marie winkte ab. »Längstens vergessen.«

Das traf ihn.

»Mein Leben könnte nicht besser sein«, fuhr sie fort und schaute ihm in die Augen. »Sie waren der erste Mensch, der erste und einzige, bei dem ich mich wie ein Wesen aus Fleisch und Blut gefühlt habe. Einfach und lebendig«, sagte sie ehrlich und warm. »Dafür wollt' ich Ihnen Dank sagen.«

Er wehrte ab. Darum konnte es jetzt nicht gehen. Sie sollte ihn verstehen. Marie sollte ihm Absolution erteilen. Nur das konnte ihm in dieser Situation eine Erleichterung verschaffen, dass nicht alles sinnlos gewesen war. »Ich habe an die Pflicht geglaubt, an Verpflichtungen, und sie über meine Gefühle gestellt«, sagte er mit brüchiger Stimme.

»Machen Sie sich nichts draus!« Natürlich verstand sie seinen Konflikt. Doch es rührte sie nicht. »Die Freiheit ist mir allemal das Liebste.«

Sein Verrat hatte ihr die Schubkraft für ein selbstbestimmtes Leben gegeben. Der Rest an Gefühl für ihn, an geträumten Möglichkeiten, war im Vergleich dazu schwach.

Sie lächelte. »Ich mag nicht, wenn etwas offen ist zwischen Menschen. Das ist wie ein Sog. Es lässt einen nicht zur Ruhe kommen. Deshalb musste ich Sie noch einmal sehen.«

Die Tür öffnete sich. Georg kam mit den Anwälten.

»Ich war gerade im Gehen«, sagte sie statt eines Grußes.

»Grüß dich Gott, Marie!« Georg sah die Spannung zwischen seiner Tochter und seinem Freund.

Marie reichte Vincent die Hand.

»Verzeihen Sie mir?«, fragte er mit einem Rest von Hoffnung in der Stimme.

»Aber ja. Adieu. Ich wünsch Ihnen Glück.« Sie ging stolz.

Vincent sah ihr nach.

Georg riss seinen Freund in die Realität zurück. »Das sind unsere Anwälte Herr Fuchs und Herr von Straub.«

Sie gaben sich die Hand und setzten sich um den Tisch.

»Man wirft dir Hochverrat vor. Du sollst mit den Engländern konspiriert haben?« Georg hoffte, dass sich alles als eine große Intrige herausstellen würde und er den Freund so schnell wie möglich aus dieser unwürdigen Situation herausholen könnte.

»Ja!« Vincent lächelte fein und hart.

Diesen Blick kannte Georg nicht an ihm. »Ich dachte, dass wir uns vertrauen können«, sagte er betroffen.

»Vertrauen?«, wiederholte Zacharias nachdenklich.

»Ja, Vertrauen … So viele Jahre arbeiten wir jetzt gemeinsam.«

»Mag sein, Georg. Aber wir stammen aus unterschiedlichen Welten. Und das hat sich auch durch einen Titel für mich nicht geändert. Und auch dadurch nicht, dass ich versucht habe, mich in allem anzupassen, dir ebenbürtig zu sein.«

Georg wollte widersprechen. Doch Vincent war nicht mehr gewillt, ihm das Wort zu überlassen. Es musste heraus. Zuerst war es ein Gefühl gewesen. Jetzt war es Gewissheit. »Vertrauen, Georg, braucht Augenhöhe. Du bist von Gottes Gnaden. Ich bin ein Böhme, der um seine Selbstbestimmung ringt.« Tränen flossen über Zacharias' Gesicht. Es war der Schmerz, den er ein Leben lang unterdrückt hatte. Die Anspannung, seine Mission um jeden Preis erfüllen zu müssen.

Georg saß fassungslos vor seinem Weggefährten. Sie hatten einander verloren.

Die Anwälte übernahmen das Gespräch, denn es ging um nichts Geringeres, als Vincent Zacharias vom Hochverrat zu entlasten und die Todesstrafe zu verhindern.

48

Die erste Frühlingssonne schien in Konstanzes Schlafzimmer. Es war bereits später Vormittag. Das Tablett mit dem Frühstück stand unangerührt auf der Bettdecke. Konstanze hielt sich an ihrer Teetasse fest, während Flora aus der Zeitung eine der ersten Kritiken zu *Frau auf dem Wege* vorlas.

Martha hatte Konstanzes Roman von einem fremden Lektor Korrektur lesen lassen und veröffentlicht, ohne selbst vom Inhalt Notiz zu nehmen. Eine Geschäftsentscheidung. Der Erfolg gab ihr recht.

»Es gelingt Frau Stein vorzüglich, die Sehnsucht ihrer Figuren nach einem erfüllenden Leben zu beschreiben. Die Heldin löst sich aus einer alten Welt, um in einer neuen glücklich zu werden. Doch um tatsächlich im Neuen anzukommen, braucht es mehr als die Reise von einem Ort zum nächsten. Freiheit braucht zuerst Erneuerung durch Selbsterkenntnis. Ein mutiges Buch und eine bezaubernde Geschichte. Die Plastizität der Hauptfigur wirkt wie die Landkarte der weiblichen Psyche.«

Flora blickte stolz von der Zeitung auf. »Das haben Sie verdient. So viele Nächte.« Flora dachte dabei auch an ihre eigenen Nächte und wie sie das Leben der Heldin mitgelebt hatte.

Plötzlich wurde Konstanze übel. Sie stand auf und ging ins Badezimmer, um sich zu übergeben. Flora brachte ihr ein Handtuch. Die Frauen sahen sich über den Spiegel an.

»Du verachtest mich, nicht wahr?«, fragte Konstanze in das gemeinsame Spiegelbild.

»Nein, auf keinen Fall«, wehrte Flora ab.

»Wir kennen uns jetzt schon so lange, Flora, du kannst ehrlich sein.«

»Sie sind Hausfrau, Mutter … schreiben so schöne Geschichten. Sie können so viele Leben haben.« Flora dachte daran, dass mit Johann der andere Teil ihres Lebens gegangen war. »Ich bin immer nur die eine, die Flora.«

Konstanze sah die Tränen in den Augen ihrer Zofe und griff ihre Hand. »Du weinst doch nicht etwa wegen mir?«

Flora schüttelte den Kopf, und so erfuhr Konstanze, dass Johann eine andere heiraten wollte.

49

Gegen Vincent Zacharias wurde ein Hochverratsprozess geführt. Die Richter und Sachverständigen hielten sich nicht lange auf, um das Todesurteil auszusprechen. Zacharias' Anwälte legten Berufung ein. Nach der Urteilsverkündung wollte Georg seinen Freund im Gefängnis besuchen. Doch der ließ ihm durch einen Beamten mitteilen, dass zwischen ihnen nichts mehr zu sagen wäre.

Georg brachte die Familie von Zacharias, die Ehefrau und die Kinder, auf einem Landgut nahe St. Pölten in Sicherheit. Er zerbrach sich den Kopf über die Entscheidung seines Freundes und über seine eigene Schuld daran. Dass der Verzicht auf Marie Vincents Entscheidungen begründet haben sollte, wollte Georg nicht in den Sinn. Die beiden hatten nicht zusammengepasst, und eine Verbindung hätte seinen Freund ebenso ins Abseits gebracht.

Eines machte sich Georg allerdings zum Vorwurf: Er hatte Zacharias' Karriere befördert und sich selbst aus den Intrigen und den Spielchen des Hofes herausgehalten. Er hatte dem Freund seine Pflichten überlassen.

Als Georg nach den Ereignissen das erste Mal nach Hause zurückkehrte, standen bereits Sträuße mit Osterglocken und Tulpen in der Eingangshalle.

Der Hausdiener gab Konstanze Bescheid.

Sie fand ihren Mann im Arbeitszimmer, wo er die Post öffnete.

Georg begrüßte seine Frau höflich und wandte sich dann wieder den Briefen zu. »Sie wollen Zacharias zum Tode verurteilen. Die Anwälte haben gegen das Urteil Berufung eingelegt«, erklärte er geschäftig, ohne sie anzuschauen.

»Stimmt es denn, was sie ihm vorwerfen?«, fragte Konstanze bestürzt.

»Dass die Böhmen nicht endlich ihre Selbstbestimmung bekommen, hat ihn dazu gebracht, sich in puncto Demokratie von den Briten beraten zu lassen. Das gilt in diesen Zeiten als Hochverrat.« Georg ließ mit keiner Silbe erkennen, welche Gedanken ihm zu seiner eigenen Rolle in dieser Verstrickung durch den Kopf gingen.

»Zacharias ist aus deinem Schatten getreten und hat sich dabei verrannt«, stellte Konstanze berührt fest. Vielleicht dachte sie dabei auch an sich selbst.

Georg wollte dieses Thema nicht mit seiner Frau besprechen. »Wie sind deine Pläne?«, lenkte er stattdessen das Gespräch in ihr Dilemma um.

»Ich habe keine«, erwiderte sie ärgerlich.

»Aderhold hat in Berlin alles aufgegeben und wohnt jetzt im Sacher«, provozierte er weiter.

»Das traust du mir zu?«

»Gibt es in dieser Sache etwas, das noch überraschen kann?« Er wendete sich wieder seinen Unterlagen zu.

Konstanze beobachtete ihn. Er hatte es nicht anders gewollt. »Ich erwarte ein Kind.«

Georg reagierte nicht, holte Schriftstücke aus einer Mappe und sah sie durch.

Da hielt es Konstanze nicht länger aus und schlug mit der flachen Hand auf den Tisch vor ihm. »Deine Überlegenheit bringt mich um den Verstand.« Ihre Stimme überschlug sich zum ersten Mal in ihrer Ehe, vielleicht zum ersten Mal in ihrem ganzen Leben.

»Halt deinen Mund. Halt doch einfach mal deinen Mund«, brüllte er zurück.

Sie schauten sich an – wie Gegner, die kurz davorstehen, einen Krieg auszulösen.

Georg griff zum letzten Mittel. »Würdest du bitte gehen?«

Was hätte er darum gegeben, sie loszuwerden. Für alle Zeiten. Konstanze setzte sich demonstrativ auf den Besucherstuhl vor seinem Schreibtisch. Sie hatte ihn so satt.

50

Maximilian saß im Vestibül des Sacher bei einem Kaffee und schrieb seine Gedanken über Würtner auf. Das unablässig wechselnde Publikum, das Auf- und Abschwellen der Gespräche in unterschiedlichen Sprachen halfen ihm überraschenderweise, sich zu konzentrieren. Er musste sich durch die Geräuschkulisse hindurchdenken, und so wurde er nicht von anderen Gedanken abgelenkt.

Denn er war unablässig mit seiner Situation beschäftigt und mit der Erinnerung an die wenigen gemeinsamen Tage mit Konstanze. Noch immer hoffte er, dass sie zurückkehren würde. Er wollte sie nicht bedrängen. Er wollte, dass sie aus einer freien Entscheidung zu ihm zurückkehrte, so wie die Heldin in ihrem Roman, die alles zurückgelassen hatte, um ihrem Geliebten über den Ozean in die neue Welt zu folgen.

Maximilian hatte darin Konstanzes Sehnsucht gelesen. Er konnte sich nicht vorstellen, dass sie lieber in der Abgeschiedenheit von Gut Traunstein leben wollte, in der Nähe eines Mannes, der ihr fremd geblieben war, als sich in das Abenteuer der Liebe zu stürzen.

Dann wieder dachte Maximilian an Martha, an ihre stille Schönheit und ihre gemeinsame Arbeit.

Das Sacher schien ihm in diesen Wochen der einzige Ort, an dem er sich selbst und seine Situation ertragen konnte.

Befriedigung verschaffte Maximilian die Arbeit über Würtner. Darüber konnte er Konstanze nah sein. Die Gespräche, die sie in den Stunden des Beisammenseins geführt hatten, klangen nach und blieben lebendig.

Maximilian las in der Bibliothek die alten Zeitungen, die vom Verschwinden der Marie Stadler berichteten, und die Artikel sechs Jahre später, die den Tod des Notenwartes kommentierten. Er führte Gespräche mit den Angestellten der Oper, die Würtner noch gekannt hatten.

Der neue Notenwart hatte drei Gehilfen, mit denen er sich die Arbeit teilte. Keine Einsamkeit mehr, die einen Menschen zu merkwürdigen Entscheidungen bringen konnte. Er war verheiratet, Vater von vier Kindern. Seine Arbeitgeber kannten und schätzten ihn. Man war bestrebt, dass sich so etwas niemals mehr wiederholte.

Maximilian trank einen Schnaps im gleichen Beisl gegenüber vom Kohlenhof, in dem Würtner Maries Geschichte erfahren hatte. Die Wirtin war inzwischen eine Matrone von über sechzig Jahren mit faltigen Brüsten im engen Mieder. Maximilian roch ihren Schweiß, als sie sich zu ihm beugte. »Eine Jüngere hat sich der Stadler ins Haus g'holt.« Als Maximilian ihr interessiert zuhörte, ergänzte sie: »Die Sophie haben's doch ins Narrenhaus g'sperrt. Den Verstand hat sie verloren, wegen der Marie und den ganzen Umständen. Aber 's Geld, das nimmt der Stadler. Der feine Herr weiß wohl net, dass die Sophie nicht mehr hier lebt.«

Er fasste seine Recherchen in Exzerpten zusammen. Vielleicht würde sie irgendwann auch Würtners Seite verarbeiten wollen. Er hatte keine Ahnung, ob Konstanze tatsächlich weiter an der Geschichte schrieb. Doch er tat es.

Einmal besuchte Maximilian den Salon. Marie erkannte ihn nicht. Er stellte sich unter falschem Namen vor.

An diesem Nachmittag gab es eine Lesung des neuen Buches von Guido von List *Die Ursprache der Ariogermanen und ihre Mysteriensprache.*

Interessiert studierte Maximilian Marie Stadler. Sie saß etwas abseits wie eine Spinne, die am Rande ihres wohlgespannten Netzes wartete und es in feinste Schwingungen versetzte, dass es im Licht verführerisch schillerte.

Der Salon bildete ein Ventil für arbeitslose Bohemiens, verarmte Aristokraten, freudlose Ehefrauen, ziellose Studenten. Maximilian sah, wie sich die Gäste um Marie scharten, wie jedes ihrer Worte Gewicht hatte und wie sie unmerklich die Gesellschaft dirigierte. Er sah ihren Überdruss dabei und ihre Lust. »*Würtner hat einen Homunkulus geschaffen. Ein Wesen, das seine Genugtuung in der Betrachtung der Welt empfindet und seine eigene Interpretation in die Köpfe der Menschen projiziert*«, so fasste Maximilian seine Beobachtungen zusammen. Er vergaß dabei das Mädchen, das sie einst gewesen war, das in einer Höhle überlebt und dort gelernt hatte, die Schattenspiele draußen als feindliche zu begreifen. Und nun musste sie diese Welt beherrschen, damit sie ihr nie wieder ein Leid antun konnte.

51

Es war still, nur das Klappern der Bestecke auf den Tellern war zu hören und das Schnaufen des Fürsten beim Essen. Der Alte war nur wenige Tage nach seinem Treffen im Sacher von einem Schlaganfall getroffen worden. Er gab ein erbärmliches Bild ab, wie er mit zitternder Hand aß und die Bissen nur mühsam im Mund behalten konnte.

Irma stocherte lustlos auf ihrem Teller herum. Nur Mathilde bemühte sich um Ordnung in ihrem Verhalten. Rosa fehlte. Sie war zu einem Besuch bei ihren künftigen Schwiegereltern. Der Bräutigam leistete seinen Militärdienst bei einem Manöver an der serbischen Grenze.

Natürlich wussten die Mädchen Bescheid über das Zerwürfnis der Eltern und über die Schwangerschaft der Mutter. Irma hatte geforscht und vom Skandal erfahren. Auch wenn Flora nichts erzählt hatte, so war das Plauschen unter den Dienstboten sowohl im Sacher als auch auf Gut Traunstein nicht zu verhindern.

Der Alte hatte genug. Er wollte vom Tisch gefahren werden. Ein Diener sprang hinzu. Der alte Fürst verließ ohne Gruß den Raum.

Konstanze beendete ihre Mahlzeit nun auch. »Ihr könnt auf eure Zimmer gehen«, sagte sie zu ihren Töchtern.

Irma ging genauso grußlos wie ihr Großvater. Mathilde verabschiedete sich mit einem Kuss zuerst vom Vater, dann von der Mutter. Konstanze genoss die Zärtlichkeit der jüngsten Tochter.

Die Dienstmädchen wollten mit dem Abräumen der Mahlzeit beginnen. Doch Konstanze entließ sie nervös. Sie musste mit Georg allein sein und Klarheit schaffen.

Finanziell war sie im Ehevertrag auch im Falle einer Trennung gut versorgt worden. Selbst von den Tantiemen ihrer Veröffentlichungen hätte sie leben können. Aber es ging Konstanze nicht um Geld. Sie wollte Sicherheit für sich und das Kind, das sie erwartete.

Georg fühlte sich elend. »Liebst du ihn?«, fragte er steif. Er wollte eine Entscheidung von ihr, die ihm seine möglich machte.

»Seit wann interessierst du dich für die Liebe?« Konstanze war erstaunt, dass er sentimental wurde.

»Ich habe immer versucht, ein guter Familienvater zu sein, dir deine Wünsche zu erfüllen.«

»Du weißt doch gar nichts von mir, Traunstein.«

»Und er weiß mehr von dir?«, fragte er eifersüchtig.

»Du hast dich nur für deine Utopien engagiert, meine Mitgift dafür gebraucht. Aber interessiert hast du dich nicht für mich.« Sie sagte es nüchtern und ohne Selbstmitleid. »Es ist halt deine Natur. Ich hab mich damit arrangiert. Nur bittschön, drangsalier mich nicht auch noch mit deiner Tugendhaftigkeit.«

Sie schwiegen.

»Ich werde das Kind hier bekommen und bleiben«, sagte Konstanze nach einer Weile.

Er erwiderte nichts.

Sie stand auf und verließ den Raum.

Georg trank sein Glas in einem Zug leer und goss sich nach. Eine Scheidung ihrer Ehe wäre konsequent gewesen. Doch welches Bild wollten sie in der Öffentlichkeit abgeben? Die Zukunft ihrer Töchter wäre ruiniert. Er fühlte sich, als sei ihm die Haut vom Fleisch gerissen worden. Seine Selbstachtung war verloren. Er fürchtete die Zukunft.

An diesem Nachmittag hatte sich der Tod auf dem Gefängnishof eingefunden.

Zacharias wusste seine Familie in Sicherheit. Er wich von der Runde ab, die er unter der Aufsicht seiner Bewacher gehen durfte, und lief ruhigen Schrittes zum Tor.

Die Wachsoldaten riefen ihn zurück. Als er nicht einhielt, schrillten ihre Trillerpfeifen. Als er immer noch nicht stehen blieb, hetzten sie ihre Hunde los.

Die Tiere umringten Vincent Zacharias aggressiv bellend und bissen sich in seinen Beinen fest. Er wehrte sich und wusste, dass seine Tritte und Faustschläge ihre Angriffslust verstärkten.

Die Soldaten pfiffen ihre Hunde zurück. Der erste Schuss traf ihn an der Schulter. Der zweite ins Genick. Er stürzte aufs Pflaster.

Es ist nicht mein Verrat an Marie, der mich zu dem gemacht hat, der ich war, dachte Vincent zuletzt. Es war der Verrat an mir selbst.

52

Am 28. Juni 1914 ging die alte Welt unter.

In Berlin schaute Martha auf das Foto des Thronfolgerpaares Erzherzog Franz Ferdinand und seine Gemahlin Sophie Herzogin von Hohenberg, das die Titelseite der Tageszeitung einnahm. Lächelnd verließ das fürstliche Paar, das die Habsburger Monarchie repräsentierte, das Rathaus in Sarajevo. Kaum eine Stunde später waren sie tot. Der erste Schuss ging durch die Seitenwand des Wagens und traf sie. Der zweite Schuss zerfetzte dem Thronfolger die Halsschlagader. Ein junger Serbe, der nach Sarajevo gekommen war, um einen Beruf zu lernen, hatte die Schüsse abgefeuert: Gavrilo Princip, achtzehn Jahre, rekrutiert durch die serbische Terrororganisation »Schwarze Hand«.

Georg ahnte, dass der Ruf nach Vergeltung dieses Terroranschlages unabsehbare Folgen haben würde. Es genügte ein Streichholz, um die Lunte des europäischen Pulverfasses zur Explosion zu bringen.

Nur wenige Stunden vor seiner Abreise nach Wien bekam er ein Telegramm, das ihm den Tod von Vincent Zacharias mitteilte. Auf der Flucht erschossen, hieß es. Georg ging in den Park und weinte.

Maximilian stand bestürzt in der Halle des Sacher. Zuerst hatte er geglaubt, dass Konstanze zu ihm zurückkehrte. Doch dann hatte er sie an der Seite von Georg gesehen. Beide waren grußlos an ihm vorbeigegangen.

Etwas später in ihrem Appartement klingelte Konstanze nach einem Pagen. »Übergeben Sie diese Karte, bitte, Herrn Aderhold.« Sie wandte sich an Flora, die mit dem Auspacken der Koffer fertig war. »Du kannst heute Nachmittag freimachen.«

»Vielen Dank, Durchlaucht.« Flora knickste. Zum ersten Mal würde sie die Stunden in der Stadt verbringen, ohne sich auf den Abend freuen zu können.

Konstanze blieb in der Stille zurück, trat ans Fenster, schaute auf die Rückseite der Oper, auf die vorbeifahrenden Autos und auf die Fiaker, um dann ruhelos durch den Raum zu wandern. Vor einem Spiegel blieb sie stehen und richtete sich mit wenigen Handgriffen das Haar. Sie war erschöpft.

Es klopfte. Maximilian kam ins Zimmer. Jetzt erst sah er, dass sie schwanger war. »Ist das mein Kind?« Er wollte sie umarmen.

Doch sie hielt ihn mit einer Handbewegung zurück. »Ich habe mich für meine Familie entschieden.«

Maximilian war unsicher. Sie hatte ihn doch rufen lassen. Vielleicht verstellte sie sich? Vielleicht hatte Georg ihr diese Entscheidung abgefordert?

»Ich werde diesem Kind das gleiche Leben ermöglichen wie meinen Töchtern.« Ihre Stimme klang ruhig und entschlossen.

»Du willst, dass es ein Traunstein wird?« Immer noch hatte er Zweifel, dass dies wirklich ihr Wunsch war.

»Ich werde dem Kind die Sicherheit geben, die du ihm nicht geben kannst«, sagte sie nachdrücklich. »Alle sprechen von Krieg. Ich will Frieden.«

Ihre Klarheit ernüchterte Maximilian. »Frieden?«, wiederholte er sarkastisch. »Die Welt wird auseinanderbrechen, Konstanze.« Ihm wurde das Kind genommen. Solange so etwas möglich war, konnte es keinen Frieden geben. »Und vielleicht muss die Welt genau deshalb auseinanderbrechen, damit wir endlich fühlen. FÜHLEN, Konstanze!«

Sie schaute ihn traurig an. Sie schienen sich schon ewig zu kennen. »Lass es gut sein, Max.«

»Ich bin der Vater«, sagte er mit letzter Anstrengung.

»Geh jetzt. Bitte!«

Maximilian starrte sie an. War das die Frau, die er verehrte, seit er ihren ersten Text gelesen hatte?

»Leb wohl«, sagte sie noch einmal.

Er nickte und ging.

Konstanze blieb zurück. Sie dachte an Martha.

»Wir müssen mit einem Faustschlag zur Ordnung rufen. Jetzt heißt es Krieg«, war das Erste, was Georg hörte, als er das Kronprinz-Rudolf-Zimmer betrat. Die Männer, die hier zusammengekommen waren, standen oder saßen in den Möbeln, in denen sich der Kronprinz das Leben genommen hatte, weil sein Vater, der Kaiser, ihm jede Mitwirkung an der Gestaltung des Reiches verwehrt hatte. Die Einschusslöcher waren noch erhalten.

Vor sechzehn Jahren, wenige Tage nach dem Tod der Kaiserin, hatte der Oberhofmeister bestimmt, dass das Sterbezimmer aus Mayerling ins Sacher gebracht wurde – zur Aufbewahrung an einem neutralen Ort.

Georg sah in die erhitzten Gesichter der Offiziere und Funktionsträger des Reiches. Er sah, wie die Männer nach Whisky oder Portwein griffen. Sie benebelten sich mit Drogen, wie auch der Krieg eine Droge war. Eine tödliche Droge.

Der Tod hatte sich an eine Fensterbank gelehnt und lauschte.

Man war sich einig, die gesamte kaiserliche Armee zu mobilisieren und den Bündnisfall auszurufen. Für alle stand fest: Die serbische Regierung ist der Drahtzieher des Attentates.

»Es handelt sich um die Tat einer Terrorvereinigung«, versuchte Georg an die Vernunft zu appellieren. »Wir sollten Ruhe bewahren.«

Doch niemand hörte ihm zu.

Der Tod dachte daran, dass Attentate und Morde stets als bewährtes Mittel erschienen, um die Herrschenden in ihre Grenzen zu verweisen, Aufsehen zu erregen und zu provozieren. Und – die Herrschenden nutzten diese Provokationen gern, denn mit den Verbrechen der anderen ließen sich gut die eigenen Verbrechen kaschieren. Oder – sie organisierten diese Anschläge selbst, um ihre Herrschaftsinteressen neu zu ordnen und dabei zu festigen.

All das wusste der Tod seit einer unendlichen Zeit. Es verwunderte ihn, dass die Menschen sich darüber keine Klarheit verschaffen wollten. Was sie hätten mit einer Polizeiaktion erledigen können, hetzten sie zu einer Militäraktion zwischen Völkern auf.

»Nach einem Krieg werden wir uns wieder bewegen können«, brüllte von Erdmannsdorf begeistert.

»Wie wollen Sie sich mit blutigen Händen eine weiße Weste anziehen, Erdmannsdorf?«, fragte Georg ruhig.

»Ich bitt Sie, Traunstein, gerade Sie müssen sich hier nicht exponieren. Ein Mann, der jahrzehntelang mit einem Vaterlandsverräter zusammengearbeitet hat.«

Georg schüttelte den Kopf. Er dachte daran, dass diese Männer hier im Raum alt waren und keine eigene Zukunft mehr hatten. Sie waren unzufrieden mit dem, was sie in ihrem Leben erreicht hatten. Denn sie hatten es mit Wichtigtuerei und Geschwätz vergeudet – anstatt zum Wohle der Gemeinschaft zu handeln. Wenigstens einmal noch wollten sie Bewegung in ihrem erstarrten Dasein spüren und setzten dabei skrupellos die Zukunft aller aufs Spiel.

53

Fünf Wochen später war der Krieg da. Der greise Kaiser unterschrieb die Kriegserklärung in seinem Sommerurlaub in Bad Ischl. Rückendeckung erhielt er durch den deutschen Kaiser.

Die Monarchen aus London, St. Petersburg und Berlin – Vettern, die sich seit Kindheitstagen mit »Georgie«, »Nicky« und »Willy« anredeten – besaßen zwar scheinbar die Macht in ihren Ländern, aber gegen ihre Generalstäbe und ihre Außenminister konnten sie sich nicht durchsetzen; wollten es gar nicht. Es war unbeliebt, gegen den Krieg zu sein.

Denn es waren auch die Völker, die einfachen Menschen, die sich von einem Krieg gegen die Nachbarländer eine Verbesserung ihrer Lebensverhältnisse versprachen. Mit Emphase zogen die Männer an die Front. Ihre Frauen winkten ihnen nach, mit weißen Taschentüchern und bunten Blumensträußen. Weihnachten wollten alle wieder zu Hause feiern, dann wäre die Welt neu geordnet.

Im Sacher trennten sich die kriegsführenden Nationen entsprechend ihrer Bündnisse. Kaum jemand fühlte die ernste Gefahr. Im Gegenteil. Die Freude, dass der Krieg nun endlich da war, hätte größer nicht sein können.

Mit großem Bedauern schrieb Mayr die Rechnungen. »Ich bin sicher, dass wir Sie schon bald wieder bei uns begrüßen dürfen, Exzellenz«, sagte er zum englischen Botschafter und gab seinen Kofferdienern einen Wink, dass sie sich um das Gepäck kümmerten.

Anna Sacher trat an den Rezeptionstresen und schaute in das Anmeldungsbuch. Fast alle Positionen der ausländischen Stammgäste waren gestrichen.

»Ich hoffe, dass dies alles schnell wieder vorüber ist, wie bei einem sauberen Familienkrach«, sagte Mayr.

»Das wird es, Mayr.« Anna hatte ihr Geld nun doch in Kriegsanleihen angelegt. Ein kurzer schneller Krieg wäre gut, ein längerer auszuhalten, wenn nur die Geldanlage danach Gewinne brachte.

Anna folgte dem Blick ihres Portiers zur Tür.

Dort kam Eduard junior – das erste Mal seit Jahren. Er trug eine Leutnantsuniform. Der Sohn wollte der Mutter seine Männlichkeit zeigen und ihren Segen bekommen.

»Hast dich freiwillig gemeldet?« Anna ging ihm entgegen. »Und wer kümmert sich um dein Kaffeehaus derweil?«, fragte sie pragmatisch.

»Wir werden nicht lang fort sein.«

»Ja, dann … Der Wagner wird ein Auge draufhaben. Steckt schließlich auch mein Geld drin.«

»Ich wollt dir Servus sagen. Das wär's«, sagte der Junior bissig.

»Das wär's? … Ich begreif net, warum du immer so hart bist zu mir.«

»Ich begreif auch net, dass ich immer noch einen Fuß über diese Schwelle setz« Eduard machte auf dem Absatz kehrt und verschwand im Getümmel der Offiziere und abreisenden Gäste.

Anna ging an den leeren Separees vorbei und rief: »Wagner, wir müssen unsere Vorräte auffüllen. Wein, Whisky, Zigarren, Kakao.«

Wagner kam eilig. »Jawohl, gnädige Frau. Es wird Siege zu feiern geben.«

»Es kann jedenfalls nicht schaden, in diesen Zeiten die Kammern voll zu haben.«

»Ich werde mit dem Küchenchef sprechen und ihnen die Bestellungen vorlegen, gnädige Frau.« Er gab seiner Chefin Feuer. Sie rauchte die ersten Züge. »Mein Sohn Eduard hat sich übrigens freiwillig an die Front gemeldet. Wir werden uns um sein Kaffeehaus kümmern.«

»Sehr wohl, gnädige Frau.«

Anna ging in ihr Büro, schloss die Tür hinter sich. Dort schaute sie auf die gerahmten Fotos ihrer Kinder. Sie nahm das Bild ihres Sohnes zur Hand. »Gott mit dir, Eduard!«, gab sie ihm den mütterlichen Segen.

54

Maximilian fuhr nach Berlin zurück. Er musste gegen diesen Krieg arbeiten. Vorab hatte er Martha telegrafiert. »*Ich hoffe sehr auf Dein Verständnis und Deine Güte.*« Was er nicht hatte schreiben können, dass Konstanze schwanger war.

Martha saß am Schreibtisch und las euphorische Briefe ihrer Schriftsteller von der Front. Die meisten hatten sich freiwillig gemeldet. Sie blickte von ihrer Lektüre auf, als Maximilian kam.

Der vertraute Geruch von Druckerschwärze und Kaffee umfing ihn. Er war wieder zu Hause. Maximilian stellte den Koffer ab und umarmte Menning. Dann trat er zu Martha ins Büro. Nach der Begrüßung nahm er all seinen Mut zusammen. »Konstanze erwartet ein Kind.«

Martha brauchte einen Augenblick, um zu begreifen, dass es Maximilians Kind war. Er wurde Vater.

Maximilian wusste nicht, wohin mit sich und seinem Gepäck, und tat das, worin er sich sicher fühlte: Er zog sein Jackett aus, setzte sich an den Schreibtisch und begann mit der Arbeit.

Von nun an mieden sie das Thema und alles, was sie verletzen könnte. In diesen Zeiten war es gut, wieder zusammen zu sein.

55

Die Kriegsmaschinerie hatte mit der Arbeit begonnen und hielt den Tod auf Trab. Ganze Landstriche wurden verwüstet. Menschen verstümmelt und zerfetzt. Auf den verlassenen Schlachtfeldern lagen Pferdekadaver, aus denen das Gedärm quoll. Über den Toten kreisten die Raubvögel.

Maximilian erinnerte sich an Spielhagens *Technik des Romans* und die Frage, die er vor zwei Jahrzehnten nicht mit Martha diskutieren wollte: »Ist der Dichter, der Künstler … der Erfinder, der Schöpfer eines Neuen, nie Dagewesenen, das nur durch ihn entsteht …«, oder findet er etwas, das für jeden zu entdecken wäre? Maximilian dachte über Ursache und Wirkung nach. Hatten die Künstler in ihren Bildern und Texten, die sie weit vor Ausbruch des Krieges geschaffen hatten, ein Sodom und Gomorrha, beschworen? Hatten sie die Apokalypse geradezu herbeigerufen, sodass sie sich materialisierte und nun konkret war? Waren die Bilder des Weltuntergangs womöglich Entwürfe einer Zukunft in den nichtsichtbaren Raum des menschlichen Daseins? Und mussten sie alle jetzt diese Schreckensbilder erleben?

Und mit diesen Fragen kam auch die Frage nach der Kraft des menschlichen Denkens – und die Frage nach der Verantwortung des Menschen für sein Denken.

»Warum hat uns Gott verlassen?«, stöhnte die Liebe angesichts der Verwüstung. Und der Tod, der ihr nun viel häufiger als in Friedenszeiten begegnete, antwortete: »Der Mensch hat sich selbst verlassen. Er ist sein eigener Mörder. Ich bin nur der Tod.«

Liebe und Tod arbeiteten Hand in Hand, oft am selben Menschen. Schnelle Hochzeiten und schnelle Verlobungen waren Alltag. Die Männer und die Frauen wollten sich im letzten Augenblick verbindlich erklären. Sie ahnten, dass ihnen nicht viel Zeit dafür blieb.

Auch Johann hatte mit dem Gedanken gespielt, Margarete zu heiraten. Doch er konnte sich nicht entschließen, denn all die Jahre war er unabhängig gewesen. Und jetzt wollte er sich Hals über Kopf binden?
Johann ging in den Krieg mit der festen Absicht zurückzukehren. Danach würde er seine Zukunft überdenken. So schrieb er es an Flora. Er hatte sie in dem halben Jahr bis zum Kriegsausbruch nicht vergessen können und sich immer wieder gefragt, ob das, was er mit Margarete geplant hatte, wirklich ersetzen konnte, was er für Flora fühlte.

»Er ist jetzt in Frankreich stationiert.« Flora öffnete Johanns Brief. Konstanze nickte. Sie war in ihre Arbeit vertieft.
»Er schreibt, dass keine Lösung in Sicht ist. Es scheint sich alles mehr und mehr zu verwirren«, sagte sie und las still seine zärtlichen Worte und Erinnerungen, die stets seine Post beschlossen.
Konstanze schaute nachdenklich ins Leere. Sie lauschte Maximilians Worten nach, die er in ihrer letzten Auseinandersetzung gesagt hatte. *Und vielleicht muss die Welt genau deshalb auseinanderbrechen, damit wir endlich fühlen. … FÜHLEN …* »Aber ich fühle doch«, erwiderte

sie ihm im Selbstgespräch. Und forschte, was er gemeint haben könnte.

Sie erinnerte sich an die Monate vor ihrer Hochzeit und wie sie sich alle möglichen Abwechslungen gesucht hatte, um sich keine Rechenschaft über die bevorstehende Ehe geben zu müssen. Sie erinnerte sich an die ersten Nächte mit Georg, nach denen sie froh war, wieder allein zu sein. Sie dachte an ihre Schwangerschaften. Und sie kam zu dem Ergebnis, dass sie jedes Gefühl ausgeschaltet hatte, um das Leben zu ertragen.

Doch! Eine Freiheit hatte sie sich genommen. Sie war in ihre Nähstube geflüchtet, um dort leeres Papier mit Worten zu füllen.

Das Kind in ihrem Bauch regte sich. Zum ersten Mal in ihren vier Schwangerschaften genoss Konstanze das Wesen, das in ihr wuchs. Sie war neugierig, welcher Mensch durch sie das Licht der Welt erblicken wollte. Sie freute sich darauf, wenn ihr die Hebamme das Neugeborene in den Arm legen würde. Diesmal wollte sie alles anders machen. Sie würde sich dem Kind widmen. Sie würde auf seine Bedürfnisse achten.

Sie dachte an ihre Töchter, an Rosa, die nun verheiratet war. Sie hatten in den Monaten ein paarmal telefoniert. Aber wusste Konstanze, was die Älteste fühlte? Sie würde sich endlich Zeit für ihre Töchter nehmen. Voller Zuversicht setzte Konstanze ihre Arbeit fort.

Es war wieder spät geworden. Sie legte die Seiten, die sie an diesem Tag fertigbekommen hatte, für Flora zum Kopieren bereit. Dann ging sie durch das nächtliche Haus in Georgs Arbeitszimmer.

Im Verlag klingelte das Telefon. Martha nahm ab und hörte Konstanzes Stimme. »Martha … Wie geht es dir?«

»Du willst sicher Max sprechen?«, wehrte Martha ab.

Maximilian wurde aufmerksam und kam näher.

»Ist er denn wieder in Berlin?« Damit hatte Konstanze nicht gerechnet.

»Ich geb ihn dir.«

»Warte! … Ich wollte dich sprechen. … Es ist schön, deine Stimme zu hören.«

Martha schwieg.

»Sag, weißt du noch, bei der Geburt von Rosa, wie du bei mir warst?«, erinnerte sich Konstanze an einen der schönsten Momente ihres Lebens.

Sie schwiegen beide in der Erinnerung an die gemeinsamen Tage in einer Zeit, die es in ihrer Unbeschwertheit nicht mehr gab.

»Glaubst du, der Krieg wird lange dauern?« Konstanze hätte viel lieber gefragt: *Glaubst du, dass wir uns nach dem Krieg wiedersehen werden?*

»Zu uns kommen täglich Berichte von der Front. Keiner dort hat inzwischen Hoffnungen auf ein schnelles Ende«, erwiderte Martha sachlich. Sie fühlte wohl die unausgesprochene Frage und Konstanzes Sehnsucht.

Martha wünschte sich, endlich ihr eigenes Leben zu beginnen. Wenn der Krieg zu Ende war, würde sie sich von Maximilian trennen. Sie würde einen Teil des Verlages übernehmen und in ihren eigenen Verlag überführen. Sie würde einen Schlussstrich ziehen unter die Vergangenheit. An Georg dachte Martha auch. Aber sie wollte keine Verstrickung mehr.

»Leb wohl, Konstanze!« Martha übergab Maximilian den Hörer und ging in den Nebenraum.

»Soll ich kommen?«, fragte Maximilian besorgt.

»Nein! … Ich glaube, es wird ein Bub. Ich wollte dich nach einem Namen fragen.«

Diese Frage brachte ihn an seine emotionale Grenze. Sie bekamen vielleicht einen Sohn. Seinen Sohn.

»… Andreas … ?«, fragte er mit brüchiger Stimme.

»Andrasz … schön.«

Sie schwiegen und lauschten dem Atem des anderen.

»Ich verstehe zum ersten Mal, was Georg meint: Jeder von uns hat seinen Platz in der Welt – und wenn er ihn nicht ausfüllt, entstehen Verwirrung und Schmerz.«

»Wir haben auch einen Platz in uns selbst. Was ist damit?«

Er kämpfte. Konnte sie denn nicht fühlen, dass sie zusammengehörten?

»Leb wohl, Max.« Konstanze legte auf.

Martha hatte zwei Gläser mit Schnaps aus Mennings Flasche gefüllt und sich auf eine Holzbank in der Druckerei gesetzt. Sie schob Maximilian ein Glas zu. Sie tranken.

»Er wird von Traunstein heißen. Sein Stammbaum lässt sich bis ins 14. Jahrhundert zurückverfolgen.« Maximilian lachte bitter und kippte den Fusel. »Viele Fehltritte in diesen Stammbäumen …«

Martha goss noch einmal nach. »Wir haben es nicht geschafft, ein Liebespaar zu sein … und Eltern zu werden.« Sie sagte es ohne Vorwurf.

»Warum eigentlich nicht? Warum haben wir es nicht geschafft, Martha?«

Vielleicht, so schoss es Martha durch den Kopf, hatten sie deshalb kein Kind, weil dieses kleine Wesen vorher gespürt hatte, dass seine Eltern und mit ihnen Millionen andere hinweggespült würden von einer Katastrophe.

Martha nahm Maximilians Hand. Sie wollte nichts anderes mehr als seine Hand halten.

Die Liebe hatte sich auf das Sofa gelegt, auf dem Maximilian stets die eingegangenen Manuskripte las. Sie schaute sich in dem kleinen

Raum um, in dem so viele Gedanken kreisen, so viele Visionen, Pläne, Zweifel, Versagensängste. Sie dachte an das Leben der Menschen und wie kompliziert sie es fühlten, so viele Unwägbarkeiten, so viel Unverständliches, eine stete Last, an der sie trugen.

Maximilian zog Martha in seinen Arm. So saßen sie beide, hielten sich fest und weinten.

56

Es war ein sonniger Novembertag. Die Pflegerin hatte den greisen Fürsten in eine Decke gewickelt und im Windschatten des Pavillons in die Sonne gestellt.

Josef genoss die Stille.

Ein Schatten fiel auf sein Gesicht. War es etwa schon wieder so weit, dass ihn die Pflegerin zurück in die Dunkelheit seiner Räume bringen wollte? Josef schlug die Augen auf.

Das Gesicht über ihm war im Gegenlicht der Sonne nicht zu erkennen. Er spürte, dass etwas Schweres in seinen Schoß fiel. »Mit Dank zurück!« Er erkannte die Stimme von Marie Stadler.

Sie trat näher. Jetzt sah er ihr Gesicht und ihr Lächeln. »Besser hätte mein Leben nicht beginnen können.« Ihre Stimme triumphierte. Sie war in der Blüte ihrer Jahre.

Er war ein Greis. »Wenn die Ratten aus ihren Löchern kriechen, dann ist's das Ende«, warf er ihr voller Hass entgegen. Im Schoß fühlte er seinen Geldbeutel.

»Die Ratten! Gegen diese Plage wird Ihr ganzes Geld nichts mehr ausrichten können«, erwiderte sie lustvoll.

»Ich hätte deine Geburt verhindern müssen, der Dienstmagd das Kind aus dem Leibe reißen.«

»Aber nun bin ich Ihr Blut.« Sie kokettierte. »Marie von Traunstein! Nein, das gefällt mir nicht wirklich.« Sie stieß die Spitze ihres Schirmes zwischen seine Beine. »Mit deinem Geschlecht ist es zu Ende. Großpapa!«

Er stöhnte vor Schmerz und hievte sich hoch. Er wollte ihr das Gesicht zerkratzen. Sie war schneller und gab dem Rollstuhl einen Tritt. Der holperte den Weg entlang und kippte nach wenigen Metern um.

Marie öffnete ihren Mandarinen-Sonnenschirm. Ein Verehrer hatte ihn ihr aus Shanghai mitgebracht. Sie lief zurück zum Schloss. Endlich hatte sie sich dieses Beutels entledigt.

Hinter ihr begann der Fürst um Hilfe zu rufen. Zwei Gärtner wurden aufmerksam und halfen ihm zurück in den Rollstuhl.

»Irma!« Konstanze kam trotz ihrer fortgeschrittenen Schwangerschaft eilig die Treppe herunter. Die Tochter stand mit Georg in der Halle. Sie war schon im Mantel, ihr Gepäck stand an der Tür bereit.

»Meine Mutter bekommt ein Kind von einem anderen, ihr werdet mich nicht mehr standesgemäß verheiraten können. Also brauche ich eure Farce auch nicht länger mitzuspielen«, erklärte Irma heftig.

»Was deine Mutter und ich tun, ist eine Sache. Aber die Familie ist unser aller Angelegenheit.« Georgs Stimme klang wie immer ruhig und überlegt.

»Familie? Warum hast du dich denn damals nicht um Marie und ihre Mutter gekümmert? Die sind doch auch Familie«, erwiderte Irma zornig. Plötzlich sah sie aus wie der alte Fürst. Georg erschrak.

Mathilde stand oben auf der Treppe. Wenn Irma ihren Entschluss wahr machte, dann würde sie allein zurückbleiben.

»Warum willst du denn gehen, Irma?«, versuchte Konstanze einzulenken.

»Ja, warum wohl, Mutter! … Weil dieses Haus ein Sarg ist.«

»Aber wohin möchtest du denn, Kind?«, fragte Konstanze besorgt.

Die Eingangstür flog auf. Im Türrahmen stand Marie. »Zu mir!«

»Zu meiner Schwester«, triumphierte Irma.

Ein stechender Schmerz durchzog Konstanze.

Marie nahm Irmas Koffer und reichte der Schwester die Hand.

Irma genoss ihren Abgang. »Das Kind tut mir leid, dass es in diesen Sarg geboren wird.«

Mathilde zuckte zusammen.

Georg wollte Irma aufhalten. Doch die entwand sich seinen Händen und sagte scharf: »Willst du mich einsperren wie der Würtner die Marie?«

Schockiert trat Georg einen Schritt zurück und gab den Weg frei. Irma und Marie gingen.

Die Wehen hatten begonnen. Konstanze musste sich auf die Treppe setzen. »Die Hebamme!«, stöhnte sie.

»Mutter!« Mathilde kam gelaufen. Georg ging eilig zum Telefon.

Irma verstaute das Gepäck im Kofferraum. Marie öffnete ihr die Tür zur Beifahrerseite. Sie fuhr seit drei Wochen einen Zweisitzer.

Der Tod betrachtete sich das Automobil. Er bedauerte, dass er die Frauen auf ihrer Fahrt zurück nach Wien nicht begleiten konnte. Es hätte ihm Spaß gemacht.

Als sich die Staubwolke des abfahrenden Wagens gelegt hatte, sah er die Liebe. Sie winkte ihm. »Können wir uns nicht teilen?«, rief sie ihm schon von Weitem zu.

»Aber wir sind zwei, meine Liebe«, antwortete der Tod und kam sich wegen der Anrede sehr originell vor.

»Ich meine, Sie beschränken sich auf eine Seele und überlassen mir die andere.« Sie schaute ihn bittend an.

Er bedauerte, dass er ihr geantwortet hatte. Der Irrtum bestand schon darin, dass SIE glaubte, dass ER etwas tat, bei dem er sich beschränken konnte. Das musste sie doch besser wissen. Nun, bei ihr lagen die Dinge eben anders. Sie war eine Energie, eine unbeschränkte Energie. Er war ein Gefährt, das die Seele durch den Vorhang der Welt begleitete.

»Sie lehnen also eine Mitwirkung ab«, frage die Liebe enttäuscht.

Der Tod verschränkte die Arme und schaute angestrengt in den blauen Himmel. Er wollte sich nicht mit ihr entzweien. ... Dieser Krieg, dachte er, der macht selbst uns ganz verrückt ...

Mathilde kniete vor ihrer Mutter. Konstanze streichelte das Haar der jüngsten Tochter. »Geh bitte auf dein Zimmer, Mathilde.« Die Jüngste zögerte, dann riss sie sich los und befolgte den Wunsch.

Die Schmerzen waren so groß, dass Konstanze nicht aufstehen konnte. Sie musste auf der Treppenstufe sitzen bleiben. Georg setzte sich dazu. Konstanze nahm seine Hand. »Ich möchte, dass es unser Kind ist.«

In den Tagen, in denen Georg um das Leben des Freundes bangte und sich mit seiner Schuld an dessen Verhaftung auseinandergesetzt hatte, war er stiller geworden.

Vincent und er hatten sich gemeinsam der Friedensliga angeschlossen, waren Mitglieder der gleichen Loge gewesen. Die Familien Traunstein und Zacharias trafen sich regelmäßig an den Fest- und Geburtstagen. Die Freundschaft schien alle Facetten zu haben, sie war ernst und heiter, tiefgründig und verbindlich. Als Georg sah, dass sich zwischen Marie und dem Freund eine Liebesbeziehung anbahnte, hatte er, um den politischen Mitstreiter nicht zu verlieren, den Adelstitel für Zacharias beim Kaiser angeregt und sich gleichzeitig mit dem Oberhofmeister über eine geeignete Ehe beraten. Nie mehr hatte er Vincents Blick vergessen können, als er ihm die Liste der möglichen Heiratskandidatinnen vorlegte. Zacharias war Georg zu treu ergeben, als dass er Protest erhob. Im Gegenteil fragte er ihn um Rat, welche der Familien Georg denn bevorzugen würde?

Georg beriet seinen Freund, ging mit ihm alle erforderlichen gesellschaftlichen Schritte und stand als Trauzeuge an Zacharias' Seite. Da war Vincent schon Baron von Zacharias.

Doch es war Georg entgangen, wie sehr der Freund gelitten haben musste. Denn in Wahrheit fühlte sich Vincent von Georg benutzt.

Nicht ein einziges Mal in ihren endlosen Diskussionen über die politische Zukunft des Landes hatte Georg versucht, die Argumente seines Freundes zu verstehen. Schlimmer noch – er hatte Vincents Sehnsucht nach einem eigenständigen böhmischen Nationalstaat mit Argumenten attackiert. Er hatte sich selbst für den Klügeren gehalten.

Jetzt erkannte Georg, dass er sein grundsätzlichstes Prinzip – dass alle Menschen gleich sind – gegenüber dem Freund missachtet hatte. Das ist Hochmut, begriff Georg über sich selbst. Er hatte als Freund versagt. Er hatte als Mensch versagt.

Deshalb war Georg fest entschlossen, Konstanze und ihrer Ehe die Treue zu halten. Er wollte mit dieser Geste Abbitte leisten für seine Überheblichkeit. Er würde das Kind lieben wie seine drei Töchter. Das hatte er sich geschworen, und so versprach er es nun Konstanze.

57

Josef von Traunstein schickte die Krankenschwester aus dem Zimmer und schob sich selbst im Rollstuhl zum Schrank. Dorthin, wo seine Jagdwaffen aufbewahrt waren. Fast fünfunddreißigtausend Stück Wild hatte er in sechzig Jahren erlegt. Das waren gut zwei am Tag. Die kapitalsten Totenschädel waren in den Fluren und im Esszimmer ausgestellt. Sie würden der Nachwelt erhalten bleiben.

Macht braucht Blut. Und mit Blut wird die Macht hinfortgerissen – dachte der Tod.

Der alte Fürst dachte an den Krieg und dass nun doch nichts Gutes dabei herauskommen würde. Er griff nach der Waffe, die stets geladen bereitstand, und entsicherte sie mit zitternder Hand. Der Griff saß noch. Er schob den Lauf des Gewehres in den Mund. Er schmeckte Metall und verbranntes Pulver … Wie habe ich mich nur so verrennen können, dachte er noch … Dann drückte er ab.

Konstanze hörte den Schuss, während sie um die Entbindung des Kindes rang. Diesmal war die Geburt noch schmerzhafter als bei ihren Töchtern und von Angst besetzt.

Der Tod hieß die Seele des alten Mannes willkommen. Sie wollte nur eines: endlich ausruhen.

Die Liebe hatte sich auf den Stuhl an Konstanzes Nähtisch gesetzt. Sie hoffte, dass der Tod hierher nicht zu kommen brauchte.

Unten stürzte Georg in das Zimmer seines Vaters. Er musste würgen, hielt sich ein Taschentuch vor den Mund und rief nach den Dienstboten.

Stundenlang lief Georg unruhig in seinem Arbeitszimmer auf und ab. Er dachte an den unwürdigen Tod seines Vaters, an das Kind, das bald geboren werden würde und an Konstanze, die sich mit der Entbindung quälte.

Es war schon weit nach Mitternacht, als endlich das Schreien des Neugeborenen im Haus widerhallte. Georg verließ eilig sein Zimmer und rannte zur Treppe. Dort kam ihm Flora entgegen. »Es ist ein Bub. Aber Ihre Frau verliert sehr viel Blut.«

Er stieg eilig hinauf. Als er Konstanzes Zimmer betrat, sah er, wie ein Dienstmädchen die blutigen Laken zur Seite brachte. Die Hebamme übergab ihm das Kind, um dem Arzt zur Seite zu sein.

Georg betrachtete den neugeborenen Jungen. Für einen Augenblick glaubte er, Marthas Lächeln zu sehen. Er lächelte zurück.

Konstanze rief ihn mit schwacher Stimme. Er trat näher und wollte ihr den Sohn reichen. Doch ihre Arme hatten keine Kraft. Sie berührte nur die Füßchen des Kindes und Georgs Hände. Diese Berührung war wie von Schmetterlingsflügeln.

»Was ist passiert ... da war ein Schuss?«, fragte sie leise.

»Vater ist tot.«

Konstanze schwieg. Die Erinnerungen und das Gefühl der Schuld kämpften in ihr.

Die Liebe sah, wie der Tod ins Zimmer eintrat, und schüttelte den Kopf. Der Tod nahm den Platz neben ihr.

»Und du wirst ihn lieben wie unsere drei Töchter?«

Georg nickte, gab das Kind der Hebamme und setzte sich zu Konstanze ans Bett.

Die Liebe hoffte immer noch, dass sich alles wenden würde. Der Tod hielt sich zurück.

»Verzeihst du mir, Georg?« Konstanze hatte ihren Mann zum ersten Mal bei seinem Vornamen genannt. »Du musst mir verzeihen. Bitte, Georg!«, flehte sie. Ihr Wunsch ging über den Ehebruch hinaus, meinte auch eine alte Geschichte, über die sie stets geschwiegen hatte.

Er nickte wieder.

»Du musst es sagen, bitte, sag es.« Ihre Stimme klang schon wie hinter Nebeln.

»Ich verzeihe dir.« Natürlich verzieh er ihr. Wenn er sich doch selbst verzeihen könnte.

»Danke, Georg!« Sie lächelte im Sterben.

Der Tod schaute die Liebe an. So hatten sie es doch schon damals gewusst, an jenem 28. November vor zweiundzwanzig Jahren. Was hatte sich denn verändert seitdem?

Die Frauen hatten sich verändert, dachte die Liebe. Die Frauen waren mutiger geworden, sie hatten ihre Bedürfnisse entdeckt und begannen, dafür einzustehen. Und wenn die Frauen erwachen und ihre Männer daran erinnern, dass sie gemeinsam aus dem endlosen Spiel von Macht und Ohnmacht heraustreten können, dann wird auch das Morden auf den Schlachtfeldern enden. Dann werden sich alle erinnern, dass sie ein Volk sind, dass es nur einen Gott gibt. Und dieser Gott sind sie alle selbst.

Martha ließ den Telefonhörer sinken und ging ins Gästezimmer, wo Maximilian schlief. Er erwachte und begriff, bevor sie ihm die Nachricht überbracht hatte.

Georg schaute auf Andreas. *Viele Mädchen zuerst,* hatte er vor einer unendlich langen Zeit zu Konstanze gesagt ... *für einen Jungen haben wir noch Zeit.* Flora kam. Ihre Augen waren rot vom Weinen. »Ich werd eine Amme holen.« Georg schaute auf den neugeborenen Knaben. »Ja ... Eine Amme werden wir wohl brauchen.« Georg reichte ihr Andreas. Flora nahm ihn vorsichtig. »Ich werd alles tun, dass er den Verlust der Mutter verkraftet.«

Georg nickte. Er kam mit keinem Gedanken darauf, die Erziehung des Kindes Maximilian zu übergeben.

Josefs Beisetzung war entsprechend der Sitte mit einer großen Zahl von Trauergästen begangen worden. Konstanzes Begräbnis fand einen Tag später im engsten Familienkreis statt.

Danach telefonierte Georg mit Martha. Er erfuhr, dass Maximilian beschlossen hatte, als Kriegsberichterstatter an die Front zu gehen, um aus dem eigenen Erleben über die Schrecken des Krieges zu schreiben.

»Er wünscht sich ein Foto seines Sohnes«, trug Martha seine Bitte weiter.

Georg versprach es und erzählte ihr, wie sich Konstanze aus dem Leben verabschiedet hatte und wie wichtig es ihr gewesen war, sich mit ihm zu versöhnen.

In der Nacht vor Maximilians Abreise hatte Martha das Gefühl, dass Konstanze sie besuchte.

Sie sprachen nicht miteinander. Das war nicht notwendig.

Konstanze beugte sich über Martha und küsste sie, so wie sie es Silvester getan hatte. *Ich liebe dich, Martha, ich liebe dich, wie man nur einen Menschen lieben kann.*

58

»Der Stellungskrieg tobt bewegungslos und ist unersättlich wie ein alles fressender Moloch. Selbst wenn der Beschuss endlich nachgelassen hat und der Soldat hoffend den Kopf hebt, tötet heimtückisch das Gas.«

Wöchentlich kamen Maximilians Aufzeichnungen und Artikel von der Front. Martha gab sie sofort an Menning weiter, dass er sie in den Satz brachte.

»Wir drucken alle deine Texte, lieber Max«, schrieb sie ihm zurück. »Jedes deiner Worte trifft und zeichnet den Schrecken, den du erlebst.«

Der Krieg erfasste ganz Europa.

Im Kaiserreich Österreich-Ungarn flohen Hunderttausende aus den Kronländern vor Plünderungen ihres Besitzes, vor ethnischen Übergriffen, vor Pogromen. Auch nach Gut Traunstein kamen Flüchtlinge. Georg brachte sie in der Schule unter. Als der Platz dort nicht mehr ausreichte, schuf er Unterbringungsmöglichkeiten in den Nebengelassen seines Gutshofes. Die Krankenstation war voll. Arzt und Hebamme hatten rund um die Uhr zu tun. Mathilde half, wo sie gebraucht wurde.

»Inzwischen haben wir fast einhundert Menschen zu beherbergen, die aus ihren Gebieten vertrieben sind«, schrieb Georg an Martha. »Typhus und andere tödliche Krankheiten grassieren. Nur dank meiner Verbindungen zu guten Freunden ist es mir möglich, Verbandsstoff und Medikamente zu organisieren.«

»Berlin ist voll von verstümmelten Männern, die nun für immer vom Krieg gezeichnet sind«, antwortete ihm Martha. »Ich habe das Gefühl, dass das Licht ausgegangen ist, dass wir die Grenzen des Menschseins überschritten haben. Wie soll der Frieden aussehen, auf den wir alle warten?«

Maximilian zog als Kriegsberichterstatter über die französischen Schlachtfelder. Er suchte nach dem Klebstoff, der diesen Krieg zusammenhielt. Er sprach mit den einfachen Soldaten und mit ihren Offizieren.

Die Männer, die in Friedenszeiten namenlos gewesen waren, wurden im Krieg Soldaten einer Truppe, eines kämpfenden Körpers. Sie fühlten sich erhoben, denn sie hatten Macht bekommen über das Leben der Männer jenseits des Schützengrabens.

»Sie kennen ihren Feind nicht, aber sie hassen ihn, weil man ihnen gesagt hat, dass diese da oder jene dort ihre Feinde sind. Ist ein Krieg einmal begonnen, ist er kaum noch zu beenden. Denn um den Krieg zu führen und ihn auszuhalten, haben die Männer jede Vernunft ausgeschaltet, jedes Gefühl verdrängt. Die Trillerpfeife der Offiziere befiehlt den Soldaten ins Gefecht. Aber kein Mann, der noch bei Sinnen ist, wird sich von einem Pfiff in den Tod schicken lassen.«

Maximilian schrieb und schrieb. Wenn er an einem geschützten Ort war, hämmerte er seine Gedanken in die Schreibmaschine. Wenn er an der Seite der Soldaten im Schützengraben lag, schrieb er mit der Hand in seine Notizbücher. Er schickte sie nach Hause zu Martha. Später wollte er sie seinem Sohn übergeben, dass er daraus lernte.

Im Sommer 1918, in der dritten Schlacht von Flandern, wurde Maximilian von einer Granate zerfetzt. Als er und seine Kameraden das heulende Pfeifen des heranfliegenden Geschosses hörten – und als sie hörten, wie monströs die Granate seine musste – und hörten, dass es sie treffen würde –, da wurde ihnen die dauernde Perversion ihres Daseins bewusst.

Teile von Maximilians Körper und nasse Erde spritzten meterhoch. Blutige Fleischklumpen, von denen man nicht mehr sagen konnte, ob sie zu ihm oder zu den Soldaten neben ihm gehörten, fielen zurück in den Krater. Sie waren erlöst.

Sie waren erlöst aus ihrem Leben und vom Schlachtfeld, auf dem das Morden unbeeindruckt weiterging. Ein barbarischer Exodus.

Dem Tod zu begegnen war Maximilians Seele im Gemetzel so vieler Soldaten nicht vergönnt. Seine Seele machte sich aus der Erfahrung auf in den Raum der Stille, um für dieses Mal Erholung zu finden. Später würde sie dem Rufen der andern folgen, bis sie vereint waren, und alle würden sie wieder die gleiche Sprache sprechen.

Martha erhielt Maximilians private Sachen in einem Karton. Neben seiner Schreibmaschine, seinen Notizbüchern und Manuskripten fand sich auch ein Umschlag mit dem Foto seines Sohnes, seiner Armbanduhr und dem Ehering.

Es war ein Freitag.

Zum ersten Mal in ihrem Leben als erwachsene Frau zündete Martha die Kerzen auf dem siebenarmigen Leuchter an, der all die Jahre auf der Fensterbank gestanden hatte. Sie brach eine Scheibe Brot und dachte an Maximilian. Er hatte in allem einen Mythos gesucht. »Wir müssen die alten Legenden entschlüsseln, um herauszufinden, wer wir wirklich sind«, hatte er einmal zu ihr gesagt.

Der Postbote brachte Georg einen ganzen Karton voller Briefe. Die meisten davon waren für die Flüchtlingsfamilien. Ein Brief war für ihn. Er erkannte die Handschrift und zog sich in die Stille seines Arbeitszimmers zurück.

So erfuhr er von Maximilians Tod. Martha hatte ihm in den Jahren seine Artikel und Aufsätze geschickt. Der Schriftsteller war Georg vertraut. Vom Menschen Maximilian wusste er nichts. Andreas wurde bald vier. Nun würde der Junge seinen leiblichen Vater niemals kennen lernen.

59

Das Bild von Kaiser Franz Josef war seit 1916 mit einem Trauerflor drapiert. Der Krieg war zu Ende, und der letzte Kaiser Karl I. war, nachdem er die Kapitulation des Reiches erklären musste, mit seiner Familie ins Ausland geflohen. Aus den Kronländern gründeten sich unabhängige Staaten. Vincent Zacharias' Kampf für die Unabhängigkeit der böhmischen Nation hatte sich gemeinsam mit der Slowakei im eigenständigen Staat Tschechoslowakei mit der Hauptstadt Prag erfüllt. Dieser Staat würde in wenigen Jahren von Hitlers Deutschland annektiert und bei einem neuerlichen Krieg zerstört werden. Nach Kriegsende würde die Tschechoslowakei einen sozialistischen Weg einschlagen. Die Idee würde scheitern. Tschechien und die Slowakei würden sich wieder trennen, um als zwei souveräne Staaten in der Europäischen Union zu einer neuen Gemeinsamkeit zu finden. Um dann auch daran zu zweifeln und …

Anna ging durch die Flure ihres Hotels. Die meisten Zimmer waren von Offizieren belegt. Sie waren auf dem Heimweg. Manche hatten alles verloren und kein Zuhause mehr. Alle fühlten sie sich leer und entehrt, waren zerstört an Leib oder Seele oder an beidem.

Anna hatte fast ihr gesamtes Vermögen in diesem Krieg verloren. Auch Schuster lebte nicht mehr. Ohne verheiratet gewesen zu sein, war sie noch einmal Witwe geworden.

In einem leeren Zimmer fiel ihr Blick in den Spiegel dort. Sie blieb stehen und betrachtete sich. Sie dachte an die Träume ihrer Mädchenzeit, wie sie sich dieses Haus vorgestellt und es bekommen hatte. Ja, es ist so, dass der Mensch seine Zukunft selbst gestaltet, dachte sie stolz. Das hatte sie der Welt bewiesen.

Aber wenn das so ist, kam ihr plötzlich zu Bewusstsein, dann haben wir alle diesen verfluchten Krieg hergedacht. So wie der Geist am Anfang aller Schöpfung steht. Es schauderte sie.

In der Halle saßen die Heimkehrer. Sie vertrieben sich die Zeit mit Schach, Karten- oder Würfelspielen. Einige schliefen vor Erschöpfung in ihren Sesseln. Manch einer von ihnen war ein Sacherbube gewesen.

Katharina Schratt legte Teile in ein Puzzle. Anna setzte sich zu ihr.

»Der Franz Josef war immer gegen einen Krieg, und es ist alles noch viel schlimmer geworden, als er es sich vorgestellt hat. Bloß gut, dass er das nicht mehr erleben muss«, murmelte die ehemalige Hofschauspielerin und legte ein Teilchen in das große Bild, das, wenn es einmal fertig war, den Prater zu Friedenszeiten darstellen würde. Annas Hunde lümmelten altersschwach zu ihren Füßen.

»Laphroig … Berry Bros & Rudd … bottling … 1908«, setzte die brüchige Stimme von Szemere einen Akzent in das traurige Geschehen.

Mayr schüttelte bedauernd den Kopf.

Der ungarische Lebemann ließ sich das edle Gesöff noch einmal auf der Zunge zergehen und riet: »1904?«

»Fast, mein Graf. Laphroig. Berry Bros & Rudd. 1903.«

»Mayr, mit mir ist nichts mehr los.« Szemere winkte mit der Larmoyanz eines Greises ab.

»Aber nein, mein lieber Graf, das ist nur eine Unpässlichkeit, eine vorübergehende Erscheinung, so wie die Verhältnisse auch nur vorübergehend sind.« Mayr verneigte sich vor der Runde und ging an die Rezeption.

Szemere wollte sich erheben, um in sein Appartement zu gehen. Doch Anna hielt ihn zurück. »Bleiben S' noch ein bisserl bei uns sitzen, Szemere.« Anna winkte Wagner mit der Whiskyflasche.

Der ungarische Lebemann wollte protestieren.

»Selbstverständlich geb ich Ihnen Kredit, und versuchen S' gar nicht erst zu widersprechen.« Es war inzwischen ein tägliches Ritual zwischen den beiden, für das sich Anna nicht zu schade war. Denn die, die ihr in Friedenszeiten das Geld ins Haus gebracht hatten, konnte und wollte sie jetzt nicht einfach vor die Tür setzen.

Anna wendete sich an Wagner. »Wissen S' noch, Wagner, wie mein seliger Mann und ich Sie im Varieté gesehen und abgeworben haben, damals Anfang der Neunziger«, erinnerte sie ihren treuen Oberkellner an die alte Geschichte. Wagner strahlte. »Als wär's heute, gnädige Frau!«

Anna hob das Glas. »Auf unsere Gesundheit!«

»Auf Ihre unendlich gütige Gastfreundschaft, gnädige Frau Sacher.« Szemere erwachte für einen Moment zu neuem Leben und flirtete. »Auf Ihre unvergängliche Schönheit und Ihren unvergleichlichen Charme.«

»Als junges Mädchen hübsch zu sein ist eine Gnade, als alte Frau sympathisch zu bleiben – das muss man sich erst verdienen.« Anna sagte es mit erhobenem Glas in die Runde.

Die Tür ging auf. Ein kalter Windstoß fegte durch die Eingangshalle.

Ein Heimkehrer betrat das Hotel, abgemagert, mit fiebrigen Augen. Alle Blicke richteten sich auf ihn.

»Johann!« Die Patronin stand auf …

»Geh, Wagner, einen Whisky für den Heimkehrer. Sofort!«

60

Flora kam zu Georg ins Arbeitszimmer. Sie hielt einen Brief in den Händen, über den sie mehrere Tage nachgedacht hatte. Nun stand ihr Entschluss fest.

»Flora?« Georg schaute von seiner Arbeit auf.

»Der Johann ist aus dem Krieg zurück. Er ist in Wien. Die Frau Sacher hat's mir geschrieben und auch, dass er mir nicht Bescheid gibt, weil ihm ja nun ein Arm fehlt.«

»Und jetzt möchtest du zu ihm?«

Flora nickte. »Die Frau Sacher hat mir die Stellung als Hausdame angeboten, und der Johann ist jetzt Page.«

»Mit dem Sacher kann ich nicht konkurrieren«, sagte Georg und schmunzelte.

»Aber was wird aus dem Andreas?« Flora wollte sich nur schweren Herzens von dem Buben trennen. Wenn Georg sie zum Bleiben überredete, dann würde ihr Entschluss vielleicht doch noch ins Wanken geraten.

»Er wird dich vermissen, Flora, und mit seinem Vater vorliebnehmen müssen«, sagte Georg und meinte sich. Er war der Vater, und niemand würde das jemals anzweifeln können. »Ich wünsch dir Glück, Flora.«

Es ist nun wirklich der richtige Zeitpunkt zu gehen, dachte sie und fuhr fort: »Ihre Frau hat mich einmal gebeten, die Schlüssel aufzubewahren.« Flora reichte Georg einen zierlichen Schlüsselbund. »Sie gehören zum Sekretär Ihrer Frau.« Sie knickste, wie sie es stets getan hatte, und verließ das Arbeitszimmer. Überrascht schaute er auf die Schlüssel.

Nach ihrem Tod hatte Georg Konstanzes Räume nicht mehr betreten. Alles war so, wie sie es verlassen hatte. Er setzte sich auf den Stuhl an ihrem Sekretär. Die Tür zu ihrem Nähzimmer war nur angelehnt. Der Arbeitstisch dort war leer. Jetzt erst fiel ihm auf, dass er dort in all den Jahren keinen Stoff gesehen hatte. Auch war Konstanze niemals mit Handarbeiten beschäftigt gewesen. Dabei war doch dieses kleine Zimmer ihr Refugium gewesen. Es verwunderte ihn, dass er sich darüber nie Gedanken gemacht hatte.

Georg schloss den Sekretär auf und klappte die Tischplatte herunter. Er sah die Tintenflecke darauf und die Abriebspuren ihrer Armbänder. Konstanzes Duft strömte aus dem Holz, so als habe sie gerade noch hier gesessen.

In einem Fach sah er die Bücher von Lina Stein. *Frau auf dem Wege, Dame mit Schleier, Schutzengel*. Daneben stand ein Exemplar von *Gebete eines Nutzlosen*. Neugierig griff er nach einer Mappe und fand darin Zeitungsmeldungen und Kritiken zu den Büchern von Lina Stein.

In der Mitte der Schubfächer war eine kleine Tür, die mit Intarsien aus Schildpatt eingelegt war. Dort stieß er auf ein Manuskript, das mit einer Schnur zusammengebunden war. *Geschichte einer Verführung* las er den Titel und den Namen der Verfasserin Lina Stein. Er blätterte darin. In den Anmerkungen und Markierungen am Rande der Seiten erkannte er die Handschrift seiner Frau.

Er erinnerte sich an ein Bild kurz nach Rosas Geburt, das er nur im Vorübergehen wahrgenommen hatte: Martha und Konstanze in leidenschaftlicher Diskussion beim Spazierengehen im Park. Konstanze hatte sich Notizen gemacht, die Martha mit einem Kopfschütteln ablehnte oder mit einem Lächeln goutierte.

Plötzlich ahnte Georg die Zusammenhänge und begriff, dass er in keiner Minute ihres Zusammenlebens auch nur eine Vermutung gehabt hatte, was Konstanze tat, wenn sie sich in ihre Zimmer zurückzog und stundenlang nicht zu sprechen war. Martha hatte es gewusst. Die beiden Frauen hatte viel mehr verbunden, als er jemals für möglich gehalten hatte. Scham, Stolz, Verletzung und Hochachtung überfluteten ihn.

Er begann das Manuskript zu lesen und war bald ganz in die Geschichte vertieft.

»Ich versprach mich im Angesicht Gottes der Ehe, reinen Herzens, in guten wie in schlechten Tagen. Zumindest dachte ich das damals, denn ich war noch ein halbes Kind. Zu jung, um die Widersprüche des Lebens zu verstehen. Mir flüsterte man zu, was in den Räumen der Dienstboten längst kein Geheimnis mehr war. Dass mein zukünftiger Ehemann eine Dienstmagd geschwängert hatte. Ein Kind gezeugt mit einer gewöhnlichen Frau aus dem Volke. Eine Tochter! Sie würde größer werden und erfahren, wer ihr Vater ist. Sie würde Ansprüche stellen, ihr Recht einfordern. Wie sollte ich da ruhig in die Zukunft sehen? Wie sollte ich mich jemals sicher fühlen?«

Irma öffnete ihrem Vater und Andreas die Tür. »Vater!«
»Grüß Gott, Irma!« Sie ließ sich von ihm in den Arm nehmen.
»Hallo, kleiner Andreas.« Irma reichte ihrem Bruder die Hand.

Georg sah die Ähnlichkeit zwischen den Geschwistern. Er musste lächeln. Wie das Leben imstande war, die Dinge und die Menschen nach dem inneren Zusammenhang zu formen.

Andreas drängte sich an das Bein seines Vaters; er kannte seine Schwester kaum. Irma war nach dem Tod der Mutter nur noch sehr selten nach Gut Traunstein gekommen.

Georg und Andreas folgten ihr durch den Flur zum Salon. Vor der Küchentür stellte Georg einen Korb mit Lebensmitteln ab.

»Schönen Gruß von Mathilde. Sie hat für euch zusammengesucht, was am Hof zu entbehren war. Wir haben immer noch fast fünfzig Flüchtlinge.«

»Danke, Vater, das ist sehr freundlich von euch. Aber wir verhungern schon nicht. Wir haben es so eingerichtet, dass jeder unserer Gäste etwas mitbringt«, erklärte Irma.

Marie kam aus dem Salon. »Das birgt ein gewisses Abenteuer in sich. Auf alle Fälle ist unsere Vorratskammer immer gut gefüllt.«

Georg und Marie begrüßten sich mit einem Händedruck.

»Sie trinken doch einen Tee mit uns? Guten Abend, Andreas.« Sie führte Vater und Sohn zu einer Sitzecke. Die Möbel waren neu und mit blauem Seidenstoff überzogen.

Augenscheinlich ging es den jungen Frauen gut. Überhaupt bot der Salon, der ab dem frühen Abend ein offenes Haus war, inzwischen ein geschmackvolleres Bild. Das Durcheinander in Stil und Farbe war durch kühle Funktionalität in der Auswahl und Anordnung der Möbel ersetzt worden. Allem Anschein nach hatte Irma ihrer Schwester bei der Einrichtung zur Seite gestanden. Georg erinnerte sich daran, wie Konstanze damals ins Schloss eingezogen war und die oberen Etagen nach ihrem Geschmack renovieren ließ.

Andreas schaute mit offenem Mund auf zwei Messing-Buddhas, die zwischen den Fenstern angeordnet waren.

Das Dienstmädchen brachte Tee und Gebäck.

»Könnten Sie meinen Sohn mitnehmen? Ich muss mit meinen Töchtern allein sprechen«, bat Georg die junge Frau.

Sie reichte dem Buben die Hand. »Kommst mit mir, Andreas, wir kochen dir einen Kakao.«

»Was gibt es so Geheimnisvolles, Vater?« Irma setzte sich erwartungsvoll neben Marie aufs Sofa.

Georg räusperte sich. »Deine Mutter, Irma, war die Schriftstellerin Lina Stein.«

Irma schaute irritiert vom Vater zu Marie. Die hob amüsiert die Augenbrauen.

»Sieh mal an! Deshalb hat sie sich also tagelang in ihr Zimmer eingeschlossen«, sagte Irma erstaunt. Augenblicklich erinnerte sie sich an das Kinderfräulein, das sie auf Anweisung der Mutter von deren Räumen fernhielt. Sie dachte an das Licht in Mutters Zimmer, das immer gebrannt hatte, wenn sie einmal in der Nacht aufgewacht war und nach ihr suchte. Irma erinnerte sich an den abwesenden Blick der Mutter, wenn diese nach Stunden aus ihren Zimmern kam. Als Kind hatte sich Irma immer nach der Aufmerksamkeit der Mutter gesehnt. Irgendwann hatte sie es dann aufgegeben.

Georg fuhr fort: »Lina Stein erzählt in ihrem letzten Buch die Geschichte einer jungen Braut, die vom unehelichen Kind ihres Bräutigams erfährt und den Gedanken daran nicht erträgt.«

Marie wurde aufmerksam.

»Sie beschreibt, wie sie ihren Schwiegervater um Hilfe bittet. Der übergibt die Sache einem Zuhälter, der das Kind auf offener Straße entführt.«

»Du meinst, sie beschreibt Maries Geschichte?«, fragte Irma verwundert.

Georg nickte. »Sie erzählt weiter, wie sie unter der Tatsache litt, als sie vom verschwundenen Mädel erfuhr. Damals gab es den Aberglauben ...«

Ehe Georg den Satz zu Ende bringen konnte, ging Marie dazwischen.»Ich bitte Sie, das ist mal wieder typisch für Ihre Frau. Sie musste immer im Mittelpunkt stehen. Und nun übernimmt sie die Verantwortung für meine Entführung?«

Marie lachte amüsiert. Es war nicht klar, ob es ein befreites oder ein kämpferisches Lachen war.»Ich hab die Gruft überlebt. Und dabei will ich es belassen.« Maries Tonfall ließ keinen Zweifel offen, dass sie an weiteren Offenbarungen aus Konstanzes Buch nicht interessiert war. Ihr Blick brachte Georg zum Schweigen.

Irma schaute von einem zum anderen. Sie hatte keine Ahnung, welche Schuld ihre Mutter auf sich geladen haben wollte. Maries Schicksal in einem Roman zu behandeln oder tatsächlich dafür verantwortlich zu sein?

Es klingelte.

Das Dienstmädchen führte Lechner herein. Georg hatte den Spitzel seit der Verurteilung von Vincent Zacharias nicht mehr gesehen. Augenscheinlich war Lechner gut über den Krieg gekommen.

»Oh, Besuch«, sagte Lechner jovial, als sei er hier der Hausherr. Georg erhob sich und rief nach Andreas. Er hatte alles gesagt und wollte das Gespräch in Lechners Anwesenheit nicht fortführen.

»Von mir aus müssen Sie nicht die Flucht ergreifen, Herr Traunstein.« Lechner genoss, dass Georg den Adelstitel nicht mehr tragen durfte.»Wir könnten ein wenig über die neuen Verhältnisse plaudern«, sagte er großspurig.

»Ich hörte, dass Sie zum Polizeirat befördert sind«, erwiderte Georg.

»Die junge Dame ›Republik‹ will schließlich nicht nur von den alten Herren umschmeichelt, sondern auch von den jungen Kräften in den Arm genommen werden.«

Georg trat einen Schritt auf ihn zu.»Ihre korrupten Dienste für das alte Regime sind nicht vergessen. Darauf haben Sie mein Wort!«

Lechner beugte sich zu Georg.»Die alten Verbindungen gehören zerschlagen, sonst wird nie was Neues wachsen. Darauf haben Sie mein Wort!«

Sie maßen sich Auge in Auge.

Georg nahm die Hand seines Sohnes. Sie gingen zur Tür. Irma schloss sich ihnen an. Marie folgte und befahl beim Hinausgehen: »Lassen Sie sich einen Tee geben, Fritz.«

Georg dachte daran, dass Irma jetzt in der Umgebung dieses Menschen lebte. »Hast du denn Pläne für die Zukunft, Irma?«, fragte er an der Tür.

»Vielleicht werde ich für die Zeitung schreiben«, erwiderte sie enthusiastisch.

»Irma ist eine sehr talentierte Diskursleiterin. Kommen Sie doch mal an einem Abend vorbei und lassen sich überraschen«, lud ihn Marie ein.

Das hätte er längst tun sollen. Ein Versäumnis, das ihn peinlich berührte. »Gern.« Er sah in Irmas Blick, dass sie ihm nicht glaubte, und bekräftigte: »Ich werde mir die Zeit nehmen.«

Georg küsste seine Tochter auf die Stirn. Er konnte sich auf ihr Selbstbewusstsein verlassen, ihre Stärke, Entscheidungen zu treffen, und ihr Bewusstsein für Gerechtigkeit, das – so hoffte er, hatte sie in seinem Hause gelernt.

Er gab Marie die Hand. Die beugte sich zu Andreas. »Na, kleiner Mann!« Sie schaute den Jungen an.

»Marie«, sagte er. Sie gefiel ihm.

Irma hielt ihren Vater noch einmal auf. »Was glaubst du, Vater, könnte Mutter das wirklich getan haben?«

»Ich weiß es nicht, Irma.« Er zögerte. »Ich habe niemals versucht, deine Mutter richtig kennenzulernen. Das bedaure ich sehr.«

Als die Schwestern zurück in den Salon kamen, saß Lechner auf dem Platz, auf dem Georg gesessen hatte, und kommentierte bissig: »Den Titel musste er abgeben, aber für was Besseres hält er sich immer noch.«

Irma, die es nicht mochte, wenn Lechner bösartige Bemerkungen über ihre Familie machte, sprang sofort an. »Jeder Mensch ist etwas Besonderes. Schließlich leben wir, um uns zum Besseren zu verändern.«

Lechner genoss es, wenn er die »Prinzessin«, wie er Irma gern nannte, wütend sah. »Ich glaube nicht daran, dass der Mensch fähig ist, sich zu wandeln«, provozierte er sie.

»Weil Sie den ganzen Tag auf der Jagd nach dem Grauen sind, Herr Lechner!«, entgegnete sie.

»Schluss jetzt!« Marie hatte den Besuch ihres Vaters genossen. Zweifellos gehörte er einer aussterbenden Gattung an. Sie stand am Grammofon und suchte in der Plattensammlung nach einem geeigneten Musikstück. »Haltet euch nicht mehr beim Alten auf«, sagte sie und legte die Platte auf. »Es wird was ganz Neues kommen.« Irma schaute ihre Schwester voller Bewunderung an.

Nach wenigen kratzenden Geräuschen setzte die Musik ein: Liszts *Les Préludes.*

Lechner gab sich der Musik hin und machte sich bereit für eine Zeit, in der Männer wie er diese Stadt fest in den Händen halten würden.

61

An diesem Nachmittag trafen sie sich im Sacher. Die Liebe trug ein einfaches schwarzes Kleid. Seine Schuhe und sein Anzug waren abgetragen.

Während sie, die Liebe, im Vestibül auf ihrem Stammplatz saß und wie gewöhnlich mit dem Fuß wippte, strich er, der Tod, durch die Gänge des Hotels. Einige der Männer, die hier heimatlos lebten, riefen nach ihm. Dieser Krieg war erbärmlich gewesen, und einen Heldentod gab es nicht.

Der Tod war unermüdlich über die Schlachtfelder gezogen, um die Seelen heimzuführen. Viele von ihnen hatten sich geweigert, ihm zu folgen, und waren an den Orten geblieben, wo sie auf unmenschliche Art gestorben waren. Andere wieder kehrten zu ihren Familien zurück, weil sie ihr Leben dort nicht abgeschlossen hatten. Unabsichtlich oder absichtlich hinderten sie ihre Lieben am Leben. Die Menschen begannen sich das Glücklichsein zu verweigern. Krankheiten und Seuchen breiteten sich aus.

Die Liebe musste alle Verbindungen, die geschlossen und wieder gelöst wurden, im Überblick behalten. Es war eine schwere Zeit.

Johann, wieder in der Livree, der linke Ärmel war mit einer Sicherheitsnadel geheftet, stellte Marthas Koffer ab.
Martha schaute sich in ihrem alten Zimmer um. Flora kam eilig. »Frau Aderhold, wie schön, dass Sie wieder bei uns sind.« Sie gaben sich die Hand. Flora zeigte ihren Ehering, einen schmalen goldenen Reif, der so neu war, dass er noch glänzte. Martha wünschte Glück und reichte Johann ein Trinkgeld.

Der Tod lehnte im Türrahmen und betrachtete die drei Menschen. Hier war nichts zu tun, vorläufig noch nicht. Der verkrüppelte Page erfreute sich guter Gesundheit, und seine Frau war nicht mehr in dem Alter, um ihr Leben durch eine Schwangerschaft oder Geburt zu gefährden. So hatten manche Dinge auch ihr Gutes.

Martha setzte sich an den Sekretär, an dem sie in den Jahren ihres Aufenthaltes so oft geschrieben hatte. An den Möbeln und Wänden hatte die Zeit ihre Spuren hinterlassen. Der Spiegel neben dem Sekretär zeigte eine Frau von fast fünfzig Jahren.
Für einen flüchtigen Augenblick glaubte sie, den Tod über ihr Antlitz streichen zu sehen. Die Begegnung beunruhigte sie nicht. Es waren noch Erfahrungen offen, und vorher würde sie nicht gehen. Martha dachte auch an Maximilian und dass ausgerechnet der Krieg ihn befähigt hatte, sein Talent als Schriftsteller zu entfalten.

Die Liebe hörte auf, mit dem Fuß zu wippen, als sich die Tür öffnete und der Portier Gäste hereinkomplimentierte.

»Schön, Sie so gesund wiederzusehen, Mayr!« Georg bemühte sich um eine entspannte Bürgerlichkeit, was aber durchaus nicht in Mayrs Sinne war. Der Portier machte eine Reihe von Verbeugungen, so groß war sein Glück, dass nun bald alles wieder so wie früher sein würde. »Die Freude ist ganz auf meiner Seite, Exzellenz. Ich hoffe, Sie hatten eine gute Anreise, Herr von Traunstein.«

»Wir sollen jetzt nur Traunsteins heißen«, sagte Andreas, der wohl mehr von den Umständen mitbekam, als man dem Kind zutraute.

»Ach was!«, erwiderte Mayr vergnügt. »Ihr seid's die von Traunsteins, und daran wird eine Verordnung nichts ändern, kleiner Prinz von Traunstein.«

Anna Sacher kam den Besuchern entgegen. »Ja, der Andreas! Schaust ja ganz aus wie der Papa.«

Die Erwachsenen tauschten einen Blick des Einverständnisses. Andreas sah zu seinem Vater auf und protestierte: »Aber alle sagen, ich bin ganz die Mama!«

Sie lachten.

Da trat Martha aus dem Fahrstuhl.

Georg ging ihr entgegen, nahm ihre Hände zur Begrüßung und drehte sich nach Andreas um. »Andrasz, ich will dir jemanden vorstellen.«

Der Junge kam zögernd. Martha sah seine Ähnlichkeit mit Maximilian. Sie beugte sich zu dem Kind. »Guten Tag, Andreas.«

»Guten Tag, gnädige Frau.« Er schaute fasziniert auf den Stein auf Marthas Dekolleté.

Martha löste die Kette und legte sie Andreas um. »Er soll dir Glück bringen.« Martha dachte an Maximilian und wie ihn der Lapislazuli stets verwirrt hatte. Andreas legte seine Hand auf den Stein. »Er ist noch warm«, sagte er. »Nachher ist er von mir warm. Dann geb ich ihn dir wieder.«

Martha nickte, nur mühsam konnte sie die Tränen zurückhalten.

Anna Sacher trat hinzu. »Andreas, kommst mit mir, ich zeig dir, wo meine Sacherbuben immer gesessen sind.« Sie reichte dem Jungen die Hand. Andreas schaute zu seinem Vater.

»Geh nur mit Frau Sacher. Wir laufen dir nicht weg.« Diese Versicherung stimmte den Jungen abenteuerlustig, und er ging mit der Patronin.

»Lassen Sie uns ein Glas trinken«, schlug Georg vor. Er führte Martha zu einem Tisch.

Die Liebe folgte ihnen.

Georg holte das Manuskript von Konstanze aus seiner Tasche. Martha sah das Papier, das ihr so vertraut war. *Geschichte einer Verführung* war mit schwungvoller Handschrift auf die erste Seite geschrieben. Auf dem zweiten Blatt folgte eine Widmung. Konstanze hatte niemals Zitate oder Vorsprüche benutzt. Sie hatte einfach drauflosgeschrieben. Diesmal stand zart und ebenmäßig: »Für Martha! Für die, die ich liebe.«

War es ein Band, das sie alle miteinander hielt? Selbst jetzt noch, nach dem Tod von Konstanze und Maximilian? Durften sie ihr Glück bauen auf dem Boden, den die anderen beiden bereitet hatten?

Unbewusstes schafft Zerstörung und Schmerz.

Vielleicht ist es am Ende gar keine Verstrickung, sondern der nächste Schritt im Lauf des Lebens, dachte Martha, während sie das Manuskript in ihren Händen hielt.

Georg legte seine Hände auf Marthas. »Das Leben gibt uns eine zweite Chance. Was meinen Sie?«

Martha nickte nachdenklich. Es war ihr, als kannten sie sich schon seit Ewigkeiten.

Der Tod betrachtete die Liebe, wie sie neben dem Paar saß. Und er sah den Raum, den sie bereithielt. Das machte ihn sicher. Denn was wäre ER, der Tod, ohne SIE, die Liebe.

Die Liebe spürte seinen Blick.

Epilog

Auf dem Platz, auf dem Vincent Zacharias seine Doktorarbeit geschrieben hatte, saß nun der kleine Andreas und aß Sachertorte. Anna Sacher rauchte versonnen ihre Zigarre und lächelte beim Anblick des Jungen. Wahrscheinlich würde es ihre alte Welt bald nicht mehr geben. Aber die Torte ... die Torte konnte ihnen keiner nehmen. Sie würde erzählen von einer Welt, in der ein Mensch seinen Schmerz mit Süßem lindern wollte.

ENDE ...

Nein! – Ein ANFANG – das Leben gibt uns unermüdlich eine Chance.

Nachtrag der Autorin

Die Aderholds, die Traunsteins, Johann und Flora, selbstverständlich auch Marie Stadler, Würtner und Lechner sind fiktive Figuren. Ich ließ mir alle Freiheiten bei ihrer Gestaltung.

Anna Sacher habe ich mir aus den immer wieder und gern überlieferten Anekdoten übersetzt und die wenigen Fotos, die es von der Patriarchin gibt, interpretiert. Ich habe mich gefragt: Was steckt hinter dem Vorhang ihrer Entscheidungen und ihres Lebens? So ist die Gestaltung ihrer Person meine höchstpersönliche Sicht. Das Gleiche trifft auf Franz und Eduard Sacher zu, die Sacher-Kinder und auch auf Julius Schuster, Mayr, Katharina Schratt und Oberkellner Wagner.

HISTORISCHE CHRONIK

1832
Der 16-jährige Konditorlehrling Franz Sacher erfindet im Hause Metternich die inzwischen weltberühmte Sachertorte, die bis heute nach seinem Geheimrezept handgefertigt wird.

1854
Franz Joseph I., Kaiser von Österreich, heiratet die 16-jährige Elisabeth, genannt »Sisi«.

1876
Franz' Sohn Eduard Sacher eröffnet in unmittelbarer Nähe zur Wiener Staatsoper das HOTEL DE L'OPÉRA, das später als HOTEL SACHER zum legendären »Haus Österreich« werden soll.

1880
Im Frühling heiraten die 21-jährige Anna Fuchs und der 37-jährige Eduard Sacher.

30. Januar 1889
Kronprinz Rudolf, Sohn von Franz Joseph und Sisi, begeht Selbstmord mit seiner Geliebten. Franz Ferdinand von Österreich-Este, ein Neffe des Kaisers, wird offizieller Thronfolger.

1892 *Hier beginnt die Geschichte:*
Nach Eduards Tod übernimmt seine 34-jährige Witwe Anna Sacher die Leitung des Hotels und erhält eine Konzession als k.u.k.-Hoflieferantin. Das SACHER ist wichtigster Treffpunkt der gesellschaftlichen Eliten.

1897
Annie Sacher heiratet fünfzehnjährig den Sohn des Verwalters Julius Schuster.

10. September 1898
Kaiserin Elisabeth wird in Genf ermordet.

1900
Um die Jahrhundertwende, in der Hoch- und Endphase der k.u.k.-Monarchie, erlebt Wien eine kulturelle Blüte: Psychoanalyse und Kaffeehausliteratur, Jugendstil und Secession, Zwölftonmusik und Wissenschaft prägen das Bild der »Wiener Moderne«.

22. März 1902
Annie Schuster, Anna Sachers Tochter, stirbt.

11. März 1907
Franz Sacher stirbt in Baden.

28. Juni 1914
In Sarajevo erschießen serbische Nationalisten den österreichischen Thronfolger Franz Ferdinand und seine Frau. Das Attentat löst die Kriegserklärung Österreich-Ungarns an Serbien aus, die zum Ausbruch des Ersten Weltkriegs unter Beteiligung des Deutschen Reiches führt.

21. November 1916
Kaiser Franz Joseph I. stirbt mit 86 Jahren. Sein Tod und die militärische Niederlage 1917 leiten den Untergang der Doppelmonarchie Österreich-Ungarn ein, der im Herbst 1918 besiegelt wird. Auch Julius Schuster erlebt das Kriegsende nicht mehr.

1919 *Hier endet die Geschichte:*
In der neu entstandenen Republik Österreich wird der Adelsstand aufgehoben. Das Land leidet, ebenso wie das ehemalige Deutsche Reich, an den Folgen des verlorenen Weltkriegs.

25. Februar 1930
Anna Sacher stirbt mit 71 Jahren in Wien, nachdem sie im Jahr zuvor von ihrem Sohn Eduard entmündigt worden war. Ab 1934 wird das Hotel von der Familie Gürtler geführt.

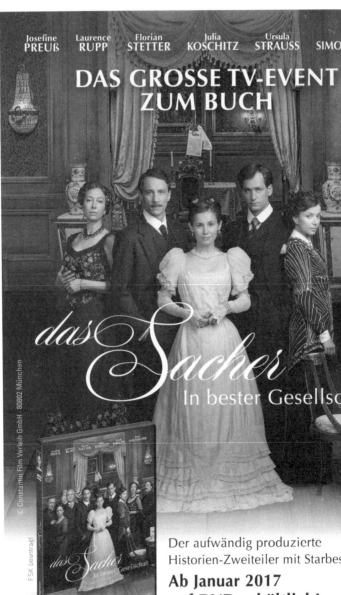

Anna Sacher
Besitzerin des Hotels

Eduard Sacher
ihr verstorbener Mann, Gründer des Hotel de l'Opera,
aus dem später das Hotel Sacher wird

Franz Sacher
Eduards Vater und Erfinder der Sachertorte

Konstanze von Traunstein
Prinzessin, schreibt unter dem Pseudonym Lina Stein

Georg Maria von Traunstein
Prinz, Konstanzes Ehemann, liberal denkender Aristokrat

Irma, Rosa und Mathilde
die Töchter der Traunsteins

Josef von Traunstein
der alte Fürst, Georgs Vater

Martha Aderhold
Verlegerin aus Berlin

Maximilian Aderhold
Verleger und Schriftsteller, Marthas Ehemann

Arthur Grünstein
Marthas Vater, jüdischer Kaufmann aus Bremen